첫마음을 잊지 말아야 깨달음을 이룬다

지혜의나무

첫 마음을 잊지 말아야 깨달음을 이룬다

초판 1쇄 발행 / 2000년 12월 15일

지은이 / 법성스님
발행인 / 이의성
발행처 / 지혜의나무
등록일자 / 1999. 5. 10
등록번호 / 제1-2492호
주소 / 서울 종로구 관훈동 198-16 남도빌딩 3층
전화 / 02)730-2211
팩스 / 02)730-2210

ISBN 89-89182-03-4

첫마음을
잊지 말아야
깨달음을
이룬다

지혜의나무

책머리에

　잿빛 법복을 입고 불문에든 사람이면 누구나 귀의불(歸依佛)하여 부처가 되기를 바랄 것이다. 그러나 어두운 망상들을 초의식의 빛 속으로 흘려 보내고 참된 깨달음으로 해탈을 얻는 사람은 그리 많지 않다. 불가에 입문한 지 수십 년 된 스님이라도 깨닫지 못하면 중생이다.

　도대체 깨달음이라는 것이 무엇이기에 이처럼 멀리 있는 것일까.

　찰나란 한 생각이 일어나는 아주 짧은 동안을 의미한다. 일념(一念)은 아흔 번의 찰나이며, 1찰나에 9백의 생멸(生滅)이 일어난다. 또한 1초에는 75번의 찰나가 있다고 하니 얼마나 빠른 순간에 일체의 법이 나고 사라지는가를 짐작해 볼 수 있을 것이다.

　하늘과 땅 사이에 존재하고 있다 하여 사람을 인간이라 부른다. 인간은 숨을 내쉬었다가 들이마시는 사이에 존재한다. 그러므로 생사 초월의 문제는 숨이 나가고 들어가는 찰나에 속한 것이라 할 수 있을 것이다.

　깨달음이란 알고 보면 한 생각이 일어나는 아주 짧은 찰나에 속해 있는 간단한 문제이다. 그런데도 그것을 얻지 못하는 것은 생각의 밑자리에 깨달으려는 마음이 있지 않기 때문이다.

　마음 한 번 돌리면 거기에 극락이 있다. 극락이란 거창하게 말하면 깨달음을 통해 드는 법열(法悅)의 세계요, 달리 말하면 고(苦)가 없는 세계를 뜻한다.

　우리들 생각의 밑자리에 바로 깨달으려는 마음만 두면 숨을 내쉬고 들이마시는 찰나에 부처가 될 수도 있다는 것이 내 생각이다. 부처 되기란 그렇게 쉬운 것이라는 말을 하고 싶었다. 그것이 내가 이 책을 쓰게 된 첫 번째 이유다. 석가모니 부처님께서 열반하신 후 5백년이 지났을 무렵 인도에서는 새로운 불교 운동이 일어났는데 그 이전까지를 소승(小乘)이라고 하고 새로운 것을 대승(大乘)이라고 한다. 소승과 대승의 큰 차이점을 단적으로 든다면 소승은 자기 해탈만을 목적으로 하며 대승은 일체 중생의 구제를 그 목표로 한다는 점이다.

　대승(大乘)이라는 말 자체가 「많은 사람을 구제하여 태우는 큰 수레」라는 뜻이다. 대승불교 운동은 출가자(出家者)만의 종교였던 과거의 불교를 일반 대중들에게 널리 개방하려는 진보적인 사상을 가진 재가자(在家者)들을 중심으로 전개되었다. 그때까지 석존에게만 한정했던 보살의 개념을 넓혀 일체 중생을 모두 보살로 보고 자기만의 구제보다는 이타(利他)를 지향하는 보살의 역할을 이상으로 삼았다.

　마우리아 왕조의 절대적인 지원에 힘입어 인도 전역에 뿌리를 내렸던 소승불교는 자기만의 해탈이라는 미명 아래 민중을 외면하였고, 왕조의 붕괴와 더불어 야기된 새로운 종교적 기류에 적극적으로 대처할 힘마저 없었다. 이에 대한 자기 비판에서 출발한 것이 대승불교이다.

지금의 한국 불교가 처한 상황이 마우리아 왕조시대의 소승불교와 다를 것이 없다는 게 나의 생각이다. 한국 불교는 신라시대 이래 왕족과 귀족들의 편에 서 있었고, 승려들은 도를 구하는 것을 제일로 알았지 고통받고 있는 중생들을 품어 제도하는 데는 등한시해 왔다. 이제야말로 대승적 견지의 새로운 종교 운동을 펴야 할 시점이라고 생각한다.

대체 무엇을 위한 깨달음인가.

이승에다 서방 정토처럼 살기 좋은 곳을 건설할 수 없다면 깨달음도 다 소용없는 일이다. 다수의 대중들이 신음소리를 그치지 않고 있다면 이승을 정토로 여길 수는 없다. 마음을 돌리라느니, 부처가 되라고 권하는 것은 바로 살아 있는 날에 고(苦)에서 해방되는 기쁨을 누리라는 말이다.

내가 이 책을 내는 두 번째 이유는 초발심을 잊지말고 출가자들에게는 고고한 자세를 낮추고 보다 적극적으로 중생들을 품기를 권하기 위함이요, 재가자들에게는 불성(佛性)을 회복하여 진정한 자유 얻기를 권

하기 위해서이다. 나름대로 문서 포교의 소명을 표출하는 것이라 할 수
도 있고, 작지만 종교 운동의 일환이라고 보아도 좋겠다.

　일찍이 조사(祖師)께서 말씀하셨다. 인간은 누구나 깨달음의 종자를
가지고 있다고, 마음을 내어 불성의 씨앗을 틔우고 키워 부처가 되시기
를 권한다. 부처 되는 공부를 하는 데 조금이나마 도움이 될 수 있다면
더 없는 보람이 될 것이다.

불기 2544년 겨울에
성라원에서 법성(法性) 합장

■ 차례

■ 차례

제1부

●

삼계(三界)에 법이 있으니

나는 은사이신 김일엽 스님에게서
두 가지를 배우고 싶었다.
첫째는, 밖에서 난리가 나거나 천지 개벽을 한다고 해도 한번 삼매경에
드시면 없는 듯 있고,
있는 듯 없는 것같이 정진하셨던
그 자세를 배우고 싶었다.
둘째는, 스님처럼 많은 불자들의 사랑을 받는 글을 쓰고 싶다는 생각을
했다.

쓸모 없음의 쓸모

만일 사람이 의지하는 바가 없고
쓰임새에는 절도가 있음을 깨달아
마음은 텅 비어 잡스러운 생각 없게 하면
온갖 행의 경지를 이미 벗어나게 됩니다

『장자(莊子)』는 전국 시대를 살았던 장주(莊周)라는 선현(先賢)의 사상이 담겨진 책으로서 이솝우화보다 더 재미있는 여러 우화들을 채록해 놓고 있다.

방대한 여러 우화들을 여기에 다 옮길 수는 없으나, 세태가 하도 뒤숭숭하고 잘난 사람도 많으니, 무용(無用)의 용(用), 즉 쓸모 없음의 쓸모에 대한 이야기를 하나만 소개하겠다.

상구(商丘)의 대목(大木) 이야기이다.

남백자기(南伯子綦)라는 이가 상구(商丘) 땅을 구경하게 되었다. 그는 그곳에서 큰 나무를 보았다. 세상의 것이라고 생각할 수 없을 만큼 큰 나무였다. 네 필의 말이 끄는 수레 천대를 이어 놓아도, 그 나무의 그늘에 덮여 보이지 않을 정도였다.

그러니 헤아릴 수 없이 많은 사람들이 그 그늘에서 쉬며 땀을 식힐 수 있었을 것이다.

남백자기는 감탄하여 말했다.

"무슨 나무일까? 좋은 재목감임에 틀림이 없어."

그러나 고개를 들어 가지를 자세히 살펴보니 꼬불꼬불하게 굽어 있어 마룻대나 대들보로는 쓸 수가 없었다. 뿌리는 여러 조각으로 갈라져 관(棺)을 만드는 데 사용할 수도 없었다. 옹이가 많고 냄새가 나서 정말 아무짝에도 쓸모가 없는 나무였다. 남백자기는 중얼거렸다.

"전혀 재목감이 될 수 없는 나무군. 그래서 이렇게까지 큰 거목이 될 수 있었던 거야."

이와는 반대의 예로, 송(宋)나라에 형씨(荊氏)라고 불리는 땅이 있었다. 그곳은 토질이 좋아 나무들이 잘 자라는데, 그곳에서 자란 나무는 굵기가 한 움큼만 되면 원숭이를 잡아 맬 말뚝으로 쓰기 위해 베어 가고, 굵기가 서너 아름쯤 되면 큰집을 짓기 위해 재목을 구하는 이가 베어 가며, 좀더 자라 일여덟 아름쯤 되면 귀인(貴人)이나 대상(大商)의 집에서 쓸 관을 만들기 위해 베어 가게 마련이었다.

그곳의 나무들은 하나같이 천수(天壽)를 누리지 못하고 도중에 도끼에 맞아 요절할 수밖에 없었다. 이는 그 나무들이 세상에 유용함을 갖추었기에 스스로 재난을 부르는 탓이었다.

이 우화를 읽다 보면, 쓸모 없는 것이 천수를 보존하고 오히려 쓸모 있는 것이 중도에서 넘어지는 이치를 생각하게 된다.

쓸모 있는 사람을 만들기 위한 가장 집약적이고 효과적인 교육이 요즈음의 대학 교육이라고 할 수 있을 것이다. 세칭 일류대학을 졸업한 사람은 아주 유용한 인재라는 평을 받으며 일류기업의 주요부서나, 국가

기관의 중책을 맡는 요직에 임용되고 있다.

그러나 최고로 좋은 명문 대학을 졸업하고, 최고로 좋은 직장을 구하고, 최고로 이상적인 이성을 만나, 최고로 안락한 집에서 살아가는 것을 목표로 삼아 정신 없이 앞만 보고 뛰어가다 보면 그에 따른 갈등도 적지 않을 것이다.

원하는 것을 획득한 사람들도 있겠지만 원한다고 해서 누구나 다 성공하는 것은 아니다. 많은 사람들이 자기 한계나 사회의 장벽에 부딪쳐 절망과 좌절감에 빠져 실의의 날을 보내게된다. 안 되는 것을 억지로 되게 하려다 보니 편법을 쓸 수밖에 없다. 이것이 각종 사회 부조리를 낳게 하는 요인이 된다.

편법은 사회 질서나 규범을 혼탁하게 만들뿐만 아니라 마침내는 자신을 쓰러뜨리는 부메랑이 될 수도 있다. 권력형 부조리나 부정 부패에 연루되어 공직에서 파면되는 사람이 의외로 많은 것을 보면 알 수 있는 일이다.

이런 경우 사람들은 흔히 사필귀정이라는 말을 쓴다. 불가에서는 인과로 그것을 풀고 있다. 세상에서 이루어지고 있는 모든 행위의 결과나 현상은 결코 우연히 발생하는 것이 아니라 원인이 있으므로 나타나는 것이다. 그러기에 뿌린 대로 거두고, 현재의 자기 행동에 대한 결과가 금생에 나타나지 않으면 내생에라도 나타난다고 믿는다.

어쨌거나 최고를 지향하여 크게 유용한 사람이 되겠다는 일념으로 수단 방법을 가리지 않고 살아가다 보면 언젠가는 불행한 일을 겪을 수밖에 없을 것이다. 그러니 굳이 최고만을 고집할 이유가 어디 있겠는가?

삼류 대학을 다녔어도, 아니 대학을 다니지 못했다고 해도, 별로 내세울 것이 없는 상대를 만나 가정을 이루었어도, 남보기에 크게 유용해 보이지 않던 사람이라도, 옹이가 박혀 쓸모 없었지만 나중에는 많은 사람들이 그 그늘을 찾는 거목이 될 수 있었던 것처럼, 이웃에게 위안을 주는 사람, 거목 같은 넉넉한 사람이 얼마든지 될 수 있는 일이다.

무용의 유용론은 결국 인과응보의 법칙과 맞물려 있다. 이런 요소들 때문에 큰스님들이 법문을 하실 때 장자를 즐겨 인용하시는 것이 아닐까 한다. ✿

마음으로 올리는 공양

어리석은 사람은 이익을 탐하고
부질없는 존경이나 이름을 구하며
집에 있어서는 주권을 다투고
남의 집에서는 공양을 바랍니다

어느 절에 재가 들어왔다.

상주는 큰 부자였다. 불심이 깊은 상주는 주지 스님에게 큰돈을 내놓으면서 말했다.

"돌아가신 아버지를 위해 49재를 잘 올려 드리고 싶습니다. 부탁드립니다."

돈을 많이 받은 주지 스님은 잿날이 다가오자 장흥정을 하기 위해 절을 나섰다. 스님이 시장으로 가던 도중, 길가에서 세 남매를 데리고 쪼그리고 앉아 울고 있는 한 아낙네를 만나게 되었다. 때마침 칼날 같은 바람에 실려 눈보라가 곤두박질치고 있었다. 스님은 그 추운 겨울날 길거리에 앉아서 울고 있는 여인을 그대로 외면하고 지나갈 수가 없었다. 갈 길이 바쁜 사람들은 버려진 여인을 무심히 바라보며 스쳐 가고 있었지만 스님은 그럴 수가 없었다. 스님이 여인에게 다가갔다.

"무슨 사연이 있기에 이 추운 겨울날 아이들을 데리고 길거리에서 이렇게 울고 있습니까?"

여인은 눈물을 닦으며 스님을 바라보았다. 애처롭기 그지없는 눈빛
이었다.

"갈 데가 없어요."

"아니 집이 없습니까?"

"남편이 얼마 전에 세상을 떠났는데, 장사를 지내고 나자마자 빚쟁이
들이 몰려와서 집을 차지하고는 우리를 내쫓았습니다."

여인의 남편은 사업을 하다가 빚을 진 채로 죽었는데 빚쟁이들이 그
들의 유일한 재산인 집을 차지하고 여인과 아이들을 길거리로 내몰았던
것이다.

"원, 이런 박정한 사람들이 있나. 이 겨울에 밖으로 내몰면 나가서 얼
어죽으라는 말인가?"

스님은 그들을 놔두면 살아 남을 수가 없을 것이라고 생각했다. 주머
니에는 장흥정을 하기 위해 가지고 가던 돈이 있었다. 스님은 죽은 사람
을 위하자고 산 사람을 죽게 할 수 없다고 생각했다. 상주의 얼굴이 떠
올랐지만 마침내 결단을 내렸다.

스님은 장흥정하려던 돈에다 자신의 비상금까지 탁탁 털어서 내놓으
며 말했다.

"이 돈이면 우선 방 한 칸은 얻을 수 있을 것이오 방부터 하나 얻고
살아갈 방법을 찾아보십시오 방을 얻은 다음에 다시 절을 찾아오시면
당장 먹을 식량은 내가 또 마련해 드리지요"

여자는 또 눈물을 흘렸다. 그것은 오갈 데 없는 상태에서 죽음을 떠
올리며 흘린 눈물이 아니라 벅찬 감격의 눈물이었다.

"고맙습니다. 고맙습니다, 스님."

"이렇게 어려울 때일수록 용기를 잃지 말고 부처님께 매달리십시오 부처님 품안으로 들어오면 실수가 있어요 자비의 부처님을 잊지 않으면 되는 거예요, 보살님."

스님은 그 바람에 장흥정을 하지 못했다.

재를 올리는 날이 되어 유족들이 몰려왔다. 많은 돈을 내놓고 상을 잘 봐 달라고 했는데 제사상에는 평소 절에서 먹는 나물과 부침에다가 마짓밥 두 그릇이 올려진 것이 고작이었다. 유족들은 당연히 돈을 어디다 썼느냐고 따졌다.

그러나 스님은 꿀 먹은 벙어리였다. 스님이 입을 열지 않으니 유족들은 사연이 있겠지 하고 좋게 생각했다. 설마 개인적으로 돈을 착복했을 거라고는 믿을 수 없었다. 그들은 불평 없이 법당에 모였다.

응당 더 따질 줄 알았던 상주들이 순응하자 고맙기도 하고, 돈을 다른 곳에 쓴 미안함도 겹쳐 스님이 말했다.

"내가 재는 아주 지성껏 올려 드리겠습니다."

스님은 정성을 다해 목탁을 치고 법당이 떠나가라 경을 읽었다. 땀을 흘리며 목이 쉬도록 염불을 했다. 망인의 천도를 위해 스님은 그렇게 모든 심혈을 쏟았다. 유족들은 재가 끝나자 절에서 먹는 우거지 국을 먹고 돌아갔다. 그 며칠 후에 망인의 맏아들이 찾아왔다.

"스님, 간밤에 아버님이 현몽을 했습니다. 재를 잘 올려 준 공덕으로 천상락을 받아서 간다고 하시더군요 아버님은 극락에 가셨습니다. 감사합니다. 너무 감사하여 사례를 드리려고 찾아왔습니다."

"그거 잘됐군요 그러나 사례는 나한테 하지 마시고 다른 사람한테 하십시오."

"다른 사람이라면……?"

스님은 장흥정을 하러 가다가 생긴 일을 그제야 들려주었다.

"제사상을 잘 차려 드리는 것보다 불쌍한 처지에 놓여 있던 사람을 도와준 것이 더 큰 공덕이 된 것입니다. 그런 공덕을 베풀 수 있는 기회를 만들어 준 사람에게 감사의 뜻을 전합시다. 실은 그 보살님이 방을 얻었지만 이 겨울에 어린 자식들과 먹고살기가 여간 난감한 일이 아닐 것입니다."

"스님이 그런 좋은 일을 하셨을 줄 알았습니다. 그래서 저도 불평 한마디 안 했던 것입니다."

"불평하지 않은 것도 공덕이 되었습니다."

스님에게 사례를 하려고 가져왔던 돈도 그 여인에게 전해졌다. 불쌍하게 버려졌던 한 여인과 그의 세 자녀는 이렇게 해서 그 겨울을 넘겼다. 네 생명을 구한 것이다.

여인은 그 절의 아주 독실한 신도가 되어 부처님께 매달렸다. 관세음보살의 명호를 간절히 불렀다. 한번 절에 오면 한나절이 다 지나도록 법당에서 나오지 않았다.

그 여인은 봄부터 삯바느질을 시작했는데 솜씨가 좋아서인지 일거리가 많이 밀려들었다. 아마도 절에 나오면서 불심을 깊게 하고 관세음보살에게 매달린 덕분인지도 모른다. 부처님의 품안에서 열심히 일을 하여 혼자 힘으로 자식들을 모두 훌륭하게 길렀다. 이도 부처님의 가피다.

이 이야기는 내 주변에서 있었던 실화다. 나는 여기서 두 가지를 강조해 두고 싶다.

첫째는, 부처님의 은혜가 무량하다는 사실이다. 그 여인은 부처님이 아니었다면 꼼짝없이 그 겨울에 얼어죽었을 것이다. 부처님께서는 그 여인과 그의 자식들을 당신의 품안으로 끌어들여 살길을 열어 주셨다.

부처님께 귀의하고 열심히 살았기에 자식들도 다 잘 키울 수 있었다. 만약, 살기 어렵다고 술집 같은 곳에 나가서 일을 하거나 쉽게 돈을 벌려고 했다면 세파를 훌륭하게 극복할 수 없었을 것이다.

둘째는, "전진산문(錢進山門)이면 복귀시주(福歸施主)"라는 말을 기억하기 바란다.

"공양이 산문에 도달하면 이미 복이 시주에게 돌아간다"는 뜻이다. 향초나 어떤 공양물을 스님에게 드렸으면 그 스님이 향을 피우든 피우지 않든, 촛불을 켜든 켜지 않든, 공양물을 어디에 쓰든 신경 쓸 것이 없다는 말이다.

설령, 향을 피우지 않고 촛불을 밝히지 않았다고 해도 부처님께서는 불제자가 원하는 바를 벌써 알고 계시기 때문에, 복을 시주에게 내려 주시는 데에는 아무 구별을 두시지 않는다. 이를 알지 못하고 꼭 자기가 가져온 것을 다 불단 앞에 올려야한다고 생각하는 것은 잘못이다.

스님의 방편에 따라 쓰임이 달라지더라도 복을 받는 데는 아무 상관 없으니 불평하지 말아야 한다. 만약 불평을 하면, 한편으로 열심히 기도하여 공을 쌓았으면서도 다른 한편으로 그 공을 무너뜨리는 행위를 하는 것과 같다.

향초를 반드시 켜겠다고 고집하는 것이 그것이다. 법당이 향연기로 가득 차 부처님의 모습조차 가리는데도 식구 수대로 향을 세 개씩 계산하여 한 주먹 쥐고 불을 붙여 이리저리 흔들어대는 사람이 있다.

다른 사람이 초에 불을 붙이고 부처님께 예배를 올린 다음 돌아 나오기도 전에 그 초를 뽑아 버리고 자기가 가지고 간 초를 꽂는 마음은, 자식이나 남편, 부모 생각하는 마음이 아무리 간절하다고 해도 부처님의 근본인 자비심이 담겨 있는 마음이라고 할 수 없다.

부처님이 아닌 스님을 보러 절에 간 것처럼 행동하는 불자는 마음가짐을 고쳐야 한다. 부처님에 대한 공경은 뒷전으로 미루고 스님만을 상대하려다가 마침 스님에게 사정이 생겨 전과 달리 시간을 많이 할애해 주지 못하면 마음이 변하여 박대하는 것으로 오인하고 얼굴 표정이 달라지는 사람이 있다. 스님을 야속하게 여겨 준비해 왔던 불전도 내놓지 않고 도로 가지고가는 사람도 있다.

모든 것은 내가 짓고 내가 받는 것이다. 절에 가서 화를 내면, 화내는 일이 앞으로 많이 생기게 해달라고 발원하는 것이 되고, 절에 가서 스님을 존경하는 마음을 버리면, 어른들께 나를 박대하고 구박해 주십사 발원하는 것과 같다. 또한 절에 가서 음식 타령을 하는 것은 내 식복을 덜어 주십사고 발원하는 것이고, 젊은 스님이라고 얕잡아 보는 것은 내 자식을 천대해 달라고 발원하는 것이고, 절에서 함부로 오물을 싸고 버리면 내 집에 쥐·이·빈대·바퀴벌레들이 들끓게 해달라고 발원하는 것이나 같다고 하였다.

그러니 불평하지 않는 것이 얼마나 큰 공덕이 되는가?

전진산문이면 복귀시주라고 했다. 그것을 알면 불평할 일이 없을 것이다. ❀

겸애(兼愛)와 이기(利己)

뛰어난 사람은 모든 욕심 버려서
가는 곳마다 그 모습 환합니다
비록 괴로움과 즐거움을 당해도
자신을 드러내 지혜를 자랑 않습니다

묵 자(墨子)라는 사람이 이런 말을 했다.

"이마에서 발꿈치까지 다 닳아진다고 해도 천하를 위하는 일이라면 나는 기꺼이 그렇게 하겠다(磨頂放踵爲天下爲之)."

이 한마디에 그의 겸애한 사상을 모두 담았다. 묵자는 겸애가(兼愛家)를 주창한 인물이다.

드물기는 하지만 이런 생각을 가진 사람들이 분명 있기에 세상은 그렇게 각박하지만은 않은 듯하다. 천하를 위하는 일은커녕 제 이웃을 위하는 일에도 인색한 사람들이 많은 세상이라 더 돋보이는 말이다.

사람은 누구나 자기를 먼저 생각한다. 재물과 명예를 얻고, 가족과 행복하게 살 수 있기를 바란다. 모두가 자기를 중심으로 소망하는 것이다. 그러므로 아주 극단적으로는 내가 있으므로 아내가 있고 자식도 있는 것이라고 생각한다.

병이 나서 죽게 되면 소중하게 생각했던 재물조차 아낌없이 바쳐 병을 고치려고 하는 것만 보아도 자기 생명에 대한 애착이 강하다는 것을 쉽게 알 수 있다. 자기를 사랑하는 것을 나쁘다고 할 수는 없다. 문제는 자기를 위하여 남을 해롭게 한다는 데 있다.

모든 것을 내가 먼저 있고 남이 있다는 식으로 생각하다 보면 나를 위해 남을 희생시키고, 남에게 아픔을 강요하고, 남이 가진 것이라도 나를 위해서라면 수단 방법을 가리지 않고 빼앗으려는 마음이 생기게 된다.

나만 잘 살겠다는 것이 아니라 더불어 잘 살겠다는 사람이 많은 사회라야 복된 사회다. 그런 의미에서 겸애가의 사상은 선진 복지국가를 지향하는 시점에서 잘 연구하여 취할 점이 많은 이론으로 여겨진다.

묵자와는 정반대의 말을 한 사람이 있다. 양주(楊朱)라는 사람이다.

"머리털 하나를 뽑아 천하를 다 위할 수 있다고 해도 나는 그렇게 하지 않겠다(拔一毛而爲天下不爲)."

머리털 하나만 있으면 천하를 다 위할 수 있다는데도 그것 하나를 천하를 위해 내놓을 수 없다니, 말뜻만 생각하면 지독한 사람이다. 양주는 이기가(利己家)를 대표한다.

그가 지독한 이기주의자라는 것만은 부인할 수 없을 것이다. 그러나 그가 왜 그런 말을 했는지에 대해서 한 번 생각해 볼 필요가 있을 것 같다.

사람은 누구나 스스로를 벌어 먹일 수 있는 능력을 가지고 태어났다는 것이 양주의 생각이다. 능히 자기가 자기를 책임져야 마땅하다는 것을 전제로 한 말이다.

누구나 자기 자신을 책임질 의무가 있고, 노력만 하면 타인의 신세를 지지 않고도 충분히 살아갈 수 있는데, 겸애라는 이론으로 의타심을 갖게 만든다는 것이 양주의 사상이다.

겸애가와 이기가의 주장 중에서 어느 것이 옳은 것일까?

흑백을 가리기가 대단히 어려운 문제라고 보여진다.

글자의 뜻만 생각했을 때는 당연히 이기가보다는 겸애가 쪽에 끌리는 것이 사실이지만 곰곰이 생각해 보면 이기가의 주장에도 일리가 있다.

굳이 시비를 가릴 필요는 없을 것이다. 둘 중에 자기에게 맞는 사상을 택하면 될 것이라는 얘기는 아니다. 이렇게 하면 어떨까 싶다.

가령, 남에게 줄 것이 있을 때는 겸애가 쪽을 염두에 두어 나누어주고, 남으로부터 받아야 한다는 생각이 들 때는 이기가의 주장을 염두에 두어 의타심을 버리면 좋지 않겠느냐는 뜻이다. ✿

말로써 업을 짓지 말라

악한 마음을 가지고 말하거나 행동하면
허물과 괴로움이 뒤따르게 됩니다
착한 마음을 가지고 말하거나 행동하면
평안과 행복이 뒤따르게 됩니다

부처님 재세시(在世時)의 이야기다.

하루는 부처님께서 제자들을 데리고 왕사성 밖으로 나가셨다가 성 밖 하수구에서 발이 여러 개 달린 벌레 한 마리를 보시게 되었다. 그 벌레는 부처님을 보고 눈물을 흘렸다. 그러자 부처님께서는 동정 어린 슬픈 표정을 지으셨다. 이를 이상히 여긴 제자들이 부처님께 그 이유를 물었다. 부처님께서는 그 벌레의 내력에 대해 말씀해 주셨다.

벌레는 전생에 어떤 절의 주지였다.

그는 재를 올려 준 일이 있었는데, 재가 막 끝났을 때 이름 모를 객승들이 떼거리로 몰려왔다. 주지는 객승들에게 공양물을 나누어주지 않으려고 모두 감추었다. 모처럼 들어온 공양물을 아무 일도 하지 않은 뜨내기들에게 주기 싫었던 까닭이었다.

객승들은 공양을 잘 얻어먹으리라고 기대했다가 어긋나자 주지에게 따지고 들었다.

"음식과 보시는 신도들로부터 공양 받은 것입니다. 그러니 현재 이곳에 있는 사람들에게 고루 베풀어야 하는 것이 아닙니까?"

그러자 주지가 언성을 높였다.

"당신들이 무엇을 했다고 공양물을 나누어 달라는 거요? 뻔뻔한 당신들에게는 구정물도 과분하단 말이오!"

그는 객승들에게 욕설을 퍼부은 다음 쫓아 버렸다. 오직 한번 스님들에게 욕설을 한 것이 90억 겁의 긴 세월 동안 벌레가 되어 구정물 속에서 살아야 하는 과보가 된 것이다. 행동과 말을 함에 있어서 어찌 조심하지 않을 수 있을 것인가.

조선조 중엽, 평안북도 의주에서 장사를 하던 사람의 이야기이다.

그는 중국을 왕래하면서 보따리 장사를 했다. 조선 물건을 중국에 가지고 가서 팔기도 하고, 중국 물건을 사 가지고 와서 조선에 팔기도 하면서 한 중국 사람과 친하게 되었다.

그는 국경을 넘나들며 장사를 하는 동안, 이렇게 어렵게 장사를 할 것이 아니라 목이 좋은 곳에 자리를 잡고 눌러앉아 장사를 하면 얼마나 좋겠느냐는 생각을 하게 되었다. 문제는 밑천이었다. 그는 자기의 희망을 중국인 친구에게 털어놓았다.

그런데 그의 말을 들은 중국인 친구가 말했다.

"내가 밑천을 대줄 테니 그렇게 해보시오"

그는 감동하여 되물었다.

"아니 그게 정말입니까?"

"정말이지 않고요. 나는 당신이 장사에 비상한 재주가 있다는 걸 잘 알고 있어요. 당신 말대로 목이 좋은 데 자리를 잡고 장사를 하면 꼭 성공할 겁니다."

"감사합니다. 은혜는 잊지 않겠습니다. 꼭 돈을 벌어 원금도 갚고 이자도 갚겠습니다."

"이자에 너무 신경 쓰지 말고 사업이나 잘해 보시오"

그는 이렇게 해서 보따리 장사를 걷어치우고 가게를 차렸다. 진귀한 물건들로 구색을 갖추어 놓고 손님을 끄니 장사가 불같이 일어났다. 중국인이 보았던 대로 그는 장사 수단이 좋은 사람이었다. 얼마 되지 않아 그는 큰돈을 벌게 되었다.

마침내 빌렸던 돈을 갚아 줄 수 있는 능력이 생겼으나 막상 한꺼번에 많은 돈을 갚자니 마치 생돈을 갚는 것 같아 슬그머니 배가 아팠다. 어떻게 하든 돈을 떼어먹고 싶었던 그는 꾀를 내어, 마침 중국으로 가는 친구 편에 거짓말을 전하도록 하였다.

"사업이 실패해서 밑천을 날린 끝에 속을 끓이다가 죽었다고 전해 주게. 사람이 죽었다는 데야 빌려 주었던 돈을 돌려 받겠다고 하지는 않겠지."

"나더러 거짓말을 하란 말인가?"

"여비는 내가 줄 테니 좀 부탁하네. 되놈에게 피같이 번 돈을 다 돌려 줄 수는 없어."

친구는 내키지 않았지만 신신당부를 하니 중국 사람을 만나 시킨 대로 전했다. 그러자 그 중국인은 슬픈 표정을 지었다.

"좋은 친구였는데 안됐군요 사람이 그렇게 죽다니 허무한 일입니다."

중국인은 눈물을 흘렸다. 그의 죽음을 애도하는 제문까지 짓고 두둑한 조의금을 내놓으며 유족에게 전해 달라고 했다.

중국에 갔던 사람이 조선으로 돌아오기까지는 반년의 기간이 걸렸다. 그가 조선으로 돌아와 보니 떠날 때 멀쩡하던 친구가 갑자기 병이 나서 바로 하루 전에 세상을 떠났다는 소식이 기다리고 있었다. 죽기 전에 그는 어떻게 하든 살겠다며 용하다는 의원은 모두 다 불러댔다. 그러고도 차도가 없자 악귀가 붙어서 그런지도 모른다며 날마다 무당을 불러 큰 굿판을 벌였다. 그러다 보니 많던 재산을 다 탕진했다고 했다.

그는 중국인 친구가 보내 준 조의금으로 산 관에 묻히게 되었다. 중국인이 보낸 제문은 휴지가 아니라 실제의 제문이 되었다. 말이 씨가 된 것이다.

이 이야기는 연암(燕岩) 박지원의 문집에 나오는 것으로, 그가 지어낸 이야기가 아니라 주위에서 실제 있었던 일을 듣고 옮긴 것이다.

내가 몸담고 있는 성라암은 오래 전부터 아이를 못 낳던 보살들이 찾아와서 불공을 드리고 아이를 많이 타 갔다. 기도 효험이 아주 장한 도량으로 널리 소문이 나게 되어 결혼한 지 오래 되었어도 아기를 낳지 못하는 보살들이 소문을 듣고 유난히 많이 찾아왔다.

그런 보살들 중 한 분은 독립운동가 집안의 사람으로서 아주 부자였다. 대 이을 혈손을 얻지 못한 것이 유일한 걱정거리였던 그 보살은 나를 찾아와서 말했다.

"스님. 아들 하나만 얻을 수 있다면 사글세방에 나가 살아도 원이 없겠어요"

나는 그 말을 듣고 말했다.

"보살님, 말이 씨가 된다고 했어요 아무리 자식이 소원이라도 그런 말씀을 생각 없이 하면 안 돼요"

"정말이에요, 스님. 저는 아들만 하나 낳을 수 있다면 그까짓 재물은 없어도 살겠어요"

시부모들로부터 적잖이 원망을 듣던 터라 더욱 그런 말을 하는 모양이었다.

"어쨌거나 지성껏 기도를 한번 드려 봅시다."

그 보살은 우리 절에서 백일 기도를 드렸고, 그 기도의 공덕으로 정말 원하던 아들을 낳았다.

그런데 정말 말이 씨가 되는 사건이 발생했다.

보살의 남편은 사업을 크게 하던 사람이었는데, 갑자기 무엇이 잘못되었는지 부도가 나고 사업이 모두 망해 셋방 하나를 빌려 나앉는 화를 당하게 된 것이다. 아들은 얻었지만 말대로 사글세방에 가서 살게 된 것이었다.

입이 화의 문이라는 말이 있다. 입으로 남을 욕하여 많이 쌓았던 공덕을 일시에 까먹은 채 벌레가 되어 시궁창에서 살아야하는 과보를 받았던 부처님 당시의 예를 보더라도 그렇다. 또한 죽지도 않았는데 죽었다고 거짓말을 시킨 사람의 경우도 그렇고, 우리 절에서 아이를 낳았던 보살이 자신의 말대로 돼 버린 사실을 보더라도 말이 씨가 된다는 것은 분명하다.

말은 생각을 표현한 것이고, 장차 일어날 일을 암시한다. 말은 입에서 그냥 나왔다가 저절로 소멸되지 않는다. 그러기에 말은 업이다. 그것을 구업(口業)이라고 한다.

남을 비난·비방하거나 저주하며 욕설을 서슴없이 내뱉는 사람은 그 입으로 하여 언젠가는 화를 당하게 될 것이다. 스스로 자초한 것이다. 부드러운 말에는 자비가 담기게 된다. 경을 읽는 입으로 남의 흉을 보아서는 안 되며, 불자의 입에서는 남을 슬픔에 빠뜨리거나 고통을 주는 말이 흘러 나와서는 안 된다.

　은인 자중하고 말을 바로 할 줄 안다는 것은, 바른 생각을 가지고 살며 신심이 깊다는 것을 뜻하기에 그것을 아는 사람은 스스로 복을 감하는 말을 절대 하지 않을 것이다. ❀

생멸(生滅)을 찰나에 깨우치는 곳

나를 원망한다고 남에게 성내면
원한은 끝내 쉬지 않게 됩니다
성내는 마음을 스스로 버리면
그 도(道)는 가히 으뜸을 삼을만 합니다.

부처님 재새시(在世時)에 부처님이 계시던 곳을 기원정사(祇園精舍)라고 불렀다. 정사라는 말은 잠시 머물며 수도를 하는 곳이라는 뜻이다. 그러므로 지금처럼 장엄하고 웅대한 도량과는 다소 차이가 있다.

오늘날에도 세속을 등지고 조용히 거처하며 정진하시는 큰스님들 중에는 자기의 처소에 죽림정사(竹林精舍)라는 옥호(屋呼)를 붙여 놓고 계신 분들이 있다. 산림 속에 잠시 머물러 있는 장소라는 의미로 보면 틀림이 없을 것이다.

절을 지금처럼 사찰이라고 부르기 시작한 것은 한(漢)나라 때이며, 위(魏)나라 때에는 가람(伽藍), 수(隋)나라 양제 때에는 도량(道場)이라고 불렀던 것으로 문헌에 전하고 있다.

가람의 가(伽)는 승가(僧伽)의 준말로 스님들의 집단이라는 뜻이다. 람(藍)은 남루한 옷을 의미한다. 다시 말해, 가람이란 남루한 옷을 입은 스님들이 집단으로 모여 사는 곳이란 뜻이다.

당시 스님들은 남루한 걸레 옷을 입고 살며 밥을 빌어다가 먹으면서 수도를 했다. 따라서 정확히 말한다면, 가람이란 동냥으로 연명하며 수도하는 사람들이 모여 사는 곳을 칭하는 것이라고 볼 수 있다.

오늘날 걸식으로 연명하며 수도를 하는 스님들은 없을 것이다. 그러기에 더 이상 스님들이 거처하는 곳을 가람이라 부를 필요는 없다.

도량은 도를 닦는 장소라는 의미 이상도 이하도 아니다. 이것은 누구나 쉽게 이해할 수 있는 명칭이다. 다만 장(場)자를 「량」으로 읽는다는 것은 유의를 할 필요가 있을 것이다.

도량이라는 말은 마음이라는 뜻도 가지고 있다. 마음이 넓어 이해심이 많은 사람을 도량이 넓은 사람이라고 한다. 즉 도량은 마음을 뜻하는 동시에 마음을 닦는 장소라는 뜻도 되는 것이다.

절(寺) 또는 사찰(寺刹)이라는 호칭만은 분명히 알아두는 것이 좋을 것 같다.

사(寺)자는 선비(士)라는 뜻과 마디(寸)라는 뜻의 합성어이다. 사(士)를 그대로 선비라고 해석할 수도 있지만 불법을 펴고 전도하는 사람이라는 뜻으로 확대 해석하는 것이 가능하다. 즉 스님을 지칭하는 말이 된다. 촌(寸)은 마디를 굽혀 절을 한다는 뜻을 내포하고 있다.

즉 절(寺)은 스님에게 마디를 굽혀 절을 하는 장소, 혹은 스님들이 오체투지(五體投地)로 큰절을 올리는 장소라는 뜻이다.

순 우리말의 「절」은 절을 많이 하는 곳이라는 데에서 유래했다는 설도 있으나 확실한 근거는 없다. 그곳에 가면 절을 많이 하기에 절이라고 부르게 되었다고 한다면, 예배를 드리는 곳이라고 해서 예배당이라고 명명한 것과 같은 맥락에서 이해할 수 있을 것이다.

구도자는 절을 하지 않고는 아집을 꺾어 버릴 수가 없으며, 오체투지하는 자세 없이는 부처님의 뜻을 헤아릴 길이 없다. 절은 구도의 기본이며 깨달음의 지름길이다. 절에 가면 절을 많이 해야 한다는 사실만은 잊지 말아야 한다.

고구려의 아도 스님이 신라에 불법을 전할 때 선산의 털보집에 기거했다고 한다. 그것이 사실이라면 털보집이 신라 최초의 포교당이 되었던 셈이다. 세월이 흐르면서 털보집이 「절보집」으로 되었다가 중간의 「보」자가 탈락하면서 절집이 되었고, 절집을 약칭하여 절이라고 부르게 되었다는 일설도 전해져 오고있다.

절 사(寺)자에다가 찰(刹)자를 하나 더 붙여 사찰이라고 한 것에는 매우 함축적인 의미가 있다.

찰은 찰나(刹那)라는 시간의 단위다. 찰나는 한 생각이 일어나는 아주 짧은 염경(念頃)을 의미한다. 일념(一念)은 90찰나이며, 1찰나에는 9백의 생멸(生滅)이 있다고 한다. 또한 1초에는 75찰나가 있다고 하니 얼마나 빠른 순간에 일체의 법이 생(生)하고 멸(滅)하는가를 짐작해 볼 수 있을 것이다.

하늘과 땅 사이에 존재하고 있다고 하여 사람을 인간이라고 부른다. 인간은 숨을 내쉬었다가 들이마시는 사이에 존재한다. 찰나를 먹고 하늘과 땅 사이에 존재하는 것이 인간이다. 그러므로 생사 초월의 문제는 숨이 나가고 들어가는 찰나에 속해 있는 문제라고 할 수 있다.

사찰이라는 명칭에는 스님이 절을 하여 도를 구하고 생과 멸을 찰나에 깨우치는 장소라는 의미가 들어 있다. 즉 어두운 망상들이 초의식의 빛 속으로 사라지고 귀의불하는 묘각(妙覺)의 장소가 사찰이다.

납의(衲衣)를 입고 불문에 들었다고 하여 귀의불(歸依佛)을 완성하는 이가 몇이나 되겠는가?

사(寺)와 같은 뜻으로 원(院)이라고 부르는 이름도 있다. 법화원이니 고려원이니 하는 식이었다. 사나 원보다 적은 규모의 수도처는 암자라고 하며, 사부대중들이 수풀을 이루고 있는 큰절은 총림(叢林)이라고 한다.

총림에는 율을 전문으로 배우는 율원(律院)이 있고, 경전을 배우는 강원(講院), 참선에 정진하는 선원(禪院) 등이 있다.

지금까지 대충 절의 명칭을 살펴보았거니와 가람은 이제 옛말이 되었다. 이름 없이 숨어 정진하는 스님들이 있으니, 도량이나 정사라고 부르는 것이 그릇되진 않으나, 사원을 그냥 절이라고 부르는 것이 가장 무난할 듯하다. ❀

부처의 눈을 열 줄 모르고

아무리 많은 경전 외우더라도
뜻을 알지 못하면 무슨 이익을 있겠습니까
단 한 구의 법을 알아도
그대로 행하면 깨달음 얻을수 있습니다

『벽암록(碧巖錄)』은 송나라의 선승 원오 스님이, 설두 스님의 송고백칙(頌古百則)에 짤막한 평과 해설을 붙여 종안(宗眼)을 발휘케 한 책이다. 육조단경(六祖壇經)의 돈오(頓悟) 견성이라는 종지를 잘 이어받고 있는 『벽암록』은 종문에 큰 영향을 준 문집으로 꼽히고 있다.

그 책을 뒤적이다가 아주 재미있는 대목을 발견했다.

무착(無着) 문희 선사가 오대산에서 문수보살을 만난 사람이 있다는 말을 듣고, 자신도 문수보살을 친견하고 싶어 오대산을 찾아간 일이 있었다. 그는 오대산에 도착했지만 어디 가야 문수보살을 친견할 수 있을지 몰라 금강굴 앞에 앉아 있었다고 한다.

이때 한 노인이 소를 몰고 산에서 내려오고 있었다. 노인이 무착에게 물었다.

"그대는 어떤 사람이며, 무엇 하러 이 깊은 산중에 앉아 있는가?"

무착이 대답했다.

"네, 문수보살을 친견하러 온 무착이라는 중이옵니다."

"밥은 먹었는가?"

이 말이 법담(法談)이다. 실재 밥을 먹고 안 먹고를 물은 것이 아니라 법으로써 이 사람의 도가 좀 익었는가 한번 찔러 본 말이라는 뜻이다. 도란 멀리 있는 것이 아니다. 우리가 일상 생활에서 밥 먹고 옷 입고 대소변을 보는 그 가운데 불교의 진리가 있다. 그런데 사람들은 멀리 있다고 생각한다. 멀리서 찾으니 찾으려고 해도 못 찾고, 일상 속에 있다고 바로 가르쳐 주어도 모르니 답답한 노릇이다.

도가 무르익은 사람이면 밥 먹었느냐고 물었을 때 안 먹었다고 대답하기보다 그에 맞는 법담이 나와야 한다. 그런데 무착은 곧이곧대로 대답했다.

"안 먹었습니다."

생짜라는 것을 알게 하는 말이었다.

마침 날이 저물어 가고 있었으므로 무착은 노인의 뒤를 따라 갔다. 얼마쯤 가니 절이 하나 나왔다. 노인은 그를 방으로 들게 하여 차를 대접했다. 그런데 다완(茶椀)이 파리로 된 것이었다. 파리는 금·은·유리·거거·마노·호박 등과 더불어 일곱 가지 보배로 꼽히는 진귀한 것이었다. 게다가 차는 심신을 상쾌하게 만드는 것으로서 결코 세속에서는 맛볼 수 없는 좋은 차였다.

노인이 물었다.

"자네는 어디서 왔는가?"

"남방에서 왔습니다."

그러자 노인이 차를 가리키며 물었다.

"남방에도 저런 물건이 있는가?"

노인은 찻잔에 담긴 차를 가리키며 물은 것인데 무착은 찻잔을 가리킨 것으로 알았다.

"없습니다."

다시 노인이 물었다.

"남방에서는 불법을 어떻게 수행하는가?"

"말법(末法) 시대의 비구가 계율을 지켜 유지합니다."

"대중은 얼마나 되는가?"

"혹 삼백 명도 되고 오백 명도 됩니다."

이도 노인이 묻는 말에 대한 빗나간 대답이다. 법을 모르니 곧이곧대로만 대답할 수밖에 없었을 것이다.

이번에는 무착이 물었다.

"여기서는 어떻게 불법을 수행합니까?"

"범부와 성현이 함께 있고 용과 뱀이 뒤섞여 있다."

"대중은 얼마나 되는지요?"

"전삼삼 후삼삼(前三三 後三三)이니라."

어디에 떨어지는 말인지를 모르니까 무착으로서는 무슨 뜻인지 이해할 도리가 없었다.

무착은 노인에게 하룻밤 묵어 가기를 청했다. 노인의 대답이 또한 아리송한 것이었다.

"염착(染着)이 있으면 재워 줄 수 없네."

"……?"

마음속에 번민과 집착이 있는 사람은 쉬어 가게 할 수 없다는 말이다. 노인이 무착에게 염착이 없는지 있는지를 시험할 차례였다.

"그대는 계행을 지키는가?"

"네. 출가 후부터 지금까지 지켜서 가지고 있습니다."

"그것은 염착이 아니고 무엇인가?"

이 말은 계행을 지키지 말고 버렸어야 한다는 뜻이 아니다. 닦아도 닦음이 없고 행해도 행함이 없고 가져도 가짐이 없는 경지에 들어가야 하는데 아직까지 꼭 거머쥐고 있으니 염착이라고 지적하는 말이다.

가지고 있어야 할 것이 아닌 것을 가지고 있다 하니 여태껏 헛되이 닦은 것에 불과하다고 여길 수밖에 없었다. 노인은 균제(均堤) 동자를 부른 다음 말했다.

"손님 돌아가시니 배웅해 드려라."

무착은 엉겁결에 쫓겨나게 되었다. 방밖으로 나와서 생각해보니 다른 말은 다 그만두고, 대중 수효를 물었는데 전삼삼 후삼삼이라고 대답한 말만은 알고 가야 할 듯싶었다. 그래서 동자에게 물었다.

"전삼삼 후삼삼이라는 말이 대체 무슨 뜻이오?"

동자가 답했다.

"대덕이여!"

무착은 동자가 자신의 질문에 대답을 한 것인데 자신을 부르는 말인 것으로 알아들었다.

"네."

동자가 다시 물었다.

"그 수효가 얼마나 됩니까?"

대덕이란 말을 존칭어로만 받아들이니 도깨비에 홀린 듯 뜻 모를 말만 주고받은 꼴이 되고 만다. 하나가 통하면 삼매가 모두 통할 수 있을 텐데 그것을 모르니 바로 가르쳐 주어도 알 수가 없다. 그는 혼란에 빠져 동자에게 물었다.

"이곳의 절 이름이 무엇이오?"

"반야사(般惹寺)라 합니다."

무착이 고개를 돌리는 찰나에 동자와 절이 일순 보이지 않게 되고 오로지 텅 빈 산골짜기만 남게 되었다. 그제야 무착은 자기가 친견하고 싶었던 문수보살을 만났지만 지혜의 눈이 열리지 못하여 보아도 보지 못하고 들어도 듣지 못하였다는 것을 깨달았다고 한다.

사바 세계 두루두루 훌륭한 가람
어디라도 문수가 이야기하고 있는 곳인데,
그 말에서 부처의 눈을 열 줄 모르고
돌아서서 그저 푸른 산만 바라본다.

후일 명초 스님이 지은 시다.

문수와 이야기하였다고 말할 수 있는 사람이 누구겠는가? 전삼삼 후삼삼의 뜻만을 쫓아다닐 뿐이다.

지혜가 없으면 모든 것이 헛되다. 바로 보고, 바로 알아들을 수 있어야 바로 깨달을 수 있음을 알아야 할 것이다.

돌을 던지면 사자는 돌을 던진 사람을 물지만 개는 돌을 물어 버린다. 어리석어서 돌을 쫓아가 물고는 자기가 사자인 줄 착각하고 있는 것이 아닌가 깊이 헤아려 보기 바란다.

무착 문희 선사는 그 후 문수보살에게 한 번만 더 친견하게 해달라는 서원을 세우고 열심히 정진하였다고 한다. 그가 오대산의 한 절에서 전좌(典座)라는 소임을 맡아보고 있던 때의 일이다. 동지가 되어 팥죽을 쑤고 있는데 풀떡풀떡, 하고 끓어오르는 죽 속에서 무수히 많은 문수보살이 차례로 고개를 쳐드는 것이었다. 그러자 무착이 주걱으로 문수보살의 머리를 하나 하나 내리치면서 말했다.

"문수도 자기 문수요, 무착도 내 무착이다."

무착이 성취했음을 나타내는 대목이다. 전에는 성현을 친견하겠다는 원력을 세워 오대산까지 찾아가 가까스로 만났는데도 눈이 밝지 못해 만나고도 만나지 못한 것처럼 헤어졌다. 못내 아쉬워하며 한 번만 더 만나기를 소원했던 그였다.

그런데 마침내 공부를 성취하고 나자 문수가 나타나도 문수는 제 문수요, 무착도 내 무착이니 무슨 상관이냐며 이리 치고 저리 치니 참으로 대단한 경지를 이룬 것이었다. 염착을 완전히 벗어난 경지다.

문수보살이 그에게 맞으면서 한 말이 있다.

"네가 삼대겁을 수행해서 노승의 혐의를 입었구나. 쓴 꼬두박은 뿌리까지 쓰고 단 참외는 꼭지까지 사무쳐 달다."

앞 구절은 무착의 향상일로(向上一路)를 은근히 추켜 준 것이요, 뒷 구절은 깨쳤지만 그러나 아직 사무치지 못한 것을 이른 것이다. ❀

두 개의 창고

병이 없는 것이 가장 큰 은혜요
만족을 아는 것이 가장 큰 재물입니다

당 태종(唐太宗)이 다스릴 땐 전쟁을 많이 한 임금이다. 보장왕 대에는 고구려를 침공해 와 연개소문과 전투를 한 일도 있어 우리 역사와도 불가분의 관계를 맺고 있는 인물이다. 그에 얽힌 재미있는 일화가 하나 있다.

당태종이 하루는 밤에 궁궐 안을 순행하고 있는데 웬 사람이 어둠 속에서 불쑥 튀어나왔다. 궁궐에 침입자가 있으리라고는 생각지 않던 그가 깜짝 놀라 소리쳤다.

"웬놈이냐?"

상대가 은밀히 말했다.

"대왕이시여 놀라지 마소서. 저는 인간이 아니라 동해에 살고 있는 용왕입니다. 대왕께 긴히 부탁드릴 말씀이 있어 인간의 몸을 빌려 이렇게 찾아뵌 것입니다."

용왕이라니, 허깨비와 마주한 것이 아닌가 하는 생각이 들면서도 강한 호기심을 억제할 수 없었다.

"그래, 사람도 아닌 용왕께서 짐에게 무슨 부탁이 있다고 찾아온 것이란 말이오?"

"저는 염라대왕의 미움을 받아 내일 오시(午時)가 되면 목이 달아나게 되었기로 대왕께 저의 목숨을 살려 주시기를 간청 드리러 찾아뵌 것입니다. 저를 좀 살려 주십시오"

"짐이 어떻게 그대를 살릴 수 있단 말이오?"

"대왕의 휘하에 있는 상장군을 내일 사시(巳時)에서 미시(未時) 초까지만 밖에 나가지 못하도록 해주시면 저의 목숨을 구해 주는 것이 되옵니다. 자세한 것은 묻지 마십시오"

"상장군만 바깥출입을 못 하게 하면 된다는 말이오?"

"그리하옵니다. 저의 목숨을 살려 주시면 꼭 큰 보답을 하겠습니다."

당태종은 용왕이라고 자처한 자의 부탁에 큰 의혹을 느꼈지만 자기 휘하의 장군 한 명만 출입하지 못하도록 잡아두면 된다니 어렵지도 않은 일이라 생각했다.

"알겠소이다."

"그럼 저는 대왕의 약속을 철석같이 믿고 가겠습니다."

사람의 몸으로 현신했던 용왕은 잠시 후에 흔적도 없이 모습을 감추었다.

당태종은 이튿날 사시가 되자 자기의 부하인 상장군을 불러들였다.

"짐과 더불어 바둑 한 수 두는 것이 어떻겠소?"

"마마의 분부를 받들겠습니다."

임금과 장군은 판을 펼쳐 놓고 한가롭게 바둑을 두었다. 당태종은 미시까지 그와 바둑을 두며 붙잡아 놓음으로써 용왕과의 약속을 지키려

한 것이었다.

오시가 가까워 오자 바둑을 두고 있던 장군이 눈을 지그시 감는가 싶더니 꾸벅꾸벅 졸기 시작했다. 당태종은 장군이 고단하여 그러는 줄 알고 내버려두었다. 그런데 잠시 후에 밖이 캄캄해지더니 천둥 번개가 요란하게 치며 폭우가 쏟아지기 시작했다. 이어서 단말마의 비명소리가 들려 왔다. 놀란 당태종이 밖으로 나가 보니 거대한 용 한 마리가 목이 잘린 채 피를 흘리며 나뒹굴고 있었다.

장군은 당태종이 바둑을 두자며 붙들자 잠자는 척하면서 영혼을 육신에서 빼어내 밖으로 나가 용을 죽인 뒤, 다시 몸으로 돌아온 것이었다.

그 장군은 다름 아닌 염라대왕의 친구였다고 한다. 용왕이 심술을 자주 부려 바다 생물들을 괴롭히는 것을 보다 못한 염라대왕이 친구인 장군에게 알려 음계로 잡아 올리라고 부탁했던 것이다.

목이 잘린 용왕의 혼령은 바로 음계로 떠나지 않고 곧바로 당태종을 찾아왔다.

"대왕께서는 어찌하여 저와의 약속을 지키지 않아 저를 죽게 만들었습니까? 저는 혼자 갈 수 없으니 꼭 대왕을 데리고 가야 하겠습니다."

용왕의 혼령이 당태종에게 덤벼들었다. 당태종은 비명을 지르며 뒤로 넘어졌다. 혼령이 하는 짓이니 다른 사람의 눈에는 보이지도 않고, 혼령의 말소리가 들리지도 않았다. 다만 당태종이 갑자기 비명을 지르며 혼절했다가 의식을 되찾고, 의식을 되찾았다가는 혼절하는 것이 보일 뿐이었다.

용왕의 영혼은 상장군이 옆에 있을 때는 당태종의 곁에 오지 못하다가 그가 자리를 비우면 나타나서 당태종을 괴롭히곤 했다. 마침내 당태종은 운명하고 말았다. 국상이 난 것이었다.

당태종이 죽자 상장군은 자신이 그를 끝까지 지키지 못하여 죽게 했다는 것을 알았다. 그는 시신이 된 당태종의 손에다가 편지를 한 장 써 넣어 두었다. 음계의 친구인 염라대왕 앞으로 보내는 것이었다.

당태종의 영혼을 맞이한 염라대왕은 이승에서 친구가 써 보낸 편지를 받아 읽고는 당태종에게 말했다.

"그대는 아직 때가 되지 않았는데 이곳까지 왔으니 다시 인간 세상으로 돌아갔다가 때가 되면 오도록 하라."

당태종은 기왕 음계에 온 김에 그곳 구경을 하고서 돌아가고 싶었다. 그 뜻을 염라대왕에게 전하자 염라대왕은 당태종에게 안내해 줄 사자 한 명을 보내 주었다.

당태종은 사자의 인도를 받아 구경에 나섰다. 한 곳에 당도하니 갑자기 세상이 캄캄해지면서 칠흑 같은 어둠 속에서 아귀들의 비명소리가 들려 오기 시작했다. 그가 사자에게 물었다.

"저게 무슨 소리요?"

"인간 세상에 있을 때 당신은 전쟁을 하여 무고한 인명을 많이 해쳤소. 당신 때문에 죽은 원귀들이 배가 고파 울부짖는 소리이니 여기 온 김에 저들의 주린 배를 좀 채워 주고 가시오."

당태종은 자기 때문에 죽었다는 원귀들의 주린 배를 채워 주고 싶었지만 어떻게 해야 할지 몰라서 물었다.

"여기가 인간 세상이라면 내가 저들을 위해 좋은 음식을 만들어 배불리 먹여 주겠지만 이곳은 천상이니 도리가 없습니다."

"여기에도 당신의 창고가 있습니다."

"아니, 음계에 저의 창고가 있단 말이오?"

"사람이 생명을 받고 태어나면 누구나 이곳에다가 창고를 만들어 둡니다. 인간 세상에서 공덕을 많이 쌓으면 쌓은 것만큼 이곳의 창고에 쌓이는 것이지요"

사자의 말에 따라 당태종은 음계에 있는 자신의 창고를 보러 갔다. 그 창고의 겉모양은 거대하고 화려했다. 그러나 막상 안으로 들어가자 큰 창고에는 쌓여 있는 것이 하나도 없었다. 그런데 한쪽 구석에 조그마한 것이 하나 눈에 띄었다.

당태종은 보위에 오르기 전에 길에서 한 임산부를 만난 일이 있었다. 막 아이를 출산하려는 중이었다. 그는 곤경에 처한 임산부를 위해 지푸라기를 깔아 주고, 몸을 풀 수 있도록 도와준 일이 있었다.

음계 창고에 있는 유일한 그의 공덕은 바로 임산부를 위해 지푸라기를 갈아 준 것뿐이었다. 그 외에는 남을 위해 베푼 것이 하나도 없었기 때문에 창고는 텅 비어 있었다. 당태종은 부끄럽고 민망했다. 그곳에 먹을 것과 바꿀 수 있는 공덕이 쌓여있다면 아귀들의 주린 배를 채워 줄 수 있는데 창고가 텅 비어있으니 그도 틀린 일이었다.

낙담하는 당태종에게 사자가 한 가지 방법을 일러주었다.

"마침 당신 나라 백성 중에 한 명이 창고로 하나 가득 공덕을 쌓아 놓았으니 그 사람의 창고에서 좀 빌려 쓰고 세상으로 돌아가 갚아 주면 어떻겠소?"

말하자면 외상으로 빌려 쓰고 세상에 돌아가 갚아 주면 된다는 것이었다. 그는 고개를 끄덕이고 그 백성의 창고로 갔다. 그 창고에는 온갖 공덕이 가득하다 못해 넘치고 있었다. 어떤 사람이기에 저렇게 많은 공덕을 쌓았는지 궁금하기 짝이 없었다.

임금인 자기는 아무 공덕도 쌓지 못했는데 일개 백성이 창고를 가득 채울 수 있는 공덕을 쌓았다는 것이 신기하고 놀라웠다. 당태종은 세상에 돌아가면 그를 꼭 만나 그에게서 빌린 것도 갚고, 그가 공덕을 쌓고 있는 모습도 직접 보리라 작정했다.

당태종은 그 백성의 창고에서 빌린 식량으로 주린 아귀들의 배를 채워 주고 사자를 따라 다른 곳으로 향했다. 그때, 절벽과 절벽 사이의 깊은 계곡을 잇는 외나무다리가 나타났다. 사자와 당태종이 다리를 건널 때였다. 앞서가던 사자가 다리 중간에서 한 번 휘청하자 다리가 사정없이 흔들렸다. 당태종은 다리에서 떨어지지 않으려고 발버둥치다가 기어이 떨어지고 말았다. 아득한 계곡으로 추락하는 순간 그는 당나라 궁궐 안에 돌아와 있었다.

의식을 회복한 당태종은 자신이 꿈을 꾸고 있었음을 깨달았다. 꿈에 음계에 다녀온 것이었다. 그러나 모든 것이 생시에서의 일처럼 명료했다. 음계에서 들었던 한 백성의 이름도 기억할 수가 있었다. 그는 신하들에게 아무개라는 백성이 어디에 살고 있는지 알아보라고 했다.

황제의 명을 받은 신하들은 그 백성을 만나러 갔다. 그는 실제 인물이었고, 너무도 신분이 미천한 사람이었다. 짚신을 삼아 팔고 있는 그는 집도 없이 움막을 짓고 살고 있었다.

그런데 그 짚신 장수의 움막에는 사람들이 들끓었다. 사정을 알아보니 그는 짚신을 팔아 번 돈으로 자기가 먹을 만큼만 남기고 굶주리는 이웃을 도와주고 있었다. 짚신 장수를 찾아가면 돈을 얻을 수 있다는 소문이 나자 수많은 거지들이 꾸역꾸역 몰려들었던 것이다.

그는 열심히 짚신을 삼아서 남을 도와주고 있었다. 돈을 벌어 이승에서 자기만 좋은 집에서 잘 먹고 잘 살기 위해 저축하면 음계의 창고에 공덕이 되어 쌓이지 않겠지만, 그것을 남을 위해 쓰니 모두 공덕이 되어 음계의 창고를 가득 채우고도 넘칠 만큼 저축이 되고 있었던 것이다.

당태종은 짚신 장수를 통해 음계의 창고를 채우는 방법을 배웠다. 그는 음계에서 빌렸던 돈을 갚아 주기 위해 짚신 장수에게 소원을 말하라고 했다. 짚신 장수가 허리를 굽혔다.

"폐하, 저는 아무것도 부족한 것이 없사옵니다."

많은 재물을 가지고 있어도 만족할 줄 모르면 가난한 것이요, 비록 가난해도 부족하게 여기지 않으면 그가 곧 부자인 것이다. 짚신 장수는 황제가 아무 이유 없이 내려 주는 황금은 받을 수 없다고 끝내 사양했다.

당태종은 빛을 갚기 위해 크게 불공을 올렸다고 전해진다.

우리 인간은 누구나 두 개의 창고를 가지고 있다. 하나는 이승에서의 삶을 위해 재물을 보관하는 창고이고, 또 하나는 저승에 마련되어 있는 창고이다. 이승의 창고만 채우려고 애쓰는 사람은 저승의 창고가 텅 비어 사후에도 불행할 것이고, 저승의 창고를 채우려는 사람은 이승의 삶도 자족할 줄 알게 되어 행복하게 산다. 죽어서는 물론 서방정토에 들수 있을 것이다. ❧

소금 장수의 딸

공덕의 선한 행을 스스로 행하면
나아가 기뻐하고 즐거워하면서
저절로 다가오는 복을 누리게 됩니다

옛 날에 한 재상이 살고 있었다. 그는 지위가 높았으며 곳간에는
재물이 가득했다. 그러나 그에게도 한 가지 걱정이 있었으니,
대 이을 자식을 얻지 못한 것이었다.

재상은 아들을 얻기 위해 정성껏 불공을 드리는 한편, 없는 사람을
도와주고, 누구에게나 인자하게 대하고, 상대가 참으로 사람되는 길을
구하면 도와주고, 처지를 같이하여 힘을 모아 일하는 등 덕행을 쌓았다.

이는 사섭(四攝)이라 하여 불자가 갖추어야 할 네 가지 덕행을 말함이
니, 곧 보시(布施) · 애어(愛語) · 이행(利行) · 동사(同事) 등이다.

재상이 이토록 공덕을 쌓으니 어찌 부처님의 감응이 없을 것인가?
그는 마침내 간절히 바라던 아들을 얻을 수 있었다.

늦게 얻은 자식이라 재상은 눈에 넣어도 아프지 않을 만큼 귀히 여기
며 사랑했다. 그러나 문제는 아들의 상이 아무리 살펴보아도 박복하게
생겼다는 데 있었다.

아들의 입장에서 보면 부모 복으로 부모가 살아 있을 때까지는 잘 입고 잘 지내겠지만, 부모가 세상을 뜨면 아무리 많은 재산을 물려주어도 그 재산을 지킬 수 없게 되어 있었다.

재상은 자신의 사후에도 아들이 잘 살 수 있으려면 복 많은 여자에게 장가를 들여 주는 수밖에 없다는 결론을 내렸다. 그래서 아들이 성혼할 때가 가까워 오자 며느리를 고르는 일에 온 신경을 쓰게 되었다.

하지만 자기와 지체가 맞는 귀족층에서는 쉽사리 복 많은 여자를 구할 수가 없었다. 그리하여 신분을 무시하고 며느릿감을 고르기로 결심했다.

재상은 복 많은 며느릿감을 손수 고르기 위해 집을 나섰다. 발 닿는 대로 여기저기 옮겨 다니며 사람을 찾았다. 어느 바닷가 마을에 도착한 그는 포구의 주막에서 하룻밤을 머물고 파도 소리가 들리는 바닷가로 걸음을 옮겼다.

그는 가슴이 답답했다. 집을 떠난 지 벌써 몇 달이 흘렀건만 복 있는 젊은 처자를 찾지 못했던 것이다. 드넓은 바다를 구경하는 것으로 답답한 심사를 풀어 보려 할 때였다.

십 오륙 세쯤 되어 보이는 여자가 머리에 무엇인가를 이고 이쪽으로 오는 것이었다. 그는 걸음을 우뚝 멈추었다.

그 처녀는 우선 이목구비가 번듯했다. 눈에는 지혜가 어려있었고 밝은 심성이 씌어 있었으며, 덕이 있고 능히 수천 석 재산을 지킬 수 있는 복을 타고난 듯했다. 재상은 바로 이 여자라는 확신을 가졌다.

그 처녀는 염전 앞에서 머리에 이고 있던 것을 내려놓았다. 염전에서는 여자의 아버지로 보이는 사람이 일을 하고 있었다. 처녀가 아버지에게 먹을 것을 내온 참이었다. 염전을 일구어 소금을 만들어 파는 소금 장수의 딸이었던 것이다.

재상은 그 소금 장수에게 다가가 말을 걸었다.

"내가 청이 하나 있도다."

소금 장수는 지체 높은 양반이 정색을 하고 말하자 어쩔 줄 몰라했다.

"무슨 청이신지요?"

"그대의 딸을 내 며느리로 맞이하고 싶으니 허락해 줄 수 있겠는가?"

"지체 높으신 양반께서 어찌 상것의 미천한 계집을 며느리로 데려간다 하십니까?"

"내가 보니 그대의 딸은 복이 있어. 나는 복 있는 며느리를 원하지, 지체 있는 가문의 딸을 원하는 것이 아닐세."

소금 장수는 이쯤 되자 감히 반대할 수가 없었다. 그러나 속으로는 두렵기도 했다. 혹시 신랑감이 불구가 아닌가 하는 불길한 생각도 들었다.

그렇지만 신랑감을 보기 전에는 허락할 수 없다고 말할 수도 없는 노릇이었다. 재상의 말이 사실이라면 딸이 복을 타고났다니 잘살게 될 테고, 못살아도 제 복이려니 여길 수밖에 없었다. 그는 마침내 양반의 제안을 받아들였다.

재상은 소금 장수에게 많은 돈을 주어 집을 짓고 땅도 사게 했다. 신분이야 당장 양반으로 만들어 줄 수 없지만 아들의 처가이니 가난만은 면하게 해줄 필요가 있었기 때문이었다. 과연 그 처녀는 복을 타고났기에 부모를 부자로 만들어 줄 수 있었다.

재상은 그런 다음 며느릿감을 집으로 데리고 왔다. 바닷가의 거친 바람에 검게 탔던 얼굴이 벗겨지고, 무명옷 대신 비단옷을 입혀 단장을 시키자 딴 인물이 되었다.

집안이 그녀로 인해 달이 뜬 것처럼 훤했다. 실로 달덩이처럼 복스러운 여자였다.

그리고 양반집 살림을 할 수 있는 훈련을 시켰다. 타고난 재주가 있던 처자는 짧은 시일 내에 글을 깨치고 양반의 법도를 익혔다. 혼례를 올릴 때쯤 되자 그녀는 누가 보아도 소금 장수의 딸이 아니었다. 여느 대갓집 규수 못지 않았다.

그러는 동안 세월이 흘러갔다. 재상도, 그의 부인도 세상을 떴다. 그러나 복 많은 여자를 아내로 얻은 재상의 아들은 자신의 복이 워낙 없었지만 아내의 복으로 인하여 재산이 줄지 않고 여전히 잘살 수 있었다.

행복하던 이 가정에 풍파를 몰고 온 것은 재상 아들의 친구들이었다. 그들은 재상의 아들에게 툭하면 장난삼아 말했다.

"자네 부인이 소금 장수 딸이라면서?"

"······."

"어쩌다가 그런 미천한 집안의 딸을 아내로 얻었는가?"

친구들이 이런 식으로 놀려대니 그도 견딜 수가 없었다. 부모가 살아 있을 때는 감히 아내를 내칠 생각을 하지 못했는데, 부모가 돌아가시고 모든 것을 자기 주장대로 할 수 있게 되자 미천한 집안 출신인 아내에게 정도 떨어지고 함께 살 마음이 없어졌다.

그는 첩실을 두게 되었다. 첩에게로 정이 담뿍 옮겨가자 조강지처를 박대하기 시작했다. 그러다가 집에서 내쫓을 결심을 하고 말았다.

"당신과 나는 처음부터 어울리지 않았소. 파도소리가 들리는 당신의 고향으로 돌아가시오!"

부인은 남편이 이런 식으로 들볶자 결심을 했다. 소박데기로 사느니 차라리 태어나 자랐던 바닷가로 돌아가서 사는 것이 낫다는 생각도 들었다. 부인이 남편에게 말했다.

"당신이 가라고 하시니 가지요. 그러나 마지막 소원이 하나 있습니다."

헤어지는 마당에 소원이 있다니, 재상의 아들도 들어주고 싶었다.

"당신 친구들을 모두 우리 집으로 초대해 주세요. 그분들에게 마지막으로 음식이나 한 번 대접해 드리고 싶어요."

그는 아내의 말에 따라 친구들을 집으로 초청했다. 부인은 보기에도 먹음직스러운 잔칫상을 떡 벌어지게 차렸다. 그의 친구들은 모두 군침을 흘리며 상 주위로 몰려들었다.

그러나 막상 수저를 들고 음식을 입안으로 넣으니 맛이 하나도 없었다. 요리에 소금이 전혀 들어가 있지 않아서 간이 맞지를 않았던 것이다. 부인이 방으로 들어왔다.

"맛은 없지만 정성껏 차렸으니 많이 드세요."

그러자 친구들이 말했다.

"어째서 음식에 소금을 전혀 넣지 않았습니까?"

"황송하지만 상것인 소금 장수가 만든 소금을 어떻게 지체 높으신 양반님들이 잡수시는 음식에 넣을 수 있겠습니까?"

"……."

"그런 연유로 음식에 소금을 치지 않은 것이니 이해를 해주세요."

부인은 말을 마치고 방을 나갔다.

친구들은 모두 그녀의 신분을 헐뜯던 사람들이었다. 소금 장수의 딸이라고 업신여겨 남편으로 하여금 부인을 내치도록 했던 그들은 비로소 자신들의 잘못을 깨달았다.

소금은 없어서는 안 될 중요한 것이다. 소금 없이 하루인들 살아갈 수 있겠는가? 그렇게 소중한 것이라고 해도 그것을 만드는 사람들에 대해서는 업신여겼던 것이 우리네 양반들이었다. 양반들의 그런 이중성을 꼬집은 소금 장수 딸의 지혜는 역시 보통이 아니었다.

그 자리에 있던 친구들은 깊이 반성을 하고, 재상의 아들에게 현명하고 어진 부인을 내치지 말라고 간곡히 충고를 했다. 역시 뉘우치고 있던 남편도 조강지처를 버리지 않았다고 한다. ❀

구렁이와 오참봉

어리석어서 지혜 없는 중생은
자기에 대해서 원수처럼 행동합니다
욕심을 따라 업 지어
스스로 무거운 재앙을 받게 됩니다

내 오른쪽 발뒤꿈치에는 흉터가 하나 있다.

내 나이 예닐곱이 될 무렵에 생긴 흉터로 기억된다.

그 당시 나는 상고머리를 하고 남복(男服)을 입고 지냈다. 맏이로 딸을 두었던 아버지께서는 둘째인 나는 사내이기를 학수고대했을 것이다. 그러나 나는 아버지가 바라는 아들로 태어나지는 못했다.

요즈음에도 아들에 대한 선호도는 높은 줄 안다. 나는 1914년 갑인생이다. 내가 어린 시절과 청춘기를 보냈던 일제 시대까지만 해도 비록 왕조는 붕괴되었지만 유교 사상이 폭넓게 사회적 규범과 가치관을 형성하고 있었다. 대 이을 아들을 포기할 수 없다는 가치관이 지금보다 훨씬 더 강렬하게 자리잡고 있었다.

비록 나는 아들로 태어나지 못해서 아버지를 실망시켜 드렸지만 나에 대한 아버지의 사랑은 결코 작은 것이 아니었다. 아들 못지 않은 딸로 기르겠다고 생각해서 나에게 남자 옷을 입게 하고 한문 공부를 시키셨다.

덕분에 어린 시절의 나에게는 여자다운 기색이 전혀 없었다. 선머슴 같았다. 여자 애들과 어울리는 것이 아니라 남자애들과 놀았다. 인형놀이나 소꿉장난 대신 남자애들과 더불어 제기를 차고 기마전을 했으며 딱지나 구슬을 치면서 보냈다.

내 발뒤꿈치의 흉터는 남복을 입고 지낸 시절의 한 상징물 같은 것이다.

나는 수원 근처의 상귀라는 마을에서 자랐다. 그곳에는 오씨(吳氏) 성을 가진 사람의 묘가 하나 있었다. 오씨는 능참봉을 했다는 분이다.

어느 날 내 나이 또래의 남자애들 중에 누군가가 말했다

"우리 오참봉 보러 갈까?"

오참봉의 무덤에는 커다란 구멍이 하나 뚫려 있다고 했다. 그 구멍을 향해 "오참봉!" 하고 소리를 지르면 구렁이가 고개를 내민다는 것이었다. 아이들은 반신반의했다.

"오참봉이 죽어서 구렁이가 된 거야."

"정말일까?"

"그럼, 왜 구렁이가 참봉의 무덤 안에 사니?"

"네가 구렁이를 봤어?"

"우리형이 두 눈으로 똑똑히 보았대!"

"우리가 직접 가서 확인해 보자."

"무섭잖아."

"겁쟁이들은 빠져."

오참봉의 묘는 산을 하나 넘으면 나타나는 또 다른 산의 중턱에 자리 잡고 있었다. 어린아이들로서는 선뜻 찾아가기 먼 거리에 있는 셈이었다. 겁이 많은 아이들은 주저했고, 호기심이 강한 아이들은 직접 찾아가

서 확인해 보자고 했다.

나는 사람이 죽어서 구렁이가 될 수 있다는 말을 믿을 수가 없는 축에 속했다. 그리고 내 눈으로 직접 확인해 보고 싶었다. 일부 겁쟁이들은 포기하고, 강한 호기심을 느낀 10여 명의 아이들이 떼를 지어 오참봉의 묘를 향해 출발했다.

나는 남자 옷을 입고 있었지만 남자아이들처럼 몸이 강하지는 못했다. 나보다 나이가 한두 살 많은 사내아이들이 앞서서 걸어갔다. 나는 뒤처져 낙오하지 않도록 안간힘을 쓰며 따라가고 있었다.

선발대가 오참봉의 묘 근처에 도착한 것 같았다. 나는 미처 산을 다 올라가지 않은 상태에서 선발대들이 입을 모아 외치는 소리를 들었다.

"오참봉!"

그 소리가 고요한 산중을 뒤흔들어 놓았다. 오참봉을 외친 아이들이 산비탈을 우르르 구르듯 달려 내려오며 소리쳤다.

"구렁이가 우리를 잡으려고 따라오고 있다!"

나는 묘에 도착해서 구렁이를 확인해 보지도 못한 채, 냅다 달아나고 있는 아이들의 뒤를 따라 올라가던 길을 되돌아 달려 내려오기 시작했다.

구렁이가 나를 잡아먹을지도 모른다는 두려움이 부지불식간에 엄습해 왔다. 나는 혼신의 힘을 다해 내달렸다. 삐죽이 솟아 있던 나무 등걸에 내 발뒤꿈치가 푹 찔렸다. 나는 비명을 지르며 나뒹굴었다. 그 순간 나무에 발을 찔렸다는 생각보다 구렁이에 잡혔다고 여겼다. 그리고는 의식을 잃고 말았다.

나를 그대로 두고 마을로 돌아갔던 아이들이 어른들에게 얘기를 해서 어른들이 달려와 혼절한 나를 업어 집으로 데려갔고, 우리 집 안방에서 나는 의식이 돌아왔다. 피를 너무 많이 쏟아 얼굴은 백랍처럼 하얗게 변해 있었다. 의식을 되찾은 후에도 자다가 가위에 눌리거나 헛소리를 곧잘 했던 기억이 난다.

너무 순식간에 일어난 일이라 오참봉의 묘에 구렁이가 진짜 있었는지를 내 눈으로 확인하는 것은 실패하고 말았다. 그러나 선발대로 묘에 도착하여 오참봉을 목청껏 외쳤던 아이들은 두 눈으로 똑똑히 뱀을 보았다고 말했다.

어른들도 아이들이 떼를 쓰거나 울음을 터뜨리면 오참봉을 불러다 잡아가게 하겠다고 겁을 주고는 했다.

내가 어머니에게 물은 적이 있었다.

"어머니, 사람이 구렁이로 변해서 태어날 수도 있어요?"

"우리가 죽는다고 해서 아주 소멸하는 것이 아니란다. 극락 왕생하는 사람도 있고, 지옥에 떨어지는 수도 있고, 짐승으로 태어날 수도 있다더라. 그렇게 몸을 바꾸는 것을 윤회라고 하는 거야."

"오참봉이 왜 구렁이가 된 거예요?"

"그 사람은 살았을 때 구렁이처럼 음흉스러웠다더라. 그래서 죽어 구렁이가 되었다고 믿는 거란다."

오참봉이 구렁이가 되었다는 것이 사실이었는지, 지나치게 과장된 말이었는지에 대해서는 확인할 길이 없으나, 묘에 제법 큰 구멍이 하나 뚫려 있었던 것만은 분명하다.

구멍이 뚫려 있으니까 우연히 지나가던 뱀이 들어가서 살게 된 것일 수도 있고, 진짜 오참봉이 구렁이로 변해 그곳에서 살았는지도 모르고, 아니면 전혀 사실 무근일 수도 있다. 구멍을 본 사람들이 지나치게 과장해서 그런 소문을 퍼뜨린 것일 수도 있으니까 말이다.

함께 묘를 보러 갔던 아이들만 해도 그렇다. 그들은 선발대로 도착하여 뺑 뚫려 있는 구멍을 보게 되었고, 그것을 향해 〈오참봉!〉 하고 소리를 지르고 나니, 어물거리다가는 구렁이가 나와 해칠 거라는 공포심이 생겼고, 그래서 냅다 달아나기 시작한 것은 아니었을까?

구렁이를 보지도 못한 상태에서 도망을 쳤으니 겁쟁이로 몰릴 우려가 있어 구멍을 본 것을 가지고 구렁이를 보았다며 허튼 소문을 퍼뜨린 것은 아니었을까?

출가를 하기 전까지 나는 솔직히 말해서 그 사실을 완전히 믿은 것도 아니고 전적으로 부정하지도 않았다. 그러나 불문에 귀의하여 수십 년이 흐른 지금, 모든 생명체가 윤회한다는 것을 전제했을 때 사람이 죽어 구렁이가 될 수 있다는 말을 믿는다.

소를 세밀하게 관찰해 본 적이 있는가?

말 못 하는 짐승이지만 큰 눈을 자세히 살펴보면 사람의 눈과 다름없다는 느낌을 줄 때가 있다. 물기가 번들거리는 것을 보면 슬픔을 참고 있는 것만 같다.

모든 짐승이 다 그렇다. 틀림없는 축생이지만 어느 구석엔가 사람의 일면을 닮았다.

여우같은 짓을 잘하면 죽어 필시 여우가 되리라.

놀고 먹기를 좋아하고 빈둥거리며 일을 하지 않으면 소가 된다. 음흉스럽고 은근 슬쩍 일을 처리하는 버릇이 있는 사람은 구렁이가 되리라.

사람의 형상을 하고 금생에 태어났지만 인간의 도리대로 살지 않고 금수같은 짓을 하면 내생에는 자기와 가장 가까운 마음이나 형상을 한 짐승으로 환생을 한다는 것이 윤회설이다.

축생으로도 태어나지 못할 만큼의 과보를 진 사람도 많을 것이다. 지옥의 종류도 한두 가지가 아니다. 그 죄질에 따라 각기 죽어서 갈 지옥의 종류가 결정된다. 극락왕생 할 일을 하고 사는 사람들만 모여 있다면 굳이 몸을 바꾸어 입지 않아도 이승이 바로 극락일 수 있으련만⋯⋯.

살아 있는 동안 해야 할 일이 많을 것이다. 각기 자기가 처한 상황에서 맡은 바 소임을 다해야 하는 것도 중요하다.

그러나 이승을 떠나기 전에 반드시 하지 않으면 안 되는 일이 있다. 그 동안 짐승처럼 살지는 않았는가, 인간으로서 해서는 안 되는 일을 한 적은 없는가를 돌아보고 그런 것이 있으면 바로잡아 업장을 소멸시키는 것이 무엇보다 중요하다는 점을 강조해 두고 싶다.

특히 살아 있을 날보다 육신을 바꾸어 입을 날이 가까운 노인일수록 서둘러 회향을 준비해야 한다. 언제든지 부름을 받으면 훌훌 털고 갈 수 있도록 업장을 소멸시키고 내생을 위한 준비를 마쳐 놓도록 해야 한다. ✿

마음의 보배, 사리(舍利)

마음의 독한 태도 벗어버리고
온갖 덕행 쌓고 계행을 잘 지키어
마음을 항복 받아 스스로 다스리면
이것이 법의를 입을 수 있는 사람입니다

성철 종정 큰스님이 열반에 드시어 다비장이 거행되고 있을 때, 매스컴에서는 과연 사리(舍利)가 몇과나 나올 것이냐는 데 지대한 관심을 보였다. 마치 사리가 한 사람의 전생애를 조명해 볼 수 있는 가늠자라도 되는 듯한 반응이었다.

이렇게 되자 그때까지 사리가 무엇인지 모르던 일반인들도 뒤늦게 그에 대해 관심을 갖게 되었고, 사리가 대체 무엇이며, 어떻게 생기는 것이냐고 내게 물어 온 사람도 한둘이 아니다.

사리라는 말은 범어의 살리라(SARIRA) 혹은 설리라(設利羅)라는 말의 약칭에서 유래된 것이다. 한자어로는 영주(靈珠)·견고자(堅固子)·골신(骨身)·영골(靈骨) 등 여러 이름으로 불렸다는 것이 문헌으로 전해지고 있다.

우선 사리는 사람을 화장했을 때 남은 뼈의 일종이라고 할 수 있다. 이 뼈는 금강철퇴로 부수어도 부서지지 않을 만큼 단단하다.

그것이 견고하여 망치로 때려도 깨지지 않는다는 기록은 여러 곳에 남아 있다. 그중 감통전(感通傳)에 있는 내용이다.

오(吳)나라의 승회대사(僧會大師)가 건강이라는 땅에서 불상을 모시고 포교를 할 때의 일이다. 오나라 사람들은 이를 처음 대했을 때 요망한 일이라고 떠들어댔다. 그러자 지방관이 민심을 동요시키는 일이라 판단하여 왕인 손권(孫權)에게 상소를 올렸다. 손권이 승회대사를 불렀다.

"불도라는 것이 무엇이오?"

승회대사는 불도의 진리와 교리 및 영험한 신통력 등을 아뢴 다음 부처님의 공덕을 찬양했다.

"부처님께서는 인도라는 나라의 왕자로 태어나셨습니다. 왕위를 이어 권세와 부귀 영화를 누릴 수 있는 신분이었음에도 모든 것을 버리고 출가하신 분입니다. 온갖 고통을 견디고 마침내 성불하신 다음, 그 후 40년 동안 전도 포교하셨습니다. 거룩하신 여러 이적을 행하시다가 열반에 드시매, 진신사리(眞身舍利)가 수효를 헤아릴 수 없을 만큼 많이 나왔는데, 천년이 지난 지금까지도 빛을 발하므로 그 위대함이 비할 데가 없나이다."

이 말을 들은 손권은 호기심이 일었다.

"그 불사리를 얻을 수 있겠는가?"

승회대사는 자신이 모시고 있던 불사리를 오왕에게 바쳤다. 오왕은 그것을 친견하고 찬탄한 다음, 역사(力士)를 불러서 쇠망치로 깨뜨려 보도록 했다. 그러나 사리는 깨지기는 커녕 더욱 찬란한 광채를 뿜어 낼 뿐이었다. 이를 볼 때 사리가 얼마나 견고한지 알 수 있을 것이다.

오왕 손권은 이에 신심이 생겨 탑을 쌓아 그 사리를 모시도록 하고, 건초사(建初寺)라는 절을 지어 대사에게 바쳤다고 한다.

사리가 부서지지 않는 까닭에 대하여 사람들은 그것이 물질이 아니라 영령스러운 정신 작용의 결정체이기 때문이라고 여겨 왔다. 즉 계행을 잘 지켜 몸과 마음을 청정하게 하고, 마음에 정력(定力)을 길러 물욕, 잡념, 탐진치 등을 가라앉히고, 수양을 통해 옳고 그름을 분별하여 도리에 어긋나지 않는 지혜를 오래 닦아 마음을 밝혀 나가면 영령스러운 기운이 스며들어 사리라는 결정체를 만드는 것이다.

물과 햇빛이 벼를 키우듯이 사람도 계·정·혜의 덕행에 힘입어 정신의 결정체를 만들어 낼 수 있다. 따라서 사리는 정신단련의 법력(法力)이 수반될 때라야 생성된다고 할 수 있다. 쉽게 말해서 공부를 제대로 한 큰스님들에게서 나온다는 이야기다.

그러나 사리는 꼭 수행을 잘한 큰스님들에게서만 나오는 것은 아니다. 반대로 탐진치의 삼독에 깊이 빠져 있던 사람에게서도 나오는 수가 있는데 그것을 탐사리 혹은 음사리·진사리 등으로 부르고 있다. 요컨대 좋은 의미든 나쁜 의미든 일심 정념으로 매진한 사람에게서 나올 수 있는 정신의 응결체인 셈이다. 마치 사탄도 신에 버금가는 에너지를 발산할 수 있는 것과 같은 이치가 아닐까 싶다.

사리는 오늘날과 같이 과학이 발달된 시대에도 확연하게 풀 수 없을 만큼 신비한 존재임에는 틀림없다. 그러니 예로부터 많은 사람들이 사리에 대해 의문을 품어 온 것이 당연하다. 태조 이성계도 그중 하나였다.

그가 어느 날 신하들에게 물었다.

"대체 사리라는 것이 어떻게 생기는 것인고?"

이에 하륜(河崙)이라는 대신이 대답했다.

"정신을 수련하면 정기가 생기고, 정기가 쌓이면 사리가 생긴다고 합니다. 하지만 바다의 조개에도 보주가 있고, 뱀에게도 명월주가 있으니 조개와 뱀에게 무슨 정신적인 수련에서 비롯된 정기와 도가 있을는지요. 하여 꼭 그런 것 같지만도 않사옵니다."

이는 하륜이 몰라서 한 말이다.

보잘것없는 미물이나 곤충도 마음이라는 것을 가지고 있기는 사람과 매한가지이다. 그 마음은 움직이고, 성장하고, 알음알이가 생기도록 조화를 부린다.

마음은 바람과 같아서 어디나 접근할 수 있고, 청정심을 내어 아무 잡념 없이 조용하게 가라앉아 있을 수도 있고, 외곬으로 잡고 버티면 한 물체가 생겨나서 단단히 굳어지게 될 수도 있는 일이다. 그것이 한꺼번에 뭉쳤다가 터지면 도가 터졌느니, 초견성을 했느니, 선지식을 얻었느니 하는데, 이때부터 꾸준히 정진하면 성불도 할 수 있게 되는 것이다.

조개나 뱀에게 있어서도 마찬가지다. 조개는 밝은 달이 바다에 비치면 언제나 그 달빛을 받아먹으면서 그 빛이 사라질 때까지 입을 떡 벌리고 있다고 한다. 이렇게 변함 없는 행동을 하는 가운데 진주가 생겨나는 것이다. 뱀도 허공에 달이 뜨면 하염없이 달을 우러러보는 습관을 가지고 있다. 달을 바라보는 정신력으로 명월주를 키운다고 한다.

사리는 정신력의 작용에 의해 생성되어 자라는 마음의 보배다. 고승 대덕에게나 생겨날 수밖에 없을 것이다. 그렇기 때문에 그것이 정말 견고한 것인지 망치로 깨어 보는 행동은 어리석은 행동이다. 성현의 유물과 덕을 손상시키는 행동은 분명한 업이며, 그 업은 무간 지옥에 떨어져야 할 만큼 크다 하지 않을 수 없다. ✿

부처님이 오신 뜻은

비록 사람이 백년을 산다해도
큰 도의 이치를 알지 못하면
단 하루를 살아도 부처님 법을
배워 행하는 것만 못합니다

해마다 초파일이 되면 제등 행렬이 이어지고 절에서는 향 사르는 연기가 자욱하게 피어오른다. 그러나 그런 풍경이 의례적인 연례 행사에 그치거나, 지나치게 자기와 자기 가족만의 복을 구하려는 일종의 자리행(自利行)에 그치는 것이 아닌가 하는 아쉬움을 느낄 때가 있다.

부처님 오신 날의 의미는 부처님이 오신 뜻을 정확히 헤아리는 데에 있다.

부처님께서는 영원겁(永遠劫) 전에 이미 성불해 계셨다. 그런데 구태여 중생의 몸으로 나시어 사바 세계에 다시 오신 뜻은 무엇인가? 그것은 우리 중생들에게 삼사(三事)의 뜻을 가르쳐 주시기 위해서였다고 집약하여 말할 수 있다.

삼사란 무엇인가?

첫째는, 지식만 습득하지 말고 지혜를 기르라는 것이다.

지식은 흔히 강을 건너게 해주는 뗏목에 비유된다. 뗏목은 강을 건널 때는 꼭 필요하지만 일단 강을 건너면 그것을 버려야만 목적지로 갈 수 있다. 뗏목에 집착하다가는 결코 목적지에 가 닿을 수 없다.

지식도 마찬가지다. 가장 큰 목적은 지혜를 기르는 것이며, 지식은 지혜로 나아가는 더 필요한 길잡이에 불과하다. 그런데도 많은 사람들이 실상은 별것도 아닌 얕은 지식에 안주하여 세상을 재고, 보고, 논하려 한다.

바르고 참되게 살 수 있는 길이란 지혜가 없이는 불가능하다. 그것을 일깨워 주신 부처님이야말로 인류의 가장 큰 교육자라고 하지 않을 수 없다.

둘째는, 모든 생명체가 하나이며 평등하다는 진리를 가르쳐 주신 점이다.

고대 인도는 철저한 계급 사회였다. 왕족과 무사, 평민과 노비의 4계급으로 나뉘어져 있어 태어나면서부터 엄청난 차별을 받아야 했다. 부처님께서는 말씀하셨다.

"인간의 품격은 출신 계급에 따라 결정되는 것이 아니라 그 사람이 행한 행동의 결과에 의해 정해진다."

이야말로 사자후였다.

생명의 존귀함을 이처럼 명쾌하게 높이고, 일깨워 주신 분이 있었던가. 인간은 평등하다. 인간뿐만 아니라 모든 생명체는 하나이며. 그렇기 때문에 똑같다.

이 사실을 인정하고 받아들인다면 말 못 한다고 하여 짐승을 살생하는 일도 없고, 남의 생명을 내 것같이 여기니 또한 생명경시 풍조에서도 벗어날 것이다.

오늘날 인류가 안고 있는 모든 사회악과 범죄는 바로 생명경시 풍조에서 비롯되었다. 남을 해치고 자기만 살찌게 하려는 것이나, 남이야 어찌 되든 나만 살기 위해 목숨을 빼앗는 짓도 서슴지 않는 자들에 의해 인류는 위기를 맞이하게 되었다.

부처님의 가르치심을 실천에 옮길 때 인류의 밝은 미래가 열리게 될 것임을 믿는다.

셋째는, 이타행(利他行)을 실천하라는 것이다.

어떤 사람이 저승사자의 실수로 잘못 명부에 잡혀가게 되었다. 염라대왕은 억울하게 죽게 된 그를 살려 주기로 했다. 동시에 비명에 죽었던 대가로 지옥과 극락을 구경할 수 있게 해주었다.

지옥에 가니 사람들이 서로 밥을 먹으려고 하다가 엎지르고 쏟아져서 아무도 못 먹게 되고 말아 결국 모두 굶주리고 있었다. 극락에서는 그와는 반대로 서로 밥을 떠서 먹여 주고 있었다. 결국 극락의 사람들은 서로 먹여 주었기 때문에 엎지르지도 않고 골고루 배불리 먹었다는 이야기다.

이타행이란 별것이 아니다. 자기의 욕심을 채우려다 모두를 망치게 하지 않고, 타인을 걱정해 주어서 함께 잘살 수 있도록 만드는 마음을 말한다.

이타행을 실천하면 죽어서 극락에 갈 뿐만 아니라 이승에서 극락과 같은 삶을 누릴 수 있는 것이다. 자기 자신만을 위해 행동하는 사람들 때문에 이 세상이 지옥과 같이 되었다. 부처님께서는 그것을 잘 알고 계셨기에 사바 세계에 나시어 이타행을 통해 구원받을 수 있음을 가르치셨던 것이다.

지혜의 등불을 밝히고, 생명의 평등함을 깨닫고, 이타행을 실천하면 그것이 부처님이 이 땅에 오신 뜻을 제대로 알고 실천에 옮기는 불자가 되는 길이다.

부처님 재세시(在世時)의 일화 하나를 소개하는 것으로 부처님 오신 날 불자가 갖추어야 할 마음가짐을 들어 보고자 한다.

마가다라는 나라의 국왕인 아사세는 부처님께 귀의하여 교단의 보호자가 되었으며 불경을 첫번째로 결집할 때 이를 도와 대사업을 완성할 수 있도록 한 분이었다.

아사세 왕의 부처님에 대한 경배심은 대단했다. 하루는 부처님을 궁으로 초청하여 공양을 올리고 나서 부처님이 기원정사로 돌아가실 때는 왕궁 문에서부터 기원정사까지 마유고(麻油膏) 등불을 밝혔다고 한다. 수많은 등불이 일대 장관을 이루었다.

그때 난타(難陀)라는 한 거지 노파가 이 등불 행렬을 보게 되었다. 그녀는 항시 부처님께 공양을 올리려는 마음이 지극하였으나 가난하여 실행에 옮길 수가 없었는데, 아사세 왕이 등불 공덕을 짓는 것을 보고 감격하여 구걸해서 생긴 돈을 가지고 기름집을 찾아갔다.

기름을 사려는 노파에게 주인이 물었다.

"어려운 처지에 음식이나 사먹지 기름은 무엇에 쓰려고 그러시오?"

노파가 대답했다.

"부처님 세상은 백겁(百劫)에도 만나기 어려운데 다행히 내가 만났으나 공양을 못 올려서 한이 되는구려. 오늘 왕이 짓는 공덕을 보고 내 비록 가난하지만 등 하나라도 밝히려고 그럽니다."

난타는 기름을 사서 등불을 밝히며 한숨을 쉬었다.

"이 적은 양으로는 밤을 반도 못 밝히겠구나."

노파는 서원(誓願)했다.

"만약 제가 후세에 도를 얻게 된다면 이 불이 밤새 꺼지지 않으리."

그리고는 절을 하고 물러갔다.

아사세 왕이 밝힌 등불 행렬은 새벽녘이 되었을 때 거의 다 꺼졌다. 그러나 난타 노파가 밝힌 등불은 어찌 된 일인지 유독 밝음이 더해갈 뿐 꺼지지를 않았다. 날이 밝아 목련존자가 등을 끄려는데 세 번이나 끄려고 해도 꺼지지 않았다.

목련존자는 신통력으로 바람을 일으켜 등불을 끄려고 했다. 그래도 등불은 꺼지지 않았다. 부처님이 목련존자에게 말씀하셨다.

"그만두거라. 그것은 당래불(當來佛)의 광명 공덕이다. 너의 위신으로는 끌 수가 없느니라. 이 노파는 30겁 후에 부처가 되어 수미등광여래(須彌燈光如來)라고 하리라."

비록 가난하였지만 지극 정성으로 밝힌 등불이었기에 난타 노파의 등불은 꺼지지 않을 수 있었고, 그녀의 정성은 마침내 부처가 되는 공덕이 될 수 있었던 것이다. 빈녀 난타가 밝힌 등처럼 지극한 정성, 이것이 아쉬운 세태가 되었다.

부처님이 오신 뜻을 제대로 알고 부처님 오신 날을 맞으며 바로 빈녀 난타의 등과 같은 지극 정성을 바칠 수 있는 불자가 되기를 바란다. ✿

옛날에 들은 옛날 이야기

마음은 고요히 머물지 않고
끝없이 변화해 끝이 없나니
이 이치 깨달은 현명한 사람은
악을 돌이켜 복을 만듭니다

옛날에 귀신을 눈으로 볼 수 있는 사람이 있었다. 그 사람이 어떤 고개를 넘어가다가 어른 귀신, 아이 귀신이 떼거리로 몰려오는 것을 보게 되었다. 그가 한 귀신에게 물어 보았다.

"어디를 그리 급히 가시오?"

"아, 저 고개 너머에 집을 아주 잘 지어 놨다는 소식이 있기에 거기 가서 살려고 몰려가는 것이오"

그런데 얼마 후에 다시 귀신들이 되돌아오는 것이었다. 그래서 그 사람이 또 물어 보았다.

"어째서 새집에서 살지 않고 돌아들 오시오?"

"거기 가보니 소문대로 집은 잘 지어 놨는데 총알이 우박 쏟아지듯 해서 들어가 살수가 없더라구요. 그래서 되돌아오는 겁니다."

예로부터 새집을 짓거나 불사를 하면 낙성식을 할 때 팥을 뿌리는 풍습이 있다. 새로 집을 지으면 귀신들이 몰려와서 살려고 하기 때문에 팥을 뿌려 귀신이 접근하지 못하도록 한다는 것이다. 귀신의 눈에는 팥이 총알로 보였나 보다.

어떤 사람이 한 동네를 지나가게 되었다. 그가 으리으리하게 지어진 한 기와집의 용마루를 쳐다보니 귀신이 하나 앉아 있었다. 이상한 일이라 여겨져서 귀신에게 물어 보았다.

"왜 거기 그렇게 앉아 있소?"

"나는 이 집과 원수진 일이 있어요. 원수를 갚으려고 했는데 10년 동안 대운이 터져서 갚지 못했던 것이오. 그런데 내일이면 10년이 채워져 마침내 원수를 갚을 수 있겠기에 여기서 내일이 되기를 기다리고 있는 것이외다."

그는 장차 일이 어떻게 진행될 것인지 궁금하여 그 동네에서 하루를 묵기로 했다.

이튿날 그는 아침 일찍 어제의 기와집을 향해 걸어갔다. 그런데 용마루에 앉아 있던 그 귀신이 통곡을 하면서 내려오고 있었다.

"아니, 왜 그러시오?"

"오늘이 되면 원수를 갚으려고 했는데 조금 전에 이 집의 며느리가 아기를 낳았어요. 그런데 그 아이가 30년의 대복을 타고나서 그 아이 때문에 원수 갚기는 다 틀리게 되었소."

사람 하나가 잘 들어오거나 태어나면 이렇게 악운도 물리칠 수 있다는 것이다. 사람이 잘 들어온다는 것은 다름이 아니라 혼인을 통해 새식구가 들어오는 것을 말하며, 태어난다는 것은 어린아이가 태어나는 것을 말한다. 그래서 예로부터 혼인을 할 때는 사주를 보고 집안 내력을 따진 것 같다.

아주 용한 관상쟁이가 있었다. 그는 떠돌아다니며 남의 관상을 봐주는 것으로 이럭저럭 먹고사는 사람이었다. 자신은 별로 좋은 운을 가지고 태어나지 못했지만 남의 관상만은 용하게 봐줄 수 있었던가 보다.

하루는 어느 집에서 머물게 되었는데, 그 집 식구들의 관상을 살펴보니 복 있게 생긴 사람이 하나도 없었다. 그런데 이상하게도 집안 살림이 윤택하고 남부러울 것 없이 살고 있었다. 그는 그 비밀을 풀기 위하여 집안을 샅샅이 관찰해 보았다. 그때, 누런 개 한 마리가 눈에 띄었다. 그가 개를 자세히 살펴보니 개의 목에 툭 불거져 나온 것이 하나 있는데, 그것이 바로 복 주머니였다. 말하자면 집은 그 개의 복에 잘살고 있는 것이었다.

관상쟁이는 개가 가지고 있는 복 주머니를 먹으면 자기도 잘 살 수 있게 된다는 것을 알았다. 그래서 꾀를 내어 갑자기 허리를 움켜쥐고 나뒹굴며 사람 죽는다고 엄살을 피우기 시작했다.

주인이 가만히 생각하니, 지나가던 나그네를 재워 주었다가 잘못하여 죽기라도 하면 곤란하게 될 판이었다. 주인이 나그네에게 물었다.

"아니 왜 그러시오?"

"저는 병이 있습니다."

"무슨 병인지 말씀을 해보시오. 의원을 불러 달라면 의원을 불러다 줄 것이요, 원하는 약이 있다면 그 약을 구해 줄 테니 말씀을 해보시오"

"나는 의원도 필요 없고 약도 소용없습니다. 개 한 마리를 통째로 잡아서 먹으면 낫는 병이에요"

"개를 통째로 먹으면 된다니 거 희한한 병이구려. 그러나 염려 마시오 마침 우리 집에 개가 있소이다. 사람 살리는 일인데 내 어찌 개 한 마리를 아까워하리까? 잡아서 통째로 먹을 수 있도록 해드리지요"

"어이구, 그렇게만 해주신다면 은혜는 꼭 갚겠습니다."

이렇게 하여 복 주머니를 차고 있던 개를 잡기에 이르렀다. 그 집 며느리가 개를 큰 가마솥에 넣고 푹 고기 시작했다.

며느리가 한창 개를 삶고 있는데 국물 위에 허파 같은 것이 하나 떠올라 둥둥 떠다니는 것이 보였다. 기름 덩어리인 줄 알고 그것을 국자로 떠보니 기름 덩어리는 아니었다. 무엇인지는 모르지만 먹음직하게 생긴 것이었다.

며느리는 설마 그 덩어리 하나쯤 먹는 거야 어떠랴 싶어 그것을 슬쩍 먹어 버렸다.

이윽고 푹 익은 개고기를 관상쟁이에게 갖다 주자 그가 이리 저리 고기를 살폈다. 복 주머니를 찾는 것이었다. 그러나 그것은 이미 그 집 며느리가 먹어 치운 다음이니 있을 리가 없었다. 나중에야 그 사실을 안 관상쟁이는 무릎을 탁 쳤다.

"아뿔싸!"

남의 복을 빼앗으려고 했으니 그게 자기에게 돌아올 리가 없다는 것을 뒤늦게 안 것이다.

이런 이야기들은 내가 어렸을 때 주로 어머니로부터 들었던 옛날 이야기들이다. 텔레비전이 없던 시절이었고, 볼 책이 많지도 않던 무렵 어머니로부터 옛날 이야기를 들으며 보냈던 밤의 추억이 새롭다. 이제는 이런 이야기를 해줄 사람도 없고 들으려는 사람도 없다. 혹 어떤 자리에서 이런 이야기 보따리를 풀어놓으면 귀신 씨나락 까먹는 소리라고 할 것만 같다. 나름대로 의미 심장한 내용임에도 불구하고 말이다. ❦

곡차

제 마음 내키는 대로 계율 범하여
술에 취해 항상 주정을 하면
이런 사람은 태어나는 곳마다
스스로 제 몸의 뿌리를 파는 것과 같습니다

계를 잘 지키고 청정하게 수행하던 한 거사가 하루는 목이 몹시 마르던 참에 물이 가득 담긴 큰그릇을 발견하게 되었다.

갈증이 심하던 터라 그 물 그릇을 단숨에 비워 버렸는데, 물인 줄 알았던 그것은 물이 아니라 술이었다.

술을 마시지 않던 사람이 술을 마시고 나니 금세 얼큰하게 취해 버렸다. 하늘이 빙글빙글 도는 것 같기도 하고, 취흥이 오르니 적당히 기분이 좋았다.

때마침 마당으로 이웃집 닭 한 마리가 들어왔다. 통통하게 살이 찐 닭을 보자 문득 그 고기를 뜯어보고 싶은 생각이 들었다. 그는 침이 넘어가서 참을 수가 없었다. 마침내 닭을 잡아 날개와 털을 뽑고 삶아서 뜯어먹고 말았다. 그는 남의 닭을 먹었으니 도둑질하지 말라는 계와 살생하지 말라는 계를 동시에 어긴 셈이었다.

닭의 비명소리를 들은 이웃집 닭 주인이 찾아왔다. 닭 주인은 아름다운 여자였다. 그는 평소 그 여자를 온갖 오물이 담긴 가죽 자루로 보았는데, 술을 마시고 닭고기까지 뜯고 난 뒤에 보니 가슴이 울렁거렸다.

터질 듯 부풀어오른 앞가슴은 매우 고혹적이었다. 그는 여자를 품고 싶은 강한 욕망을 참을 수가 없었다. 처음에는 좋은 말로 여자를 유혹했다.

"아가씨, 나는 아가씨를 오래 전부터 사랑해 왔어요 내 마음을 받아주십시오."

"저는 지금 닭을 찾으러 온 것이에요."

"지금 그까짓 닭이 문제가 아닙니다. 내 가슴이 터질 것 같다니까요."

이웃집 처녀는 거사의 게슴츠레한 눈빛에 놀라 도망치려 했다. 그것이 오히려 그를 난폭하게 만들었다. 그는 그 여자를 강제로 붙잡았다. 소리치는 입을 틀어막고 방으로 안고 들어가서 무자비하게 그녀를 범하고 말았다.

닭을 찾으려고 왔다가 졸지에 강간을 당하고 만 여자는 관가에 그를 고발했다. 그는 곧 관가로 끌려가 갖은 문초를 당했으나 끝까지 거짓말을 했다.

"나는 절대로 그 여자를 범한 일이 없습니다. 오히려 그 여자가 오래 전부터 나에게 이상한 눈치를 보였지만 나는 모른척하고 지냈습니다. 자기 마음을 몰라준 것에 원한을 품고 무고하게 나를 고발한 것입니다."

그가 이렇게 잡아떼니 딱한 노릇이었다. 증인도 없고, 그렇다고 여자가 처녀인지 아닌지 검사를 해볼 수도 없는 노릇이었다. 마구잡이로 매질을 가해서 자백하게 만들 수도 없었다.

그는 끈질기게 자기의 무죄를 주장했고, 문초를 했던 관리는 결국 놓아주지 않을 수 없었다. 그러나 그는 불주음계에 불투도계와 불살생계와 불사음계와 불망어계를 모두 범하고 말았다. 비록 이승에서 무죄로 넘어갔지만 죽은 뒤에 그 업을 다 받아야 했다.

그가 오계를 범한 시초는 술을 한 사발 마신 것에서 비롯되었다. 음주를 하지 말라는 것은 이런 식으로 자기의 의지와 상관없이 연쇄적인 잘못을 범할 수 있기 때문이다.

경에는 술을 한잔 마시는 데 서른여섯 가지의 허물이 생긴다고 되어 있다. 술을 즐기는 사람은 죽어서 똥물 지옥에 떨어지고, 다음 세상에 태어날 때 바보가 된다고 하니 불자는 술을 가까이해서는 안 될 것이다.

이백 같은 이는 술 한잔에 시가 백 수라고 했지만 시가 삼백수라고 한들 거기에 진리가 얼마나 담길 것이며, 취흥에 쓰여진 것이 무슨 대단할 게 있을까 싶다.

불가에서 술을 금하고 있지만 선승들 중에서 곡차를 즐겼던 분이 전혀 없었던 것은 아니다. 근세에 우뚝 솟은 선맥 경허 스님께서도 곡차를 좋아하셨던 분으로 알려져 있다.

경허 스님과 수좌인 만공 스님이 함께 원행을 나갔다. 만공 스님이 말했다.

"스님, 저는 이제 술을 먹고 싶으면 먹고, 먹고 싶지 않으면 먹지 않을 수 있게 되었습니다."

그러자 경허 스님이 대답했다.

"술을 먹고 싶으면 밀을 심고 가꾸어서 누룩을 만들어 빚어 먹어야지."

만공 수좌는 술에서 자재를 얻었음을 자랑하려고 했으나 경허 스승은 밀농사부터 지어서 술을 만들어 먹어야 도리에 맞다는 차원 높은 법문을 하신 셈이었다. 술에 얽매이지 않고 술을 사랑하셨던 분답다.

만인의 사표가 되는 고승들이 술을 즐긴 사실은 생각케 하는 바가 많다. 술 먹는 것 이외에는 다른 계율을 어기지 않았던 만큼, 보편적 도덕률을 뛰어넘는 탈속과 무애의 경지를 보는 것 같다. 부처가 되기보다 먼저 중생 제도에 뜻을 둔 대자대비의 발현이라고 할 수 있지 않을까?

술을 가까이한다는 것은 고매한 인격에 이르기를 거부하고 속세에 머물기를 희망한 것이라고 볼 수 있다. 어째서 일세를 풍미한 도인이 부처의 연화좌가 아니라 속세에 머물기를 바란 것일까?

중생들을 제도하기 위해서는 중생과 더불어 진흙 속에 묻혀야 한다. 실은 진 자리 마른 자리가 따로 없다. 이 세상도 청정본연 부처의 세계다. 여기서 함께 어울려 무애가를 부르다 보면 함께 깨달음을 얻을 수 있을지도 모르는 일이다.

물론 계율을 제대로 지키지 못하고, 세속적인 명리를 탐하는 마음도 없애지 못해서 중생과 다름없는 경지에 머물러 있는 주제에 큰스님의 무애행을 흉내낸다는 것은 경계해야 할 대상일 것이다. ✿

개가 된 어머니

허공이나 바다나 깊은 산중 동굴이나
그 어느 곳에 숨어도
일찍이 내가 지은 나쁜 업의 과보는
이 세상 어디에 가도 피할 수 없습니다

옛날에 한 며느리가 시어머니의 제삿날이 돌아와 제물을 장만하고 있었다. 집안마다 제사상에 올리는 음식의 종류는 조금씩 차이가 있겠지만 대개 안줏감이나 산적은 빼놓지 않고 만드는 줄 안다. 바로 산적을 만들 때의 일이었다.

며느리는 고기를 적당한 크기로 썰어서 꼬챙이에 꿴 다음 기름에 튀겼다. 그렇게 만든 산적을 그릇에 옮겨 담아놓았다. 이때, 뜻하지 않은 일이 벌어졌다. 며느리가 잠시 다른 일을 하는 사이, 어느 틈엔가 집에서 기르고 있던 개가 그 산적을 날름 집어먹고 있었던 것이다.

시어머니의 제사상에 올릴 음식을 개가 먼저 먹고 있으니 이런 낭패가 없었다. 며느리는 너무나 속이 상한 나머지 지게 작대기로 개를 힘껏 내리치면서 말했다.

"요놈의 개새끼, 나가 뒈져라. 어디서 못된 짓을 해."

개는 며느리의 몽둥이 찜질에 다리가 하나 부러져 죽는다고 깽깽거리며 달아났다.

죽은 시어머니는 생전에 남매를 두었다. 딸은 재 너머로 시집을 보냈다. 그런데 그 딸이 초저녁에 잠깐 잠이 들었다가 꿈을 꾸게 되었다. 꿈에 웬 개가 한 마리 나타나서 말했다.

"얘야, 네 올케가 나를 때려서 내 다리가 부러졌다."

딸은 소스라치게 놀랐다. 개가 말을 해서 놀랐다기보다 그 목소리가 돌아가신 어머니의 음성과 같았기 때문이었다.

딸이 물었다.

"어머니, 왜 올케가 다리가 부러지도록 때린 거예요?"

"네 올케가 나를 준다고 산적을 아주 맛있게 굽더라. 마침 시장하던 참이라 미리 좀 먹으려고 한 건데, 그 고기를 먹었다고 화를 내며 나를 때려 다리를 부러뜨려 놓았어."

딸은 잠에서 깨어났으나 조금 전에 꾸었던 꿈이 너무나 생생하게 떠올랐다. 그런데 이때, 개 우는 소리가 들려 왔다. 딸이 급히 문을 열고 밖으로 나오니 오빠네 집에서 기르던 개가 다리가 부러진 채 그곳에 서서 자기를 쳐다보며 슬픈 듯이 눈물을 흘리고 있었다. 딸은 죽은 어머니가 개로 환생한지도 모른다고 생각했다.

이튿날 그녀는 개를 데리고 오빠네 집으로 갔다. 꿈 이야기를 하고 보니 사실과 다름이 없었다. 그제야 모든 사람들은 어머니가 죽어서 개로 환생했다는 것을 믿고, 개를 어머니 돌보듯 위하며 살았다고 한다.

옛날에 한 스님이 다섯 살 된 동자승을 데리고 탁발을 나갔다. 스님이 대문 앞에서 목탁을 치며 염불을 하는 동안 집주인이 나타나 곡식을 내주면 동자승이 받아 넣었다.

이 두 스님이 길을 걸어가다가 신행을 가는 행렬을 만나게 되었다. 신랑은 당나귀를 타고 있었다. 그 모습을 지켜보던 동자승이 갑자기 깔깔거리며 웃었다. 스님이 물었다.

"무슨 이유로 그리 깔깔거리느냐?"

"아들이 아버지를 타고 장가를 가고 있으니 어찌 우습지 않겠어요."

"아들이 아버지를 타고 있다고 했느냐?"

"네, 저 당나귀는 전생에 아들의 아버지였어요. 죽어서 당나귀가 된 거예요."

은사 스님은 동자승을 자세히 살폈다. 이 녀석이 전생을 볼 수 있단 말인가? 견성을 한 것인가?

강원도에 오세암이라는 암자가 있다. 다섯 살 때 이미 도를 깨친 스님이 나와 오세암이라고 명명하게 되었다는 설화가 전해져 오는 곳이다. 다섯 살에 도를 깨친다는 일은 가능한 일이다.

가령, 사람의 일생을 100리 길을 가는 것에 비유해 보자. 어떤 사람이 50리를 가다가 죽었다면 내생에 다시 태어나 나머지 50리를 가게 된다. 이런 식으로 사람의 생명은 윤회한다. 어떤 생에서는 10리밖에 가지 못하여 저승으로 갔다가 환생하고, 혹은 70리도 가고 20리도 간다.

깨달음도 이런 것이다. 만약 95리만큼을 깨달은 상태에서 저승으로 갔던 사람은 다시 태어났을 때 나머지 5리만 가면 100을 채워 견성을 이룰 수 있을 것이다. 그러기에 오세 조사도 가능해진다.

물론 사람이 꼭 사람으로 환생을 한다는 보장은 없다. 잘못한 것이 있으면 축생보를 받기도 하고 지옥고를 치르기도 한다. 그러나 그 업장이 소멸되면 다시 인간으로 환생하여 100을 채우고 그런 다음에라야 죽어서 윤회를 벗는 천상락을 받을 수 있게 된다.

내생에 다시 태어날 때는 전생에서의 업을 갚기 위해 전생에 부모였더라도 자식의 집 개로 태어날 수 있으며, 당나귀로 태어날 수도 있다. 어떤 때는 다시 자식으로 환생하는 수도 있다.

어떤 강도가 칼로 찔러 사람을 죽이고 그가 가지고 있던 돈을 빼앗은 일이 있었다. 그의 살인은 용케도 밝혀지지 않아 감옥에 가는 벌을 받지는 않았다. 얼마 후에 아들이 태어났는데 그 아들의 등에 칼자국이 나 있더라는 것이다.

아버지가 보니 자기가 찔러 죽인 사람의 등에 났던 칼자국과 똑같았다. 원수가 아들로 태어난 것만 같아 아들이라도 두렵고 무서웠다. 정이 가지 않았을 것은 분명한 일이었다.

얼마 후, 두려워하던 일이 발생했다. 아버지가 술이 잔뜩 취해 잠에 곯아떨어져 있을 때 소변이 마려워 일어났던 아들이 등잔불을 잘못 건드려 불이 이불로 옮겨 붙었고, 마침내 취해서 자고 있던 아버지가 타죽고 말았다고 한다.

자식이 아니라 원수라고 하는 사람을 주위에서 가끔 보게 된다. 자식이 사사건건 속을 썩이는 경우에 그런 말을 할 것이다. 자식이 원수로 태어났다면 그것은 업을 갚기 위해 그리 된 일이라는 것을 먼저 알아야 한다. 부모, 자식, 형제간이라도 서로 속이거나 업을 지으면 바로 그 업을 갚기 위해 전생과는 달리 아버지가 아들의 아들이 되어 태어나는 수도 있다. 윤회법은 이처럼 분명하고 무서우며 준엄하다는 것을 알아야 할 것이다.

업을 짓지 않도록 하고, 이승에 살아 있을 때 최선을 다해 내생을 준비해야 할 것이다. ✿

제2부

●

걸어다니시는 부처님

신도들이 볼보살의 가피를 받아 고난을 극복하고
새로운 삶을 살게 되는 경우를
나는 일일이 수를 헤아릴 수 없을 만큼 많이 보아 왔다.
여기에서는 그 중에서 특히 잊혀지지 않는 일화들을
몇 가지 모아 보았다.
어찌 보면 이 글들은 하나 하나가 신앙 간증이며, 부처님이 살아
계심에 대한 생생한 증언이 될 것이다.
부처님은 살아 계신다.
그것을 꼭 체험할 수 있기를 비는 마음으로
다음의 글들을 쓴 것이다.

마음 돌리기

욕심을 버리고 집착이 없으니
삼계의 장애를 벗어났고
욕망 또한 이미 끊어졌나니
그야말로 뛰어난 사람입니다

우리 절 신도인 이 보살은 고향이 개성이다. 보살의 남편 최 거사
도 동향인이다. 그들 부부는 1·4후퇴 때 피난을 나와 서울에서
정착한 사람들이었다.

빈손으로 출발하여 집을 사고 재산을 모으기까지는 이 보살의 공이
적잖았다. 이 보살은 빈틈이 없는 여자였다. 살림을 알뜰히 하고 이재(理
財)에도 밝은 편이었다. 남편도 착실하기로 소문이 나 있는 사람이었다.

열심히 하지 않았다면 피난 내려와서 맨손으로 출발했던 그들이 돈
을 모으기는커녕 집 한 칸 마련하기도 힘들었을 것이다. 복덕방을 차려
돈이 좀 모이자 좋은 조건으로 팔려고 나온 매물을 사서 건물을 소유하
게 되었고, 70년대 후반에는 부자라는 소리를 듣고 살게 되었다.

이 무렵의 어느 날이었다. 하루는 최 거사가 집으로 돌아와서 말했다.

"임자, 내 친한 친구가 사업을 하다가 낭패를 당했다는 거야. 자금을
좀 융통해 주어야겠어."

"돈이 어디 있어요?"

"어디서 좀 빌려다가 돌려주구려. 어려울 때 도와줄 수 있어야 그게 진짜 친구 아니겠소?"

"친한 친구 사이에는 돈 거래를 안 하는 거랍디다. 잘되면 다행이지만 잘못되면 돈 잃고 친구마저 잃는 수가 있어요"

"아따, 이자는 틀림없이 준다니까 좀 빌려 주구려. 그 친구도 월남해서 갖은 고생 다 한 사람이야. 어떻게 하든 일어설 수 있도록 도와주고 싶단 말이오"

"대체 얼마나 빌려주라는 거예요?"

"백만 원이오"

60년대의 일이니까 당시의 1백만 원은 지금의 몇 천만 원 이상의 가치는 되었을 것이다. 거액이었다. 보살은 불안한 마음이었지만 남편이 하도 간곡하게 부탁하니 매양 거절할 수만 없어 결국 돈을 내놓게 되었다.

"빌려 온 돈이에요. 이자는 틀림없이 주어야 돼요"

"그건 걱정 말아요"

실은 그 돈은 남에게서 빌려 온 것이 아니었다. 그 동안 알뜰하게 모아 둔 것이 70만 원은 되었다. 나머지 30만 원은 시집간 딸에게서 융통하여 채웠던 것이다. 사실대로 말하면 이자를 받을 수 없을 것 같아 빌려 온 것이라 둘러대고 남편에게 내준 것이다.

남편은 약속한 날짜에 어김없이 이자를 가져다주었다. 그렇게 일년이 흘렀다. 그 동안 이자를 어김없이 갖다 주기에 원금을 회수할 생각을 하지 않지만 너무 오랫동안 원금을 갚아 주지 않기에 이 보살이 남편에게 말했다.

"여보, 돈 빌려 간 당신 친구는 아직도 사정이 좋아지지 않았어요?"

"왜 ?"

"이자는 어김없이 갖다 주지만 이제 원금을 돌려 받을 때도 됐잖아
요. 돈 주인이 돌려주었으면 하더라구요."

"알았어. 갚으라고 얘기하지."

그러나 남편은 선뜻 돈을 받아다 주지 않았다. 게다가 남편은 그로부
터 늦게 들어오는 날이 많아졌고, 술에 취해 들어오는 수도 있었다. 얼
굴도 수척해졌다.

이 보살은 오해를 했다. 돈 받아 올 생각은 않고 엉뚱하게도 젊은 여
자와 정분이 난 것이 아닌가 여겼던 것이다. 그러고 보니 집으로 가져오
는 돈의 액수도 전만 못했다. 달리 돈 쓰는 곳이 생겼다고 오해를 하게
된 것도 무리는 아니었다.

남편을 자세히 살펴보니 의혹이 가는 점이 한두 가지가 아니었다.
정면으로 얼굴을 마주 보기를 피하는가 하면, 이부자리를 같이 쓰는
것도 싫어했다. 무엇인가 숨기는 기색이 역력했다. 아무래도 바람이 난
것이라 단정하고 꼬리를 잡기만 하면 가만두지 않겠다며 잔뜩 벼르고
있었다.

확실히 이 보살의 남편 최 거사는 전과 행동이 달랐다. 그러나 그것
은 이 보살의 추측대로 바람이 나서가 아니라 말못할 고민이 생겨서 그
런 것이었다. 내막인 즉 돈 1백만 원을 빌려갔던 친구는 그로부터 두 달
후에 사업이 완전히 망해서 부도를 내고 잠적을 해버렸다. 지금까지 최
거사는 그 사실을 속이고 자기가 대신 이자를 물어 왔다. 그런데 원금을
돌려달라니 당장 1백만 원을 만들 길은 없고, 그렇다고 사실대로 얘기
하자니 마누라가 펄펄 뛸 것이 걱정되었다. 이러지도 저러지도 못하고
혼자 속으로 끙끙 앓다가 보니 건강마저 나빠진 것이었다. 돈을 모아서

1백만 원을 만들어야 했으므로 자연 집에다 갖다주는 돈의 액수가 작아질 수밖에 업었다.

아들이 제일 먼저 아버지의 건강을 걱정했다.

"아버님, 어디 편찮으신데라도……?"

"아니다."

"그런데 어째서 안색이 그렇게 좋지 않으세요? 아무래도 병원엘 한번 찾아가 보셔야겠어요."

"아니라니까……."

최 거사는 한숨을 쉬었다. 아무래도 아버지에게 무슨 말못할 사연이 있으리라 여긴 아들이 재차 물었다.

"아버님, 말씀을 해주십시오. 제가 알아서는 안 되는 일입니까?"

아들이 간곡하게 말하자 최 거사는 그간의 경위를 들려주고 말았다.

"네 어머니에게는 말하지 말아야 한다. 네 어머니 성미에 돈 떼었다는 것을 알게 되면 집안이 평화롭지 못하게 될 것은 둘째치고, 건강마저 버리게 될 거야."

아닌게아니라, 아들은 그 사실을 어머니에게 말할 수 없었다. 이 보살은 남에게 신세지는 것도 싫어하지만 남에게 피해를 당하는 것도 못 참는 여자였다. 악착같이 모은 피 같은 돈을 잃어버리고 가만히 있을 그녀가 아니었다. 한번 성질이 나면 불같았다. 그 성미에 돈을 못 받으면 심화를 끓이다가 화병이 날것이 분명했다.

아들은 어머니에게는 말을 못 하고 시집간 여동생에게 말했다.

"너, 어머니에게 빌려 주었던 돈 떼게 생겼다."

"무슨 말이에요, 오빠?"

"어머니가 네 돈과 어머니 돈을 합해서 아버지 친구 분에게 빌려 준 일이 있잖아."

"오빠, 그 사실 아버지에게는 비밀이에요."

"비밀이나마나 돈 돌려 받을 생각은 말아라."

아들은 그간의 경위를 동생에게 자세히 일러주었다. 그 말을 들은 딸은 자기 돈 돌려 받지 못하게 된 것은 둘째치고, 어머니가 이 사실을 알게 되면 집안이 벌컥 뒤집히게 될 것이라는 걱정부터 들었다. 수수방관하고 있을 일이 아닐 듯했지만, 그렇다고 자기가 나설 일도 아니어서 이러지도 저러지도 못하던 터에 어머니가 딸네 집을 찾아왔다.

이 보살은 한숨을 쉬고 나서 딸에게 말했다.

"네 아버지가 아무래도 수상해."

"뭐가요, 엄마?"

"전에 없이 늦게 들어오고 건강도 나빠졌어. 나이 많은 사람이 젊은 여자를 보고 다니니 건강이 나빠질 수밖에 더 있겠어 ?"

"지금 아버지가 바람이 나셨다는 거예요?"

"꼭 그렇다는 것은 아니지만 수상하다는 얘기야."

"그건 아니에요, 엄마."

"열 길 물 속은 알아도 한 길 사람 속은 모른다잖아."

"글쎄 그런 것은 아니라니까요."

"그런 것이 아니면? 넌 뭘 알고 있다는 뜻이구나?"

"내가 뭘?"

"그럼 어째서 그게 아니라고 말하는 거야?"

"나만 모르고 있는 뭔가가 있지?"

결국 딸은 어머니의 독촉을 받다 못해 사실을 밝히고 말았다.

"엄마, 우리가 포기합시다. 그 돈에 집착하다가는 여러 사람 병나게 생겼어요 벌써 아버지 건강이 나빠지셨잖아요. 엄마도 돈을 포기하지 못하면 병이 나실 거예요."

그러나 딸의 말이 이 보살의 귀에 들어올 리가 없었다.

"내 이놈의 영감, 들어오기만 해봐라. 가만히 있나 보자."

이 보살은 사색이 되어 집으로 돌아갔다. 딸은 어머니가 휑하니 가버리자 드디어 일은 벌어졌다고 생각했다. 딸은 아버지에게 전화를 걸어서 미리 마음의 준비를 하도록 했다.

최 거사는 마누라가 펄펄 뛰고 있다는 말을 듣자 그 날 저녁에 집으로 들어갈 용기가 나지 않았다. 친구 도와주려다가 가정 파탄이 일어날지도 모르는 곤경에 처한 것이었다. 그는 이래저래 속이 상해서 술을 마시고 여관에서 잠을 자고 말았다.

이 보살은 돈 떼인 생각을 하면 가슴에서 불이 났다. 입술이 바싹바싹 타고 눈에 보이는 것이 없었다. 그 날 저녁, 남편이 집으로 들어왔다면 대판 싸움이 벌어졌을 것이다. 그녀는 긴 밤을 뜬눈으로 지새웠다.

이 보살이 성라암을 찾아온 것은 그렇게 밤을 새운 이튿날이었다. 그녀는 법당에 들렀다가 주지실로 나를 만나러 왔다.

"스님, 세상에 이렇게 원통할 데가 있어요?"

내가 물었다.

"무슨 일인데요?"

그녀는 그간의 사정을 나에게 들려주었다.

"그 돈이 어떤 돈인지 아세요? 한푼 두푼 두부 값도 절약하고 콩나물 값에서도 조금 떼내는 식으로 안 쓰고 안 입고 10년도 넘게 허리띠를 졸라매면서 모은 피 같은 돈이란 말이에요 그 돈을 하루아침에 날려 버릴 수가 있어요?"

듣고 보니 난감한 일이었다. 그렇지만 이 보살의 마음을 돌려놓지 않으면 돈에 대한 집착 때문에 병이 나도 큰 병이 나게 생겼다. 어떻게 마음을 돌려주어야 할까?

나는 차분히 입을 열었다.

"보살님께서는 모든 생명체가 윤회한다는 것을 믿으세요, 믿지 않으세요?"

"……."

"사람들은 흔히 현세적 삶만 생각하고 현세에 집착하기 쉬워요. 그러나 누구에게나 전생이 있었고, 현세가 있으며, 죽으면 내세가 있는 거예요."

"그러기에 부처님께서는 과거사가 알고 싶거든 너에게 닥쳐오는 것을 잘 살펴보고, 미래사가 알고 싶거든 지금 네가 하고있는 행동을 살펴보라고 하셨어요."

세상에서 일어나는 일 중에 원인 없는 결과는 절대로 없다. 다만 인과응보로 나타나는 원인은 쌓아 올리는 즉시 볼 수 있는 것은 아니며, 환경이나 여러 가지 목적론적 관계가 미묘하게 얽혀 있다.

무겁고 얕고 깊은 데 따라서 먼저 실현될 것이 있고 그렇지 않은 경우도 있다. 쌓아 올린 즉시 받게 되는 것은 순현보라 하고, 다음 시기에 받는 보는 순생보라 하고, 받기는 받으나 언제 받게 될지 일정하지 않은 것은 순후보라고 한다. 금생에 받기도 하고 내생에 받기도 한다. 여러 생을 통해서 구현되기도 한다.

그러므로 착한 사람이 잘못되거나 악한 사람이 잘되는 것은 전생에서 지은 보은으로 말미암아 일어나는 현상이다.

이 보살이 물었다.

"그럼 스님께서는 우리가 남편의 친구 분에게 전생에서 빚을 졌다는 거예요?"

"그렇다고 여기면 마음이 돌려지지요. 업보를 갚은 것이라 생각하고 마음을 돌려요."

인간의 몸은 기계와 같다. 귀를 막고 내면에서 나는 소리를 잘 들어보면 인간의 육체 속에서도 기계 돌아가는 소리가 분명히 요란하게 들리는 것을 알게 될 것이다.

심장은 모든 동력을 만들어 공급하는 발동기랄까? 발동기에 기름을 치지 않으면 기계가 마모되거나 타버리듯이 인간의 심장도 기름을 치지 않으면 고장이 난다. 심장에 기름을 치는 일이 마음 돌리기이다.

마음 돌리기를 하지 못해서 목숨을 잃는 경우를 내가 직접 목격한 일도 있다.

"보살님은 돈놀이를 하려다가 이렇게 된 것은 아니지만 내가 아는 분중에 실제로 일수놀이를 크게 하던 보살이 있었어요."

그녀는 어떤 사람이 돈을 빌려 가서 이자도 잘 갚고, 원금까지 약속한 날짜에 틀림없이 돌려주자 그를 믿게 되었다. 상대가 좀더 큰돈을 요구하자 남의 돈까지 끌어다가 빚을 주었다. 계획적으로 이쪽을 속이려 작정을 한 것이었다. 상대는 그녀로부터 많은 돈을 빌려 가지고 잠적해 버렸다.

보살은 그가 자기 돈뿐만 아니라 남에게서 빌려 준 것까지 몽땅 들고 도망쳐 버리자 가슴을 치고 피까지 쏟았다. 결국 화병을 얻어 끝내는 목숨까지 잃고 말았다.

"워낙 큰돈을 잃었던 탓에 마음을 돌려 화를 풀지 못한 거예요. 그에 비하면 보살님은 남편 친구를 도와주려다가 당했고, 액수도 크게 많은 것은 아니잖아요? 돈에 대한 집착만 버리면 포기할 수 있는 정도잖아요. 그만해도 얼마나 다행이에요.”

“…….”

“급할수록 돌아가라고 했어요. 목전에서 발생한 일만 가지고 원통해할 것이 아니라 부디 멀리 보세요. 전생의 빚을 갚은 것이 아니라면 내생을 위한 공덕을 지은 것이라고 여겨요. 보살님이 마음을 안 돌리면 보살님도 병이 나고, 가정의 평화도 깨지고, 여러 사람이 불편하게 될 테니까요. 보살님만 마음을 돌리면 모든 게 잘 되잖아요.”

이 보살은 고개를 끄덕이며 말했다.

“집착을 버리기가 어디 말처럼 쉬운가요? 쉽지는 않겠지만 노력해 보겠어요, 스님.”

집으로 돌아갔다.

그 날 저녁에 집에서 일어난 일은 나중에 그녀로부터 전해 들었다.

이 보살의 남편인 최 거사는 외박을 한 이튿날 저녁 늦게 귀가했다. 계속해서 외박을 할 수도 없고, 마누라가 펄쩍 뛰겠지만 피한다고 될 일이 아니라고 여겨 부딪칠 결심으로 집에 돌아왔던 것이다.

“저녁 식사는 하셨어요?”

이 보살이 물었다.

보자마자 달려들 것이라고 예상했는데 뜻밖에 점잖게 나오자 남편이 고개를 떨구었다.

“당신도 사정 얘기는 다 들었을 거요. 친구 놈이 본래 나쁜 녀석은 절대 아니었는데 사업이 망하다 보니 나에게 몹쓸 짓을 시키는구려. 내 이놈을 어떻게든 찾아서 돈을 받든지 유치장에 보내든지 해야지.”

“그만두세요.”

"무슨 말이오?"

"법으로 하려다가는 돈도 못 받고 원수만 돼요. 그 사람을 전과자로 만들면 점점 재기하기 어렵게 될 거구요. 나중에 잘되어 갚으면 다행이고 못 갚아도 전생에 진 빚 갚았다고 여깁시다."

이것은 최 거사가 예상했던 말이 아니었다.

"그렇지만 그 녀석이 돈을 안 갚아 주면 우리가 대신 돈을 갚아야 하잖아."

"실은 당신에게 말씀을 드리지 않아서 그렇지. 그 돈은 본래 당신 돈이에요."

"내 돈이라구?"

"당신이 벌어다가 준 돈을 아껴서 모았던 것뿐이니까 원래는 당신 돈이지 뭐예요. 딸애 돈이 좀 들어 있기는 하지만 그것은 얼마 안 되니까 내가 어떻게 해볼게요."

"남한테 빌렸던 돈이 아니었단 말이오?"

"네. 그 동안 이자 갚느라고 고생하셨어요. 자기 돈에 자기가 이자 문 사람은 당신밖에 없을 거예요."

최 거사는 막혔던 체증이 확 뚫리는 것을 느꼈다. 마누라에게 들볶일 것도 문제였지만 생돈을 갚아 줄 일도 큰 걱정이었는데 그 모든 고민이 일시에 해결된 것이다. 최 거사는 아내의 진심을 몰라 다시 한 번 다짐을 두었다.

"당신 정말 괜찮소?"

"네. 당신이 바람이 나서 늦게 들어오고 건강이 나빠지는 줄로만 여겼는데 그것이 아니라는 것이 밝혀졌으니 그만해도 얼마나 다행이에요?"

"고맙구려."

"다 스님 덕분이에요. 오늘 낮에 속이 상해서 절을 찾아갔었거든요. 그 스님이 마음을 돌리라는 좋은 법문을 해 주시더라구요."

그때까지는 사실 최 거사의 신앙심은 깊은 것이 아니었다. 절에 나오는 일도 적었고 어쩌다가 한 해에 몇 번 찾아오는 것이 고작이었다. 그러나 그런 일이 있고 부터 그는 독실한 신자가 되었다.

그가 말했다.

"우리 가정이 평화로울 수 있었던 것은 스님 덕분입니다."

나는 웃으면서 대답했다.

"제 덕이 아니라 부처님의 가피예요."

심정에 불을 질러 병이 나게 힐 민한 일이라도 마음을 돌리고 보면 아무것도 아니다. 어려운 곤경에 처할수록, 누구로부터 배신을 당할수록, 분한 마음에 보복을 하려고만 할 것이 아니라, 마음을 돌려서 다시 한 번 생각하면 그 어려움을 극복할 수 있는 지혜가 생긴다.

이들 부부는 그 일이 있고 부터 금슬이 아주 좋아졌다. 이 보살은 자신이 지금까지 지나치게 물욕에 집착했다는 반성을 했다. 이때부터 그들의 인생관이 바뀌었다. 그들은 자비심을 내어 남을 많이 도와주었고, 이런저런 공덕을 쌓았다.

최 거사는 그로부터 몇 년 후에 환갑 잔치를 성대하게 열었고, 나도 하객으로 참여했다. 호텔의 연회장에는 입추의 여지가 없을 만큼 많은 사람들이 들어차 있었다. 그가 평소에 후덕하여 여러 사람을 도와주고 인간 관계를 원만하게 해왔다는 증거일 것이다.

우리 불가에서는 흔히 복감을 하지 말라는 말을 한다. 지나치게 사치, 남용하거나 자기 욕심을 차리는 행동을 하면 복이 감해진다는 말이다.

사람은 전생에서든 이생에서든 복을 쌓는데 한도가 있다. 그것을 감하면 불행한 일이 닥칠 수밖에 없을 것이다.

최 거사와 이 보살은 복감을 하지 않고 공덕을 많이 쌓아 주위 사람들로부터 칭송을 받는 사람이 되었다. 많은 하객들이 몰려와서 진심으로 그의 환갑을 축복해 주는 것이 그 단적인 예일 것이다. 그리고 그는 바로 며칠 후에 부처님의 놀라운 가피를 또 하나 받았다.

이들 부부에게는 부산에 친척이 있었다. 환갑 잔치가 끝나자 그 친척이 이들 부부를 초대했다.

여행도 기운이 남았을 때 하는 것이지, 꼬부라지면 다니는 것 자체가 고역이라는 데 부부는 의견을 같이했다. 그리고 그동안 부부 동반으로 여행을 다닌 경험이 없던 터라 이번 기회에 원을 풀기로 했던 것이다.

그들 부부는 충주를 거쳐 수안보 온천에 도착하여 하룻밤을 묵었다. 문경 새재를 넘어 상주, 대구, 경주를 거쳐 부산에 도착할 예정이었다. 그러나 결론부터 얘기하면, 그들은 평생 별러 떠났던 이 여행을 끝까지 하지 못했다. 수안보 온천에서 하룻밤을 자는 것까지는 좋았는데 이튿날 문경 새재를 넘다가 차가 전복되는 교통 사고를 당했기 때문이었다.

당시 사고를 목격한 이들은 밭에서 일하던 농부들이었다. 차 한 대가 산 중턱에서 굴러 떨어지기 시작하자 농부들은 하던 일을 팽개치고 차가 굴러 떨어진 곳으로 달려갔다. 농부들은 승용차 안에 타고 있는 사람 중에서 살아 남은 사람이 아무도 없을 것이라고 여겼다. 차는 그만큼 높은 곳에서 수십 바퀴를 굴러 떨어지고 있었다.

농부들이 달려와 보니 차는 넝마 조각처럼 우그러져 있었다. 서둘러 차 문을 부수고 보니 차안에는 운전수 한 명과 늙은 부부가 타고 있었다. 세 사람은 모두 죽었는지 살았는지 의식이 없었다. 농부들은 지나가던 택시를 잡아서 그들을 병원으로 옮겼다.

세 사람은 병원에서 의식을 회복했다. 그런데 놀랍게도 갈비뼈 하나 부러지지 않았고 크게 다친 사람도 없었다. 수십 길 낭떠러지에서 떨어지는 사고를 당한 사람이라고는 믿을 수 없었다. 약간의 타박상이 고작이었다. 사고를 당하는 순간 졸도를 했던 것뿐이었다.

사람들은 모두 천행이라고 했다. 의사는 도저히 있을 수 없는 일이 현실로 일어났다고 말했다. 그들은 자기 발로 걸어서 몇 시간 후에 병원을 나왔다.

천행이라고 말하지만 나는 이들이 부처님의 가피를 입은 것이라고 여긴다. 만약 친구에게 돈을 떼었을 때 그 돈을 악착같이 받겠다며 고소를 하여 사람을 감옥에 가두는 짓을 했다면 이런 가피를 입지는 못했을 것이다. 덕을 베풀었기에 살아서 복을 받은 것이다.

물론 그 한 가지뿐만 아니라, 그들 부부는 마음 돌리기를 실천에 옮긴 다음부터 다른 여러 공덕을 쌓았다.

남의 사정을 헤아려 줄 수 있는 자비심을 가지고 살았기 때문에 이런 것들이 순현보를 만들어 주었던 것이라고 생각한다.

그들 노부부는 현재 미국 이민을 간 아들의 초청으로 역시 이민을 가서 잘 살고 있다는 소식을 가끔 전해 온다. 그들도 팔순이 넘었을 것이다. 장수를 하는 것도 마음을 돌린 덕이다. ✿

자리 지키기

남이 행하거나 행하지 않는 것
그런 일에 신경쓰지 말고
항상 스스로 나를 살피어
옳고 그름을 스스로 알아야 합니다

해방이 되었을 때 내 나이 서른 살이 넘었으니까 나는 일제 때 태어나 어린 시절과 청춘기를 다 보낸 셈이다.

새삼스러운 말이 될지는 모르지만 일제 치하의 36년은 우리민족의 암흑기였다. 그러나 이 땅의 여성들은 이때가 되어서야 비로소 철저하게 남성들에 지배받아 왔던 5백여 년의 여권 수탈사에 반기를 들게 되었다. 그리하여 최초의 여성 선구자들이 모습을 드러내게 되었으니, 그들이 이른바 신여성 그룹이다.

일본 유학생들을 중심으로 태동된 신여성들은 자유연애론과 신정조론을 주창하면서 인습의 굴레를 벗고 남녀 평등을 부르짖기 시작했다. 그러나 이러한 파격적인 행동은 필연적으로 종래의 가치관과 충돌해야 했고, 스스로도 예상하지 못했던 많은 시행착오를 겪어야 했다.

우리나라 최초의 서양화가인 나혜석은 남편과 이혼을 한 후 비참한 독신 생활을 하다가 객사하고 말았다. 윤심덕은 현해탄의 파도 속에 몸을 던지는 것으로 일생을 마감했다. 이들의 비극적인 최후를 보더라도 신여성 그룹의 정신적 갈등이 얼마나 심각했는지를 어렵잖게 짐작해 볼 수 있을 것이다.

여류 시인이요, 여성 운동가였고, 교육자였던 나의 은사 김일엽 스님도 당당한 여성 선각자였다. 동시에 예외 없이 부모가 정해 준 남자와 파혼을 하고 남편과는 이혼을 했으며, 몇 남자와 염문을 뿌렸던 것에서 짐작할 수 있듯이 엄청난 정신적 고통을 겪어야 했다.

그러나 은사 스님은 여타 신여성들과는 달리 불가에 귀의하여 수덕사 견성암에서 피나는 정진을 거듭했고, 마침내 세존의 품안에서 거듭 태어나는 불은을 입으셨다. 종교가로의 변신이 결정적인 파국을 막고 새로운 생명을 부여받을 수 있는 계기가 되었던 것이다.

두터운 인습의 벽에 부딪치며 찢기고 상처를 입으면서도 신여성들은 여성의 지위 향상을 위해 부단히 노력하기를 포기하지 않았다. 어쨌든 그들은 많은 여성들로부터 찬사와 부러움을 받았던 행복한 실패자들이었다.

일부 신여성들을 제외하면, 일제 시대를 보냈던 내 나이 또래의 여성들 대부분이 자신의 운명을 스스로 개척하기보다는 부모의 결정에 맡겨야 했다. 그것이 어쩔 수 없는 실상이었다. 부모가 정해 주는 배우자와 새 삶을 시작하고, 남편이 이끄는 대로 따라가야만 했다. 자기의 주장과 인격이 철저하게 무시되어도 참는 것을 미덕으로 알아야 했던 것이 우리들이다.

요즈음 들어 여권 신장이니 여성 상위니 하는 말을 많이 듣게 된다. 내가 보냈던 젊은 날에 비하면 격세지감을 느낄 만큼 여성의 지위가 많이 향상된 것을 느끼기도 한다.

그러나 오늘날의 한국 여성들이 누리는 지위는 결코 하루아침에 얻어진 것이 아니다. 무수한 선현들의 시행착오를 통해 배우고 다지고 바로잡으며 시대적 변천에 따른 사회 여건의 발전과 더불어 조금씩 발전되어 온 것이다.

이젠 우리 한국 여성들도 무조건 남편에게 복종하고, 인내하며 희생하려고 들지는 않는다. 인격적인 모욕이나 굴욕적인 대접을 받으면 반발하고 이혼도 불사하곤 한다.

지난 시대에는 일부 신여성을 제외하고는 상상할 수도 없던 일이다. 여기서 참고 복종하며 기다리는 것을 미덕으로 알았던 우리 시대 사람의 이야기를 하나 소개하고자 한다.

이야기의 주인공은 나보다 한 살 위이니까 1913년 생이다. 그 역시 오래된 우리 절 신도다. 우리 절 신도가 된 경위를 소개하는 것으로부터 이야기를 풀어 나가겠다.

내가 아직 출가를 하기 전, 성라암을 어머니 스님이 맡고 계실 때니까 해방 직후의 일이다. 그 무렵 어느 날 내 이종사촌 언니가 전화를 걸어 왔다.

"우리 질부 한 사람이 늘 몸이 시원찮아서 골골 앓고 있어. 그 질부가 간밤에 우물이 두 개 있는 절에 가서 기도를 드리면 병이 나을 수 있다는 꿈을 꾸었다며, 서울에 우물이 두 개 있는 절을 알고 있느냐고 연락을 해왔구나. 가만히 생각해 보니 너의 절에 우물이 두 개 있잖아."

언니의 말대로 우리 성라암에는 우물이 두 개 있었다. 처음에는 하나였는데 그 한 곳에서 허드렛물까지 쓰게 하면 지저분해질 것 같아 조금 떨어진 곳에 우물 하나를 더 팠다. 그래서 처음의 우물은 다기물을 뜨는 정갈한 우물로 사용하고 두 번째 것은 허드렛물을 쓰는 곳으로 만들어

놓았다.

나는 언니에게 말했다.

"그럼, 그분을 데리고 오세요, 언니."

"알았다. 이모님한테도 말씀드려 놓아라."

"네."

이모님은 물론 나의 어머니 스님을 가리키는 말이다.

언니는 약속했던 대로 당신의 질부를 데리고 우리 절에 나타났다. 이종사촌 언니의 질부니까 구태여 말한다면 나와도 먼 사돈간이 되리라.

그 보살의 고향은 부여이다. 그녀의 남편은 소생이 없는 큰댁에 양자로 와서 일찍 결혼을 했다. 그리고 서울에서 학교를 다니는 동안 외숙모인, 우리 이종사촌 언니 집에서 기숙했다.

보살은 남편도 없는 시집에서 양시부모를 모시고 살았다. 농촌이니 일이 고될 수밖에 없었다. 옛날 농촌은 지금보다 훨씬 일이 많았다. 곡식을 심고 가꾸고 거두어들이는 것뿐 아니라 곡식을 일일이 방아로 찧어서 먹었다. 보리며 수수, 벼 따위들을 디딜방아에 찧어 키질을 하는 일은 여자 몫이다. 그것도 대개 낮일이 끝난 밤에 방아를 찧는다.

하루 종일 힘든 일을 하고 밤이 되면 방아를 찧어 식량을 마련해 놓고 이슥해서야 겨우 한숨 눈을 붙인다. 이렇게 힘든 일을 하니 아기를 가졌을 때 유산되기가 쉽다. 그 보살도 첫아이를 유산했는데 그때 몸조리를 제대로 하지 않은 것이 탈이 되었다고 했다. 온몸이 저리고 팔 하나가 늘 떨어져 나가는 것처럼 쑤시고 아프며 편두통까지 앓고 있었다.

학교를 졸업한 남편이 직장을 갖게 되자 비로소 서울로 이사를 했다. 서울에 살게 되면서부터 전처럼 힘든 농사일을 하지 않는데도 골병이 깊이 들어 항시 시름시름 앓았다. 그런 상태에서 우리 절을 찾아온 것이었다.

이때부터 그 보살은 우리 절의 신도가 되었고, 얼마 후에 나는 어머니의 뒤를 이어 불문에 귀의하여 승려가 되었다.

그 남편의 사업은 순풍에 돛을 단 듯이 번창하여, 지금은 이름만 대면 모르는 사람이 없을 만한 대재벌이 되었다. 보살이 막내를 낳은 지 얼마 지나지 않았을 때의 일이라고 한다.

하루는 보살이 부부가 함께 쓰고 있는 침실로 들어갔는데, 남편이 웬 낯선 여자와 나란히 이불을 덮고 누워 있는 것이었다. 그녀는 어이가 없고 기가 막혀 이게 무슨 짓들이냐며 이불을 젖혔다. 그러자 흰색 저고리에 검정색 치마를 입은 그 여인이 남편을 앞세우고 방을 나갔다. 두 사람이 그렇게 집을 나가 모습을 감추었을 때 보살이 소스라쳐 놀라 깨어 보니 꿈이었다. 초저녁에 선잠이 들었다가 그런 꿈을 꾼 것이었다.

참으로 해괴한 꿈이었다. 그러나 정작 모를 일은 그 날 저녁 자정 무렵에 일어났다. 통금 직전에 밖에서 돌아온 남편이 안방으로 들어오지 않고 서재로 들어가서는 딸을 불러 이부자리를 그리로 내오라고 말했다.

보살이 서재로 가서 남편에게 물었다.

"무슨 일이세요? 왜 여기서 주무시려는 거예요?"

그러나 남편은 그녀를 쳐다보지도 않고 말했다.

"이부자리를 가져오라면 가져와. 무슨 잔말이 많아."

지금까지 남편의 뜻을 거슬러 본 적이 없는 보살은 남편이 시키는 대로 할 수밖에 없었다. 이유도 없었고, 더욱이 기가 막힌 것은 그 하룻밤뿐만이 아니라 그로부터 남편은 아예 서재를 침실로 사용하기 시작했다는 사실이었다.

항시 늦게 귀가를 해서 서재로 들어가는 남편에게 도대체 이유가 무엇이냐고 따지고 들라치면 아예 그 길로 다시 밖으로 나가 버린다. 말을 하지 않고 피하니 싸움을 제대로 하지도 못했다는 것이 보살의 말이었다.

생활비는 아이들을 시켜 안으로 들여보냈다. 그러니 보살도 갈아입을 옷을 아이를 시켜 서재로 보낼 수밖에 없었다. 한 지붕 아래 살면서 이유가 무엇인지도 모르는 상태로 별거 아닌 별거를 계속했다. 처음에는 애를 끓이다가 세월이 지나가니 체념이 되었다. 싸움을 걸어도 피해 버리는 등 철저하게 무시를 하는 데야 방법이 없었다.

속상하고 분하고 비관적인 마음이야 이루 헤아릴 수 없었지만 자식들이 다섯이나 되니 이혼을 하겠다고 나설 수도 없었다. 허긴 자식이 없었다고 해도 보살은 남편이 집을 나가라고 내쫓지 않는 한 한번 맺어진 부부지연을 자기가 먼저 끊자고 말할 수 있는 사람은 못 되었다

무려 그것이 7년 동안 계속되었다고 한다. 남들은 대재벌의 회장 사모님이니까 부러울 것이 없다고 여기겠지만 아이들 양육하는 보모요, 집안 일이나 하는 가정부 신세와 다를 것이 없었다. 게다가 늘 심화를 끓이니 건강이 극도로 악화되어서 골골 앓았다.

내가 대중과 신도들이 모두 참여하는 백일기도를 드린 것은 이 무렵이었다. 절에 왔던 보살이 나에게 말했다.

"스님. 나도 백일기도에 동참할까요?"

"그러시오 회장 사모님이 뭐 부러울 것이 있을까만 부처님께 기도 드리면 더 큰복을 받을 거예요"

보살은 내 말끝에 한숨을 쉬었다. 나는 물론 그때까지도 이런 내막에 대해서는 전혀 모르고 있었다. 보살은 집안 일을 밖에 나가서 입에 올리는 여자가 아니었다. 혼자 속으로 끙끙 앓으니 더욱 속이 썩었을 것이다.

그는 백일기도에 하루도 빠짐없이 참여했다. 건강이 나빠 절을 하는

속도가 늦었지만 쉬엄쉬엄 부처님께 절을 올리고 관음정근도 열심히 임했다.

기도 드리러 다니는 동안 늘 택시를 타고 왔다. 사정을 모르는 내가 말했다.

"아, 회사에 차가 수십 대인데 회장 사모님이 늘 택시를 타고 다니세요. 영감님한테 차 한 대 내달라고 하세요."

이 말에도 보살은 한숨만 쉬었다. 필시 곡절이 있으리라 여겼지만 설마 7년 동안 남편과 각방을 쓰면서 한 지붕 아래 사는 줄은 까맣게 모르고 있었다.

백일기도가 끝나던 날이었다고 한다. 초저녁에 설핏 잠이 들었다가 꿈을 꾸었다. 그런데 꼭 7년 전에 남편을 데리고 밖으로 나갔던 흰색 저고리에 검정색 치마를 입은 여자가 이번에는 나갈 때와 똑같은 모습으로 집으로 들어와 남편을 방으로 밀어 넣고 사라지더라는 것이었다. 깨어 보니 꿈이었다.

그 날도 남편은 자정이 다 되어서 들어왔다. 여느 때 같으면 서재로 들어갈 텐데 술이 취해 쿵쿵거리며 안방으로 들어왔다. 그것부터가 이상했다. 방으로 들어온 남편은 술 취한 목소리로 여기서 자겠다는 것이었다.

"왜 서재에서 안 주무시구요?"

그러자 남편이 버럭 소리를 질렀다.

"잔말말고 여기다 이불 깔아."

시키는 대로 할 수밖에 없었다. 이유도 모르고 별거를 했다가 어떻게 해서 다시 마음이 돌려져 같은 방을 쓰겠다고 하는지도 모르고 시키는 대로했다.

며칠 후, 보살이 아주 좋은 차를 타고 절을 찾아왔다. 우리 절에 나오고 처음 있는 일이었다. 드디어 남편이 차를 하나 내준 것이었다. 어쨌든 오래 살고 볼 일이었다. 보살은 백일기도 덕분이라고 말했다. 그러면서 비로소 7년 동안 별거했던 사실을 털어놓았다.

나는 7년 동안 아내를 방치한 남편도 어지간하지만 7년 동안 남에게 눈물을 보이지 않고 그 힘든 역경을 묵묵히 참아 냈던 보살이 문득 큰사람같이 여겨졌다.

요새 여자들에게서는 그런 인내를 기대할 수 없을 것이다.

그리고 무엇보다 보살은 효부였다. 양시부모를 지성껏 모셨고 남편의 친부모들도 이 며느리의 봉양을 받았다.

우리 절에 선원을 지을 때의 일이다. 나는 보살네 그룹의 건설회사를 통해 철근을 좀 시주받고 싶었다. 그래서 보살과 상의를 하니 직접 회장님께 말씀을 드려 보라는 것이었다. 늘 저녁 늦게 귀가를 하므로 아침 일찍 집으로 찾아오면 만날 수 있다고 했다.

그래서 나는 직접 뵙고 사정을 말씀드려 보려고 새벽 예불 후 통금이 해제되자마자 회장댁을 방문했다. 첫새벽에 그 집에 당도해 보니 보살은 여든이 넘은 시어머니에게 찬물 마사지를 해드리고 있었다. 나는 그 모습에서 적잖은 감동을 받았다.

"효부시군요 회장 사모님이 첫새벽부터 팔순 노모에게 마사지를 해드리고 있다니……."

부모은중경에 이르기를 가령 어떤 사람이 왼쪽 어깨에 아버지를 업고 오른쪽 어깨에는 어머니를 업고서, 피부가 닳아져 뼈에 이르고 뼈가 뚫어져서 골수에까지 이르도록 수미산을 수 천 번 돌더라도 부모의 은혜는 갚을 수 없다 하였다.

맞는 말이다. 자식이 어찌 어버이의 은혜를 다 갚을 수 있으리오 그러나 양시부모와 친시부모를 다, 그것도 극진히 모신 보살 같은 사람은 역시 하늘이 낸 효부이다. 그녀의 공덕은 결코 적은 것이 아니었다.

보살은 극진히 모셨던 부모가 돌아가시자 망극한 슬픔에 졸도를 하기도 했다. 시부모는 친부모가 아니라 법으로 만난 사이다. 엄밀히 말하면 남이나 다름없다.

그러나 남편을 낳아 길러 주신 부모요, 자식들의 할아버지, 할머니가 되는 분들을 남으로 여기는 태도야말로 도리를 망각한 패륜이라 하지 않을 수 없다. 시부모 공경을 잘하지 못하는 사람들 치고 크게 되는 사람을 나는 보지 못했다. 보살이 축복을 받은 것도 지극한 효심이 있었기 때문이 아닌가 한다.

하루는 보살이 전화를 걸었다.

"스님, 회장님께서 부모 산소를 좀 치장하고 싶어하시는데, 효도한답시고 하는 일이 편히 계신 분들 건드려 번잡스럽게 해드리는 것은 아닌가 하는 생각도 들어요"

"조상을 돌보는 일인데 별 탈이야 없겠지만 정 걱정이 되시면 터 누르는 경을 독송하고 나서 일을 하는 것도 좋겠지요"

"스님, 그럼 같이 가셔서 경 좀 읽어 주시면 안 될까요?"

"그러세요"

나는 이렇게 해서 그들의 선산이 있는 부여까지 동행하게 되었다. 그날 보살의 남편은 술이 거나하게 취했다. 여러 사람이 권한 탓이었다. 귀경길에 나는 그들 부부와 같이 차를 타게 되었다. 이때 그가 술 힘을 빌려 말했다.

"스님, 스님. 마누라 자랑은 팔불출 중에 하나라죠? 그렇지만 오늘은 마누라 자랑을 좀 해야겠습니다. 우리 집에 이 마누라가 들어와서 오늘날같이 잘살게 된 것입니다. 암요, 다 마누라 공이죠"

보살은 눈을 크게 뜨고 남편을 보았다. 나도 그를 주시했다.

"다른 여자 같았으면 벌써 갈라졌을 겁니다. 애들도 뿔뿔이 흩어져 제멋대로 컸겠죠 그러나 이 마누라가 중심을 꽉 잡고 집안을 지켜 주었기 때문에 빗나간 아이들이 하나도 생기지 않았어요 사업이 불같이 일어나 남부러울 것 없는 재산을 모으게 된 것도 다 이 사람 덕분입니다."

"모르시는 줄 알았더니 다 알고는 계시는군요"

내가 말하자 그는 연실 너털웃음을 터뜨렸다. 자기를 두고 얘기를 나누는 것이 부끄러운지 보살은 고개를 창 밖으로 돌렸다. 흩어진 머리 올 사이로 햇살 한 줄기가 머물러 있었다 온화한 그녀의 얼굴 그 자체가 불보살 같다는 느낌을 받았다.

나는 이때 한 소설의 내용을 속으로 떠올려보고 있었다.

어떤 40대의 가정 주부가 있었다. 남편은 사업가였다. 사업가 남편은 매일 저녁 늦게 귀가를 했다. 이 모임 저 모임에 참석하고 이 거래 저 거래의 추진과 뒷수습으로 눈코 뜰 사이가 없었다. 부부간에 호젓한 대화를 나누기는커녕 얼굴을 마주 볼 기회도 드물었다.

여인은 깊은 회의에 빠진다. 자신이 가정부와 다를 것이 없다고 생각한다. 존재 이유와 삶의 목적을 찾을 수가 없었다. 보람도 없고 의욕도 잃었다. 그런 어느 날 젊은 연하의 남자를 만나게 되었다.

두 사람은 깊은 사랑에 빠져들었다. 사랑은 여인을 구원했다. 무의미했던 삶이 갑자기 의미를 갖게 되었고, 생기를 되찾았으며 사는 기쁨을 느낄 수 있었다. 사랑은 그녀를 소생시켰다.

사랑에 빠진 두 사람은 함께 있기를 소망하게 마련이다. 그녀는 자신의 삶에 새로운 의미를 주는 젊은 남자와 인생을 같이하기 위해 사랑의 도피 행각을 벌인다.

그러나 세월이 흘러 돈도 떨어지고 거기다가 병까지 나게 되었을 때 여인은 젊은 남자로부터 버림을 받았다. 젊은 남자의 입장에서 보면 돈도 없고 건강도 나쁜 늙은 여자와 인생을 탕진하고 있을 수는 없었을 것이다.

연인으로부터 버림을 받은 여자는 병이 점점 더 깊어져 갔다. 마침내 죽음이 얼마 남지 않았다는 것을 알게 되었다. 죽기 전에 옛날 남편과의 사이에서 낳은 아들이나 한 번 보고 죽는 것이 여자의 소원이었다. 병든 몸을 이끌고 용기를 내어 아들을 찾아갔다.

어느덧 장성한 아들은 아버지가 일구어 놓은 재산을 자금으로 하여 정치가로 변신을 하겠다고 열심이었다. 아들은 그 옛날 그녀의 남편이 그랬던 것처럼 매일 저녁 술에 취해 들어오고 가정을 전혀 돌보지 않았다. 그런데 자세히 관찰해 보니 며느리 또한 옛날의 자신처럼 젊은 남자와 바람이 나 있었다. 그녀는 며느리를 설득했다.

"내가 시어머니 자격으로 말하는 것이 아니다. 먼저 살았던 선배로서 충고를 하는 것 뿐이야. 남자는 40대 때는 야망을 달성하기 위해 가정을 등한시할 수밖에 없는 거란다. 그것을 이해하고 기다리다 보면 머지 않은 장래에 남자들은 다시 가정의 소중함을 깨닫고 돌아오게 되어 있어. 너는 사랑이 너를 구원해 줄 것이라고 여기고 있겠지만 그것은 근본적인 치유책이 아니라 마약과 같은 것일 뿐임을 알아야 한다. 제발 가정을 지키거라."

그러나 사랑에 빠진 젊은 며느리에게는 생전 보지도 못했던 시어머니라는 여자의 충고가 귀에 들어올 리 없었다.

며느리는 시어머니가 그랬던 것처럼 젊은 남자와 함께 달아나고 말았다. 그리고 그녀 역시 돈 떨어지고 병이 들어 죽게된다. 며느리는 죽으면서 왜 내가 그때 그 말을 듣지 않았던가를 후회하게 된다.

영국의 극작가 버나드 쇼라는 양반이 쓴 글이다. 물론 작가는 충고의 무용함에 대하여 말하기 위해 이 글을 쓴 것이리라. 그러나 여기서 우리는 동서양을 막론하고 40대의 남자는 야망을 달성하기 위해 가정을 등한시한다는 것을 알 수 있다. 여자는 마땅히 아내의 자리를 끝까지 포기하지 말고 아이들을 양육하며, 남편이 가정으로 돌아올 때를 기다리는 것이 현명한 처사라고 여겨진다.

지금이 어느 땐데 전근대적인 사고로 아내를 무시하고 외면하느냐 하겠지만 그에 반발해서 새로운 의미를 찾아 집을 나가 봐야 잘되면 얼마나 잘되겠는가. 자식들 돌보고 가정을 지키다보면 서러움의 날이 가고 기쁨의 날도 오지 않겠는가? 그 예가 보살이다.

그 보살의 인내가 한 집단과 가정을 지키고 키웠다는 남편의 말은 조금도 과장이 없는 진실이다. 그녀는 인내로써 아름다운 결과를 꽃피웠다. 결코 바보처럼 살았다고 말할 수는 없다. 자리를 지키는 데에는 남모르는 피눈물과 뼈를 깎는 고통이 뒤따른다. 그러기에 공적이 될 수 있는 것이다. ✿

방생 이야기 1

아름다운 꽃을 많이 모으면
많은 꽃다발 만들 수 있듯이
좋은 공덕을 두루 많이 쌓으면
태어나는 곳마다 좋은 과보 얻을 수 있습니다

한 청년이 중국의 남방으로 장사를 떠났다. 그가 탄 배에는 마침 자라가 가득했다. 자라들을 중국으로 가져가면 많은 돈을 벌 수 있다고 하여 뱃사람들이 잡아 가지고 가는 것이었다.

청년은 자라들이 갇혀서 살겠다고 버둥거리는 것을 지켜보게 되었다. 말 못하는 어족(魚族)이지만 살아 있는 생명체가 분명한데 돈을 벌겠다고 잡아가는 것이 내내 마음에 걸렸다. 그는 자라들이 측은하여 견딜 수가 없었다. 망설이다가 뱃사람들에게 물었다.

"대체 저 자라를 가지고 가면 얼마나 돈을 벌 수 있습니까?"

뱃사람은 어림잡아 얼마쯤의 돈이 벌린다고 대답했다. 그 얼마라는 돈이 자기가 장사 밑천으로 가지고 가는 돈의 액수와 엇비슷 하자 청년은 장사 밑천이 들어 있는 보따리를 내놓으며 말했다.

"이 돈을 주면 저 자라들을 바다에 놓아주시겠소?"

뱃사람들은 청년의 제안을 받자 대답했다.

"우리야 아무렇게 라도 돈만 벌면 되니 그렇게 합시다."

그러나 그들은 돈을 받자 생각을 바꾸었다. 청년을 바다 속에 처넣으면 돈도 생기고 자라는 자라대로 가지고 가서 팔 수 있다는 흑심이 들었던 것이다. 그들은 힘을 합해 청년을 바다 속으로 집어 던졌다.

잔잔하던 바다가 마치 성을 내듯 파도를 일으키기 시작한 것은 그 직후의 일이었다. 집채만한 파도가 덮쳐 와 배가 뒤집히고 말았다. 바다는 순식간에 뱃사람들을 모두 삼켜 버렸다.

한편, 의식을 잃었던 청년은 바닷가로 떠밀려 가서 구사일생으로 죽음을 면할 수 있었다. 청년이 의식을 되찾아 근처 산으로 올라가 보니 절에서 치는 종소리가 들려 왔다. 그는 그 종소리를 따라가 도움을 받게 되었다. 스님들은 그를 위해 옷과 밥을 주었고, 고향으로 돌아갈 수 있는 여비를 마련해 주었다.

그는 자라들을 방생해 주려다가 화를 입어 죽을 고비를 넘기고 간신히 집에 도착할 수 있었다. 부모가 깜짝 놀라며 반겼다.

"네가 정령 살아 있는 내 아들이란 말이냐?"

"네, 분명 저는 살아서 돌아왔습니다."

"우리는 네가 죽은 줄로만 알았다."

사연인 즉 얼마 전에 웬 낯선 사람들이 찾아와서 청년이 집을 떠날 때 가지고 갔던 돈 보따리를 갖다 주었다는 것이었다. 돈의 액수와 보따리가 분명 아들이 가지고 갔던 것이라 아들은 바다에 빠져 죽고 돈만 돌아왔다고 여긴 것이다.

자라들을 방생하기 위해 뱃사람들에게 넘겨주었던 청년의 보따리를 그의 집으로 도로 갖다 주고 간 낯선 사람들은 과연 누구였을까? 용궁 사람들이라고 밖에 달리 생각할 수가 없었다.

청년은 방생을 하려다가 화만 자초한 것이 아니라는 사실을 비로소 깨달았다. 뱃사람들이 용궁의 노여움을 받아 모두 죽은 것은 당연한 인과응보였을 것이다.

이런 이야기를 해주면 사람들은 보지 않은 일이니 믿을 수 없다는 표정을 짓기 일쑤다. 용궁이 어디 있겠느냐고 한다. 믿기지 않는 이야기겠지만 믿지 않을 수 없는 이야기를 하나 더 해 보겠다.

나는 1969년 8월 31일자 조선일보 7면에 실렸던 기사를 하나 스크랩해서 가지고 있다. 제목은 「생과 사 속의 16시간 반, 거북은 천사와 같았다」라고 적혀 있으며, 「기적적인 생환으로 세계의 화제를 모은 김정남 씨, 꼭 죽는 줄 알았는데 어머니의 용왕제 덕……」 따위의 소제목이 붙어 있다.

기사의 주인공 김정남씨는 당시 부산에 살고 있던 선원이었다. 그의 어머니는 독실한 불자로서 불공을 드리고 용왕제를 올렸다고 한다. 사건의 발단은, 패트럴 나가라 호의 선원이었던 그가 밤에 일본산 위스키를 마시고 갑판에 올라갔다가 배가 출렁이는 바람에 실족하면서 생겼다.

김씨는 바다 속으로 추락했고, 배는 그의 추락 사실을 모른 채 밤의 어둠 속으로 항해를 계속해 나갔다. 그는 바다에 빠지는 순간 죽었다고 생각할 수밖에 없었다. 여기서부터 기사의 내용을 그대로 인용하겠다.

김씨는 망망대해에서 방향을 짐작할 수도 없었다. 무턱대고 바다에 떠있을 수밖에 없었다. 그러나 파도에 실려 어딘가로 밀려가고 있었다. 다행히 악천후는 아니었다. 이럴 때 자기를 구해 준 거북을 만나게 되었다.

"처음에는 상어인 줄 알고 이젠 죽었구나 했어요"

김씨는 이미 기진맥진해 있었다. 아무튼 해칠 것 같지는 않아 접근해 보기로 마음먹었다. 오른팔을 걸쳐도 꿈쩍하지 않았다. 슬쩍 상체를 얹어도 꼼짝 안 했다. 살았다는 안도감 때문에 피로가 한꺼번에 밀려오는 듯했다.

거북은 머리를 물에 넣고 헤엄치다가 이따금 머리를 치켜들곤 했다. 하반신은 물에 잠긴 채 거북에게 모든 것을 맡긴 셈이었다.

이때 다시는 볼 수 없을 것 같았던 가족들의 얼굴이 다시 떠올랐다. 거북에 매달려 움직이는 동안 짙은 안개를 벗어나게 됐다. 때마침 눈앞을 지나치는 배 한 척이 보였다. 로스앤젤레스행 시타텔호였다. 김씨는 한 손으로 거북의 어깻죽지를 안아 쥔 채 남은 한 손으로 배를 향해 있는 힘을 다해 흔들었다.

시타텔호에서 마주 손을 흔들어 자기를 발견했다는 것을 알려 온 순간 김씨는 거북을 놓고 배를 향해 헤엄쳐 갔다. 그 후 거북은 다시 보이지 않았다.

시타텔호에서 구명 보트가 내려왔다. 보트에서 내리는 손을 붙잡고 갑판에 올라서는 순간 정신을 잃고 말았다.

김씨는 거북의 몸길이가 60센티 정도, 목의 굵기가 15센티 가량이었고, 새까맣고 딱딱한 등껍질의 무늬는 한 모서리가 5센티쯤인데다 네 발은 건장한 어른 팔의 3분의 2정도였다면서 거북이 잠수해 버릴까 봐 거북에게 너무 무겁게 매달리지 않도록 조심했었다고 말했다.

김씨는 부두에 내리기 전 시타텔 호 난간에 기대서서 시종 얼굴에 미소를 띠고 손을 흔들며 질문에 거의 고함을 질러 대답했다. 시타텔호가 부두에 닿아 미국 이민국, 보건 및 세관 관리들이 배에 올라 검역 검사를 하는 동안 김씨는 기인처럼 대접을 받았다.

부두에 내린 김씨는 늘 어머니가 불공을 드리고 용왕제를 지내더니 그 덕인 것 같다면서 바다에 빠졌다 구조되기까지 16시간 반 동안의 기적 같은 얘기를 로스앤젤레스 주재 한국 영사의 통역을 통해 남의 일처럼 차분히 들려주었다.

요컨대 갑판에서 바다에 빠졌던 김정남이라는 선원이 거북의 도움을 받아 16시간 반 만에 무사히 생환할 수 있었다는 내용이다. 거북이 그를 살렸다는 사실에 유의해 볼 필요가 있을 것이다. 말하지 못하는 미물이지만 마구 살생해서는 안 된다는 것을 자연히 느끼게 해주는 일화라는 데 공감하리라 믿는다.

문제의 기사 옆에 박스로 처리한 로스앤젤레스발 UPI 동양 통신에 의하면 해양학자들은 김정남씨를 구한 거북이 장수거북일 것이라고 분석했다. 30년 간 거북의 생태를 연구해 왔다는 한 해양학자는 장수거북을 착한 사마리아인에 비유하기도 했다.

그는 김씨가 구출된 나카라과 근해는 이 거북들의 서식처인데, 장수거북의 무게는 450킬로 이상에다 등껍질 길이는 2~3미터에 달하는 대형이고, 거북 종류 중에서 가장 우둔하여 사람이 등에 올라타도 반응을 보이지 않을 정도라고 분석했다.

영국의 한 수족관 잠수부도 김씨를 구한 거북이 푸른거북이 아니라 장수거북일 거라는 데 의견을 같이했다. 장수거북은 때때로 몇 시간씩이나 물 위에 떠 있기도 하고, 병이 들었을 때는 껍질 밑에 바람을 넣고 무한정 떠 있기도 한다고 설명했다.

해양학자들은 그 사건을 기적으로 보지 않고 현실 속에서 일어날 수 있는 일이라는 고증을 하고 있는 것이다. 그렇다고 해도 거북이 어떻게 때마침 나타나 김씨를 조난에서 구해 줄 수 있었단 말인가?

나는 그런 분석보다 김씨의 어머니가 독실한 불자이며 불공을 드리고 용왕제를 늘 올렸다는 사실에 더 주목하지 않을 수 없었다. 기사에는 그런 내용은 없었지만 용왕제를 올린 불자라면 틀림없이 방생을 많이 했을 것이다. 그의 기본적인 구원은 바로 방생 공덕을 받은 것이라고 해야 마땅하다는 것이 내 생각이다. ❧

방생 이야기 2

신(神)에 제사 지내 복을 구하고
그 뒤의 과보를 바라지마는
돌아오는 과보는 보잘 것 없으니
어진 이를 예배함만 같지 못합니다

내가 풍기에 살 때니까 해방 전의 일이다. 그때 나는 아직 출가를
하지 않았지만 어머니 스님의 영향을 받아 독실한 불자로서 생
활하고 있었다.

그 무렵의 어느 날 이웃에 살고 있던 한 부인과 시골 장 구경을 나간
일이 있었다. 한 곳을 지나가려니까 많은 사람들이 운집해 있는 것이 눈
에 띄었다. 우리도 구경꾼들 틈을 비집고 안으로 들어갔다. 사람들은 솥
뚜껑 만한 자라를 보고 있었다.

자라는 그때까지 내가 보았던 것 중에서 가장 컸다. 말 못하는 생물
이지만 하도 크게 생겨서 자연 외경심을 불러일으켰다. 나는 옆에 있는
부인에게 말했다.

"저렇게 큰 자라는 잡아먹는 법이 아니라는데⋯⋯."

그러자 부인이 말했다.

"나도 그 생각을 했어요 내가 사서 살려 줘야겠어요"

그녀는 자라를 잡아 온 어부에게 값을 물어 그가 부르는 대로 돈을 주고 자라를 샀다. 자라가 하도 컸기 때문에 여자인 우리가 다룰 수가 없었다. 이번엔 자라를 물로 가지고 갈 인부까지 샀다. 그렇게 해서 부인은 자라를 방생해 주었다.

만약 그녀가 하지 않았다면 내가 했을 것이다. 내가 하고 싶었지만 양보를 했다는 것이 정확하다. 그 부인은 당시 마흔이 넘었는데도 슬하에 자식을 얻지 못한 상태였다. 방생 공덕으로 자식을 얻을 수 있기를 바라는 마음을 알았기에 내가 양보를 한 것이다.

그러나 나는 솔직히 이때만 해도 방생 공덕에 대해 반신반의하는 편이었다. 자라가 하도 컸기에 그저 살려 주고 싶었던 것뿐이지 공덕을 바란 것은 아니었다. 그런데 믿기지 않는 일이 일어났다. 마흔이 넘도록 아이를 갖지 못해 출산을 거의 포기했던 부인이 그 직후에 임신을 한 것이다.

결혼을 한 지 20년이 가깝도록 태기가 없었던 여자가 아이를 가진 것은 결코 평범한 일이 아니었다. 사람들은 모두 기적이 일어났다고 말했다. 자신도 자라를 살려 준 복을 받는 거라고 말했고, 나도 그렇게 믿었다. 그 부인이 2세를 출산한 것은 정확히 나이 마흔 다섯의 일이었다. 나는 내 눈으로 직접 목격한 이 일을 오래도록 잊을 수가 없었다.

나는 후일 출가하여 불문에 귀의를 하고부터 열심히 방생을 했다. 요즘에도 계절이 바뀌는 숫자만큼은 어김없이 방생을 하고 있지만 그때는 정말 신도들과 혼연일체가 되어 3년 정도 온 정성을 다 쏟았던 것으로 기억된다.

특히 매월 18일인 지장재일에는 어김없이 방생을 했다. 억수 같은 장마가 쏟아지는 때나, 한강이 얼어붙은 한겨울에도 다녔다. 이 당시 우리 절 신도 중에 방생 공덕의 가피를 받은 사람이 많다.

외아들이 병에 걸려 근심이 태산 같던 한 보살이 있었다. 병명도 정확히 알 수가 없었고, 양의사도 한의사도 그 아들의 병을 쉽게 고치지 못해서 보살은 애간장을 태우고 있었다.

하루는 남편이 미꾸라지를 한 양동이 사 가지고 와서 말했다고 한다.

"누가 그러는데 이놈을 푹 고아서 먹이면 병이 나을 수 있다는 거야. 크게 돈이 드는 것도 아니어서 말 들은 김에 사 가지고 왔으니 푹 고아서 먹여 보도록 해요"

아들의 병을 고치자는 일이니 망설여서는 안 되었을 것이다. 그러나 그녀는 지장재일 방생 행사에 한 번도 빠지지 않았던 독실한 불자였다. 그런 자신의 입장에서 볼 때 살아서 꿈틀거리고 있는 미꾸라지들을 몰살시켜야 한다는 데 대해 주저하지 않을 수 없었다. 보살은 진퇴양난에 빠졌다.

그녀는 미꾸라지들을 자세히 바라보았다고 한다. 꿈틀거리고 있는 모습이 모두 살려 달라고 아우성치는 것 같았다. 마침내 골똘히 생각한 끝에 내 자식 살리자고 많은 생명을 죽일 수 없다는 결론을 내렸다.

보살은 아침 일찍 일어나 미꾸라지가 담겨 있는 통을 들고 한강으로 나가 모두 풀어 주었다. 아들의 병이 차도를 보이기 시작한 것은 그 후부터였다. 아들은 우연히 병이 들어 백약이 무효하더니 또한 우연히 병이 낫기 시작하여 완쾌된 것이었다. 그러나 그녀는 아들의 병이 우연히 나은 것이 아니라 방생 공덕의 결과라고 굳게 믿었다.

하지만 남편은 아내가 미꾸라지를 방생해 준 줄은 까마득히 모르고 만나는 사람마다 떠들고 다녔다.

"글세, 우리 아들의 병은 미꾸라지를 고아 먹고 나았다니까. 그놈이 그렇게 몸에 좋은 것인 줄 몰랐네."

남편은 미꾸라지가 몸에 좋은 것이라고 광고를 하고 다녔다. 보살이 남편에게 말했다.

"여보, 미꾸라지가 우리 아들의 생명을 살린 것은 사실이에요. 그러나 그것을 먹어서 나은 것이 아니라 그것들을 살려 주었기 때문에 부처님이 가피를 내려 주신 거라구요!"

남편은 눈을 크게 떴다.

"무슨 말이오?"

"저는 당신이 사 가지고 왔던 미꾸라지를 도저히 먹일 수가 없었어요. 그것들을 모두 방생해 주었다구요. 우리 아들이 병이 나을 수 있었던 것은 그 공덕이에요."

"뭐요?"

"그러니 미꾸라지를 먹으면 몸에 좋다는 말은 제발 하고 다니지 마세요."

불자들 중에는 인간 방생을 해야지, 그까짓 잡아먹히는 것을 본분으로 하여 태어난 고기들을 풀어 주는 것이 무슨 공덕이냐, 오히려 어리석은 짓을 하는 것이라고까지 말하는 사람도 있는 줄 안다. 이야말로 어리석은 말이다.

세상에서 제일 소중한 것은 생명이다. 그러므로 천하에 가장 참혹한 것은 가장 소중한 생명을 살생하는 일이다. 생명을 가진 이는 누구나 깨달을 수 있기 때문에 중생은 부처의 종자가 된다. 부처의 종자가 될 수 있으므로 생명은 더욱 소중한 것이다.

생명은 누구에게나 소중하기 때문에 잡으려고 하면 기를 쓰고 도망을 치며, 심지어 이나 벼룩도 죽지 않으려고 피한다. 장마가 지려고 하면 개미들은 정든 보금자리조차 버리고 이사를 가 살기를 도모한다. 보잘것없는 미물들도 그러하거늘 큰 것이야 더 말할 바 없다.

그들로 하여금 간이 떨어지게 하고, 혼이 흩어지게 하고, 어미와 새끼가 서로 헤어지게 하는 것은 마치 우리들이 난리를 만나 총과 칼에 다치고 부모, 형제, 처자식과 서로 생이별하는 것과 다를 것이 없다.

혹 새장이나 우리에 들어가면 감옥에 갇힌 것과 같고, 도마나 칼 위에 놓이게 되면 사형을 당하기 위해 형장에 끌려가는 것이나 같고, 목을 찌르고 가죽을 벗기면 지옥을 만나는 것이나 다름없을 것이다. 자기가 그 상황에 처했다고 상상해 보면 절로 소름이 끼쳐지고 몸서리가 쳐질 것이다.

내가 강하다고 하여 남을 업신여기는 것도 마땅치 않은 일인데 하물며 남의 살을 먹고 내 몸을 살찌게 하다니, 그러고도 어찌 복을 구할 수 있겠는가?

세상이 아득하여 이치를 잘 알기 어려우나 하늘은 본래 살리기를 좋아한다. 그 사실만은 분명하다. 그러기에 살생을 너무 많이 하면 날씨가 고르지 못하게 되고 재난이 찾아온다. 선한 일을 하면 풍년이 들고 천하가 태평하니 사람들이 살생함은 천리를 어기는 것이다. 성인들은 위로는 천리에 순종하고 아래로는 생명을 불쌍히 여겨 착한 마음으로 온 세상을 구제하였다. 방생은 불가의 도리일 뿐만 아니라 어진 성현들이 취했던 규범이었다. 가볍게 여길 일이 아니다.

그런데도 사람들 중에는 습관적으로 살생을 하는 사람이 허다하다. 어떠한 경우에도 살생은 금해야 하겠지만 특히 다음의 경우에는 절대로 생명체를 살생해서는 안 된다.

첫째는, 생일에 살생하지 말라는 것이다.

어머니는 죽음을 각오하고 자식을 낳는다. 그러므로 자기가 태어난 날은 어머니가 죽을 뻔한 날이다. 이런 날은 살생을 하지 말아야 한다. 부모의 수명장수에 해가 따를까 걱정되기 때문이고, 이미 돌아가셨으면 극락왕생을 빌어야 하기 때문이다. 산목숨을 죽여 부모에게 허물이 돌아가도록 하는 것은 불효 중에서도 상불효다.

둘째는, 자식을 낳고는 절대 살생을 하지 말라고 하였다.

자식을 낳고 기뻐하지 않을 부모는 없을 것이다. 반대로 자식을 잃으면 망극한 슬픔에 잠길 수밖에 없다. 그것은 짐승에게도 마찬가지다. 자기 자식이 태어난 것만 기뻐했지 그 기쁨을 크게 하기 위해서 짐승을 잡아 포식하는 일을 저지른다는 것은 하늘의 도리에 어긋나는 것이다.

중국에 살았던 허진군(許眞君)이라는 사람이 사냥을 하다가 새끼 사슴 한 마리를 쏘았다고 한다. 어미 사슴이 달려와서 새끼의 화살 맞은 자리를 핥았으나 오래지 않아서 죽게 되었다. 그러자 어미 사슴도 뒤이어 죽고 말았다. 허진군이 어미 사슴의 배를 가르자 창자가 마디마디 끊어져 있었다. 갑작스러운 새끼의 죽음에 단장의 아픔을 느꼈고, 그래서 창자가 끊어져 어미도 죽고 만 것이었다.

셋째는, 조상의 제사에는 살생을 금해야 한다.

부모에게 효도를 한답시고 제사상 위에 온갖 고기를 올리는 사람들이 많다. 어차피 망자(亡者)는 혼으로 왔다가는 것이지 육신이 강림하여 제물을 먹고 가는 것은 아니다. 부모의 혼령을 위해 천도를 해주고 천상락을 빌기 위해 재를 올려 드리는 것이 자식된 도리다. 부처님이 금하시는 살생을 저지른다는 것은 효도가 아니라 천하에 없을 불효를 저지르는 짓이다.

넷째로, 남녀가 백년가약을 맺으면서 살생하지 말라고 하였다.

혼인은 자식을 낳게 됨을 의미한다. 자식을 낳으려 하면서 살생하는 것은 복을 감하는 일이다. 부부가 되면 함께 늙어 가기를 바랄 것이다. 자기들은 오래도록 같이 살기를 바라면서 말 못 하는 짐승들에게는 이별을 강요해서야 되겠는가?

다섯째로, 손님을 접대할 때 살생을 금하라고 일렀다.

주객(主客)이 조촐한 음식을 앞에 놓고 환담을 하는 것은 멋스러우나, 살려고 나온 짐승을 잡아 기름지게 대접하는 것은 악을 범하는 일이다.

여섯째로, 복을 구하는 사람은 살생하지 말라고 했다.

가령, 자기는 병이 낫게 되기를 바라면서 남의 생명을 끊어서야 되겠는가? 미신을 따라 고기 제물을 풍성하게 차려 놓는 것은 업을 더하는 일이지 결코 복을 구하는 사람이 할 짓은 아니다.

일곱째로, 생계를 위해서 직업으로 살생하는 것을 택하지 말라고 하였다.

사냥을 업으로 삼고 있던 한 사람이 아들을 데리고 사냥을 나갔다. 사냥꾼은 사슴을 향해 화살의 시위를 당겼으나 화살이 빗나가면서 아들을 맞히게 되었다. 사슴이 아니라 아들이라는 것을 알았을 때는 이미 돌이킬 수 없었다. 모두가 과보를 받은 것이 아니겠는가?

살생은 되도록 하지 말기를 권한다. 가능하면 죽게 된 생명을 풀어 주는 것이 복을 받는 일이다. 그것이 모든 생명체는 하나라고 하신 부처님의 말씀을 따르는 불자가 지킬 도리다.

중국의 고승 지각선사(知覺禪師)의 속명은 연수(延壽)다. 오나라 월왕이 항주를 차지하였을 때 그는 속인으로서 여항현의 창고지기로 일하고 있었다. 그는 여러 번 창고의 공금으로 고기와 새우 등을 사서 방생을 했다. 마침내 그는 공금을 횡령한 죄로 몰려 사형 선고를 받게 되었다.

그러나 그는 사형장으로 끌려가면서도 조금도 슬퍼하는 기색을 띠지 않았다.

사람들이 그에게 죽음 앞에 초연한 까닭을 묻자 그가 이렇게 대답했다.

"나는 공금을 조금도 사사로이 쓴 것이 아니라 모두 방생을 하는 데 쓴 것이다. 내가 살려 준 목숨이 수없이 많다. 이제 내가 죽으면 서방정토에 태어나게 될 테니 이것은 기쁜 일이지 슬퍼할 일이 아니다."

그 말을 들은 월왕은 죄인을 정토에 태어나게 하고 싶지 않아 사형을 중지하고 방면해 주었다고 한다. 그는 그 직후 출가하여 견성을 하게 되었다.

지각 대사가 죽은 뒤, 한 스님이 명부에 들어가니 염라대왕이 지각 대사의 형상 앞에서 예배를 올리고 있었다. 그가 물었다.

"대왕께서 예배를 올리고 계시는 그분은 누구십니까?"

염라대왕이 대답했다.

"이분은 인간 지각 대사인데 서방정토의 상품상생에 왕생하였으므로 그 공덕을 소중히 여겨 예배하는 것이다."

염라대왕까지도 지각 대사의 방생 공덕에는 경의를 표한 것이다.

개미를 살려 준 공덕으로 단명을 타고났던 사람이 장수의 복을 얻게 되고, 거북을 놓아주어 가난으로부터 벗어나고, 뱀을 살려 주어 옥동자를 얻고, 잉어를 방생하여 난치병을 고치고, 술에 빠진 파리를 놓아주어 거지가 부자가 되었다는 이야기가 전해 오고 있다. 여러 생명을 살리면 큰 은덕을 쌓는 것이고, 한 마리 중생만 살려 주어도 좋은 일이 있게 된다.

작은 선이나 큰 선이나 오래오래 행할 때 귀한 것이니, 날마다 행하고 달마다 행한다면 그 복덕이 클 것이다.

내가 행한 행동과 마음을 하늘이 어떻게 알겠느냐고 할지 모르지만 아무리 남모르는 일이라도 천왕은 여섯 재일마다 인간계를 돌아다니며 조그마한 선이나 털끝만한 악이라도 꼭 살핀다고 한다.

방생을 하면 업이 소멸되고 고난도 풀어 주신다. 금생에서는 복을 받고, 내생 공덕을 위한 보험 같은 역할을 한다. 나는 이런 이유로 해서 우리 절 신도들에게 방생을 많이 권해 왔다. 나 자신도 열심히 방생을 하고 있다.

방생을 하는 데 있어서는 자비로운 마음과, 그들이 나쁜 길에 빠진 것을 불쌍히 여기고 삼보의 위신력으로 구제되기를 빌어 주는 마음이 필요하다. 지성으로 임하는 것이 중요함은 말할 나위도 없다.

신도들 중에는 절에서 하는 행사이니 빠질 수 없어 참석은 하지만 풀어 주는 짐승들이 구제되기를 진심으로 빌어 주는 마음이 부족한 사람도 적지 않은 것 같다.

이런 일이 있었다.

어느 해 여름, 나는 신도들과 함께 갈월도로 방생을 간 일이 있었다. 서해안에 있는 갈월도는 태조 이성계를 도와 한양에 도읍을 정하도록 하셨던 무학 대사가 득도하셨다는 성지다. 지금은 육지와 섬 사이의 만을 모두 매립해 놓았지만 내가 방생을 갔을 당시만 해도 갈월도로 가려면 바다를 건너야 했다.

우리는 버스 두 대를 세내어 그곳으로 갔는데 도착해 보니 가는 날이 장날이라고 일기가 몹시 좋지 않았다. 뱃사공은 배를 띄울 수 없다고 했다. 많은 신도들을 재울 수 있는 숙박 시설도 없었지만 그대로 돌아올 수는 없는 일이었다.

나는 좋은 일을 하려는데 설마 불행한 일이 생기랴 싶어서 뱃사공에게 말했다.

"배를 띄워 주세요 괜찮을 겁니다."

"위험해요, 스님. 파도가 너무 셉니다."

"글쎄, 괜찮을 테니까 데려다 주세요."

나는 뱃삯을 더 쳐주겠다며 우겼다. 뱃사공은 돈에 움직여서 배를 띄우는 데 동의했다. 우리가 배를 타고 보니 버스에 세 명의 보살들이 남아 있다가 우리를 향해 손을 흔들었다. 그들은 무서워서 버스 속에 숨어 있다가 배가 뜨고 나자 손을 흔들어 보인 것이었다. 신도 중에 누군가가 투덜거렸다.

"죽어도 다같이 죽는 거지, 자기들만 살겠다는 심보네."

배를 돌려서 태워 갈 수는 없었다. 우리는 그들을 남겨 두고 바다를 헤쳤다. 얼마 되지 않아서 뒤에 남은 사람들의 선택이 현명했다는 생각을 하게 되었다.

파도는 생각보다 거세었다. 배가 곧 뒤집어질 것만 같았다. 배 위로 물이 마구 넘쳐 들어왔다. 사람들은 모두 사색이 되어 이리 뒹굴고 저리 뒹굴었다. 모두 다 구석에 가서 토하고 울부짖는 아수라장으로 변했다.

나는 으르렁거리는 파도를 보지 않으려고 눈을 감은 채 목청껏 부르짖었다.

"관세음보살, 관세음보살, 관세음보살."

관세음보살을 외우는 나의 목소리는 처절했다. 목청이 다 쉬었을 정도니 얼마나 큰소리로 울부짖었는지 짐작이 갈 것이다 그 덕분이었을까. 아무튼 우리는 구사일생으로 갈월도에 도착할 수 있었다. 배가 닿자 신도들을 모두 업어서 내려놓아야 했으니 그야말로 죽을 고비를 가까스로 넘긴 셈이었다. 가장 혹독한 고생을 했던 방생 길이었다.

우리는 어렵게 어렵게 방생을 하고 서울로 돌아왔다. 그런데 서울로 돌아온 직후에 알았다. 우리는 죽을 고비는 넘겨야 했지만 무사히 돌아왔는데, 버스에 남아 있던 세 사람은 그 길로 상경하다가 빗길에 차가 전복되는 사고를 당해 모두병원에 입원해 있었다.

파도가 위험하다며 빠지더니 정작 교통 사고라는 재난을 당한 것이었다. 어쨌거나 내가 방생을 데리고 나갔다가 생긴 일이라 죄책감을 느끼며 신도들을 데리고 병문안을 갔다. 누구도 벌받은 것이라는 말을 입에 올리지는 않았다. 위로를 해주었을 뿐이다. 오히려 그들 자신의 입으로 말했다.

"우리가 벌을 받은 거예요, 스님."

모든 것이 다 그렇겠지만 방생도 마음에서 우러나는 지성을 바쳐서 해야 한다. 그래야 공덕이 된다.

그러고 보니 마치 복을 받고 싶으면 방생을 하라는 요지의 글이 된 것 같다. 방생이 이생에서 복을 받고 싶을 때 가장 속한 효험이 있는 공덕이라는 데에는 공감하지만 꼭 복을 받기 위한 목적으로 방생을 한다면 옳지 않다.

살아 있는 모든 생명체가 하나라는 것을 인정하지 않으면 불교의 진리에 접근할 수가 없다. 부처님의 가르침을 깨달을 수 없다는 말이다. 방생을 통해 부처님이 이르신 말씀을 마음에 새기는 기회를 갖는 그 자체가 가장 큰 축복이 될 것이다. ✿

관세음보살

이른바 도가 있다는 것은
한 생명만을 구제하는 것이 아니요
온 천하를 두루 구제해 어떤 것도 해치지 않는
그것이 참된 도 입니다

「관」세음(觀世音)이란 세간의 소리를 본다는 뜻이다. 여기다가 보살이란 말을 첨가시키면 세간의 소리를 보는 보살이라는 말이 된다. 즉 관세음보살이란 세상 사람들 중에서 자기의 이름을 부르는 이가 있으면 그 부르는 음성을 두루 관찰하시어 구제해 주는 보살이라는 뜻이다. 줄여서 관음이라고도 부른다.

관세자재(觀世自在) 또는 관자재(觀自在)라고도 부르는데, 여기에도 세상을 잘 관찰하여 중생을 고통에서 헤어나게 해주는 동시에, 그들에게 열락과 행복을 베풀어주는 데 있어서 자유자재하다는 의미가 함축되어 있다. 궁극적으로는 부처님의 자비와 중생교화의 측면이 구체적으로 상징화된 존재를 의미하는 호칭들이다.

관세음보살은 성불을 추구하는 구도자가 아니라 부처님의 한가지 기능을 대변하는 화신으로서, 인간의 근기에 따라 어느 때 어느 곳에라도 갖가지 모습을 나투어 자비와 가르침을 베풀어주시고 고통에서 구해 주시는 분을 말한다.

그러기에 관세음보살은 단순히 천상이나 극락에 안주하고 있는 초월적인 존재가 아니라, 현세에서 괴로움을 겪는 인간이 해탈을 이룰 수 있도록 도와주는 보살이요·자비의 화신이며·현세의 구제자다.

부처님과 범부 사이에는 무한한 거리가 있다. 석가모니불은 이미 열반에 드셨고, 미륵의 출세는 요원하며, 아미타불의 극락정토 왕생은 고난에 찬 현세에서의 구제는 아니다. 더욱이 현세는 항상 고난이 잠재해 있다.

이런 때 생로병사의 고통 속에 살고 있는 중생을 제도하고 그들의 참혹한 갈증을 풀어 줄 수 있는 현실에서의 구세주로 등장한 것이 관세음보살이다.

관세음보살은 다음과 같은 서원을 세운 분이다.

"보살도를 행할 때, 만약 중생이 갖가지 공포와 고뇌로 번뇌하며 구호를 받지 못하고 아무 일도 할 수 없을 때, 만약 나를 생각하고 나의 이름을 부른다면 나는 어느 곳에서라도 천 개의 귀로 듣고 천 개의 눈으로 보아서 그들의 고뇌를 구제할 것이다. 만약 한 사람이라도 이 고뇌를 피하지 못한다면 나는 성불하지 않으리라."

이 얼마나 대자대비하신 서원인가? 누구라도 관세음보살의 명호를 부르는 것으로 고난을 피할 수 있고 복을 받게 되리라.

관세음보살께서는 능히 칠난삼독(七難三毒)의 구고구난(救苦救難)을 행하신다. 법화경 보문품을 보면 관세음보살의 대자대비하신 구원의 세계를 보다 구체적으로 이해할 수 있다.

그때에 무진의 보살이 곧 자리에서 일어나 오른편 어깨의 옷을 벗어

메고 공손히 합장한 다음 부처님을 향하여 말씀하셨다.

"부처님이시여, 관세음보살은 어떠한 인연으로 관세음이라 하셨나이까?"

부처님께서 무진의 보살에게 대답하셨다.

"만약 헤아릴 수 없이 많은 중생들이 모든 괴로움을 받게 될 때 관세음보살의 이름을 듣고 한마음 한뜻으로 그 이름을 부르면 관세음보살이 그 음성을 즉시 살피어 그들 모두를 괴로움으로부터 벗어나게 하리라."

이어서 부처님께서는 칠난삼독으로부터 중생을 구제하는 내용을 일일이 열거하시니 내용은 다음과 같다.

1. 만약 관세음보살의 이름을 받드는 사람이 있으면 설사 큰 화재를 당할지라도 능히 그 사람을 태우지 못할 것이니, 이는 관세음보살의 위신력이 미치는 때문이다(火難).

2. 만약 큰물 속에 휩쓸려 떠내려가게 되더라도 관세음보살의 이름을 일컬으면 즉시 얕은 곳에 이르게 될 것이다(水難).

3. 만약 수없이 많은 중생들이 금은·유리·거거·마노·산호·호박·진주 등의 보배를 구하기 위하여 넓은 바다로 들어가다가 폭풍을 만나 배가 나찰들의 나라로 떨어질지라도 그 가운데 한 사람만이라도 관세음보살의 이름을 일컫는 사람이 있으면 그들은 모두 나찰의 환란으로부터 벗어날 수가 있으리니, 이러한 인연으로 관세음이라 이름하였느니라(風難).

4. 만약 어떤 사람이 악한에게 피해를 당하게 되었더라도 관세음보살의 이름을 일컫는 자는 저들이 가졌던 칼과 몽둥이가 조각조각 부서져서 벗어날 수가 있으리라(劍難).

5. 만약 삼천대천 국토에 가득 찬 야차와 나찰들이 쫓아와서 사람들을 괴롭히더라도 관세음보살의 이름을 일컫는 소리를 들으면 이 모든 악한 귀신들이 오히려 악한 눈으로써 보지도 못할 것이거늘 어찌 해를 입을 수 있으리오(鬼難).

6. 만약 어떤 사람이 죄가 있거나 혹은 죄가 없거나 손발이 쇠고랑에 채워지고 몸이 쇠사슬에 묶였더라도 관세음보살의 이름을 일컬으면 이것들이 모두 끊어지고 부서져서 곧 벗어나게 되리라(獄難).

7. 만약 삼천대천 국토에 가득히 도적 떼가 차 있는데 그 중에 장사하는 우두머리가 있어서 여러 상인들을 거느리고 값진 보물을 가지고 험한 길을 지나갈 떼 그 가운데 한 사람이, <두렵고 무서운 마음으로 겁을 내지 말고, 마땅히 한마음으로 관세음보살의 이름을 불러 생각하라. 이 관세음보살은 능히 두려움을 없애는 힘을 중생에게 베푸나니, 그대들이 그 이름을 일컬으면 도적들에게 피해를 당하지 않고 벗어날 것이다>하여, 그렇게 하니, 재난을 당하지 않을 수 있게 되었다(賊難).

이뿐만이 아니다.

관세음보살의 명호를 마음으로 생각하면 삼독의 독소가 녹아 내린다. 음욕이 많은 자가 관세음보살을 생각하면 그 음탕한 욕심을 버리게 될 것이며, 미워하고 성내는 마음이 많을지라도 관세음보살을 생각하면 그 마음을 여의게 될 수 있으며, 어리석은 마음이 많을지라도 항상 관세음보살을 생각하면 문득 그 어리석음을 여의게 된다고 하였다.

관세음보살에게 몸으로 예배하고 공양하면 아들을 얻고자 할 때 덕 있고 지혜 있는 아들을 얻을 것이고, 단정하고 아름답게 생긴 딸을 원해도 그렇게 된다고 하였다.

관세음보살의 자비와 공덕은 무량하다. 재물을 얻고자 하는 이에게는 재물을 주시고, 평온을 얻고자 하면 평안케 해주시고, 병고에서 해방시켜 주시며, 잡귀와 일체의 천마를 진압해 주시고, 원적(怨敵)을 꺾어 주시며, 일체의 장애를 소멸시켜 주시는 등 일일이 헤아릴 수가 없다. 일체의 소원을 이루어 주시고 고통을 제거해 주신다고 생각하면 될 것이다.

그러므로 관세음보살의 명호를 일심으로 부르거나, 마음속으로 생각하거나, 관세음보살께 몸으로 예배하고 공양하기를 권하는 것이다. ✿

마음에 두려움이 일거든

이른바 지혜로운 사람이란
반드시 말을 잘하지 않더라도
겁이 없고 두려움이 없이 선을 잘 지키면
그를 일러 지혜로운 사람이라 할 수 있습니다

마 음에 두려움이 있어 안온함을 구하려거든 관세음보살시무의수
진언인 「옴 아라나야 훔 바탁」을 외우라고 말씀하셨다.

1·4후퇴 당시의 일이다. 나는 그때 남하하는 국군들 틈에 휩쓸려 풍
기라는 곳으로 내려가서 피난을 한 다음 수복이 된다는 소문을 듣고 대
구로 갔다. 그곳에서 기차표를 구해 상경을 하기 위해서였다. 나는 대구
에 도착한 즉시 역부터 찾아갔다. 사람들이 그야말로 인산인해를 이루
고 있어서 표를 구할 도리가 없었다. 나는 몇 시간 동안 표를 구해 보려
고 노력하다가 결국 포기하고 말았다.

대구에는 마침 나에게 동생뻘 되는 사람이 살고 있어. 그 집을 찾아
갔다. 그녀는 오랜만에 만나는 나를 반겼다.

"언니, 웬일이유?"

나는 한숨을 쉬고 나서 말했다.

"웬일이나마나 서울 갈 기차표를 사려고 역에 갔다가 어떻게 사람이

많은지 포기하고 그냥 오는 길이야. 서울행 기차표를 구하는 건 하늘의 별 따기만큼이나 어렵더라."

"서울로 돌아가게요?"

"언제까지나 객지로 떠돌 수는 없잖아. 수복도 되었는데."

"또 후퇴하는 경우가 생길까 봐 그렇지."

"그나저나 표를 구할 수가 없어서 지금은 가고 싶어도 갈 수가 없을 것 같구나."

"꼭 가신다면 표는 내가 어떻게 구해 줄 수 있을지도 몰라."

나는 반색을 했다.

"우리 집에 세들어 살고 있는 사람 중에 대구역에 나가는 분이 있어요."

"그분한테 부탁 좀 드리자!"

당시는 세를 들어 살고 있는 사람들이 많았다. 피난을 내려 온 사람들도 세를 들어 살았고 직장을 다녀도 번듯한 제 집을 가지고 사는 사람들이 많지 않았다. 마침 동생네 집에도 그런 사람들이 있었는데 그 중에 역에 근무하는 사람이 있다니, 집주인의 부탁이라면 들어줄 것 같았다.

과연 동생의 부탁을 받은 역무원은 표를 한 장 구해다 주었다. 한나절 줄을 서도 사지 못해 포기하고 말았던 터라 여간 고맙고 다행한 일이 아닐 수 없었다. 그러나 정작 어렵게 표를 구했음에도 그 표를 사용할 필요가 없게 되고 말았다.

그 날 밤이었다. 나는 혼자 대관령처럼 높은 고갯길을 걸어가고 있었다. 그런데 언덕 위로부터 한 사람이 자전거를 타고 쏜살같이 내려오고 있었다. 그러더니 나를 치고는 그대로 달려갔다. 나는 언덕으로 굴러 떨어졌다. 소스라치며 놀라 깨어 보니 꿈이었다. 온몸이 물에 빠진 것처럼 땀으로 범벅이 되어 있었다.

악몽을 꾸고 나자 왠지 서울로 돌아가는 일이 두렵게 느껴졌다. 막 수복이 된 직후여서 치안도 엉망이고, 북으로 밀려 올라간 인민군들이 언제 다시 쳐내려올지도 모르는 상황이었다. 악몽은 나의 상경을 늦추라는 계시인 것만 같았다. 그리하여 상경을 좀 보류하자는 쪽으로 마음을 바꾸고 말았다.

생각을 바꾸자 어렵게 구한 표가 문제였다. 너무나 미안했기 때문에 표를 구해다 준 사람에게 다시 물러 달라고 할 수는 없었다. 궁여지책으로 역에 나가서 아무에게나 내가 샀던 값에 팔아야겠다고 생각했다.

나는 예나 이제나 새벽잠이 없다. 식전 댓바람에 일어난 나는 대구역으로 갔다. 서울 갈 표를 구하는 사람은 강변의 모래알만큼이나 많았으니 표는 금세 팔릴 것으로 예상했다.

역전에 도착한 나는 망설임 없이 말했다.

"누구 서울 갈 표 구하는 사람이 있으면 내 것을 사세요!"

이때였다. 누군가가 내 등을 쳤다. 웬 사람이 남의 등을 치나 싶어 뒤돌아보니 순경이 서 있었다. 그는 눈을 부라렸다.

"아주머니, 날 따라오시오!"

"아니 왜요?"

"이 아주머니 오리발 내미네."

나는 죄를 진 것이 없다고 우겼다.

"아니, 아침부터 왜 사람한테 말을 함부로 하는 거죠?"

"이것 보세요 암표 장사나 하고 있는 주제에 뭘 잘했다고 눈을 부라리는 겁니까?"

나는 암표상으로 오인을 받고 있었던 것이다.

"뭘 오해하셨나 본데 난 암표 장수가 아니에요"

"현장을 잡히고도 그런 말이 나와요? 여러 말 말고 따라오세요"

나는 결백을 주장했지만 통하지 않았다. 시비는 파출소에 가서 따지자며 잡아끄는 데야 무턱대고 버틸 수가 없었다. 구경꾼들은 나를 동정하기보다는 범죄자를 대하듯 바라보았다. 나는 단단히 오해를 받고 있다는 것을 깨달았다.

순경이 나를 데리고 간 곳은 역전 광장의 모퉁이에 세워져 있는 가건물이었다. 전쟁 중이어서 버젓한 파출소가 없던 때였다. 순경은 나를 그 가건물 속으로 몰아넣고 말했다.

"꼼짝하지 말고 여기서 기다리세요"

그는 밖에서 열쇠를 채우고 사라졌다. 그러고 보니 그곳은 파출소라기보다 임시로 범죄자들을 가두어 놓는 유치장 같은 역할을 하는 곳이었다. 아마 다른 범죄자들을 또 잡아다가 여러 사람이 모이면 한꺼번에 어디론가 실어 갈 모양이었다.

전기 시설이 되어 있지 않은 이른 새벽의 그 가건물 안은 어두웠다. 나는 죄인 아닌 죄인이 되어 그곳에 갇혀 있어야 했다. 도대체 변명할 기회를 주지 않으니 답답한 노릇이었다. 두렵고 무서웠다. 춥기까지 하여 나는 온몸을 사시나무 떨듯 떨었다.

이때 어머니 스님이 나에게 들려주셨던 말씀이 생각났다. 전쟁이 일어나 피난을 떠나는 나에게 어머니 스님은 말씀하셨다.

"<옴 아라나야 훔 바탁>을 잊어버리지 말고 꼭 기억해 두었다가 무서운 일이 생기거든 지성으로 외우거라. 관세음보살님께 매달리면 전쟁 중이라도 너를 지켜 주실 거다."

나는 진언을 외우기 시작했다. 억울하고 무섭고 두려운 상황에 처하게 되자 나도 모르는 사이에 그 진언이 입에서 술술 흘러나왔다. 나는 온 정성을 다해 중얼거렸다. 그렇게 20분쯤 흘러갔다.

그때 누군가 밖에서 열쇠를 따고 있었다. 조금 전에 나를 이곳에 가둔 사람이려니 여겼으나 문을 열고 나타난 사람은 처음 보는 사람이었다. 그는 나를 거들떠보지도 않고 무엇인가를 찾아 가지고 다시 밖으로 나가려고 했다.

"여보세요, 제 말씀 좀 들어 보세요"

나는 다급히 외쳤으나 그는 내가 보이지 않는지, 혹은 귀머거리인지 그대로 문을 탁 닫고 사라지는 것이었다. 그런데 팽개치듯 닫아서 문은 완전하게 닫히지 않았다. 하지만 그는 확인도 하지 않고 사라졌다. 마치 나를 탈출시켜 주기 위해서 문을 열어 주고 간 것 같은 느낌이 들 정도였다.

나는 문을 밀치고 밖으로 나왔지만 그대로 줄행랑을 칠 생각은 없었다. 아니 그럴 만큼 간이 크지도 못했다. 사람을 만나 사정 이야기를 할 생각이었다.

사방을 둘러보니 역전 광장 앞에 모닥불을 피워 놓고 순경 몇 명이 둘러앉아 있었다. 나는 무엇인가 열심히 얘기를 나누고 있는 그들에게 다가가 말했다.

"저, 여보세요!"

이야기에 열을 올리고 있는 사람들 중 누구도 나의 말에 신경을 쓰는 사람이 없었다. 나는 하는 수 없이 뒤로 물러났다. 그 날 아침 대구에는 싸락눈이 내려 있었다. 누군가가 그 눈을 쓸고 있었다. 몽당 빗자루로 눈을 획획 쓰는데 하필 내 쪽으로 쓸어 붙이는 것이었다. 나는 휘날리는 눈발을 피해 주춤주춤 뒤로 물러났다. 그는 눈을 쓰는 것이 아니라 마치 나를 쓸어 내는 것 같았다. 그의 눈에는 내가 보이지 않는 모양이었다. 사람이 보인다면 그렇게 사람을 향해 비질을 할 수는 없는 노릇이었다.

뒤로 물러나던 나는 순경들에게 내 사정을 얘기하고 오해를 벗은 다음 가려 했던 생각을 바꿔 그대로 갈 수밖에 없었다. 그러나 누구도 나에게 신경을 쓰는 사람이 없었다.

나는 큰길로 나가 버스를 타고 동생네 집으로 갔다. 동생은 깜짝 놀라 물었다.

"대체 아침도 안 먹고 어디를 갔다 오는 거예요, 언니?"

나는 사실대로 털어놓을 수가 없어 둘러댔다.

"응, 볼일이 좀 있어서 나갔다 왔어."

"난 내가 언니한테 뭘 섭섭하게 해서 말도 안 하고 가버린 줄 알았네."

"가려면 간다고 하지 그냥 가겠어?"

6·25 때의 일이니까 이제 거의 반세기에 가까운 세월이 흘렀을 만큼 오래된 일이다. 그런데도 바로 어제의 일처럼 선명하게 떠오른다. 엉뚱하게 암표 장수로 몰렸던 일이며, 가건물에 갇혀 있었고, 누군가가 나타나 문을 채우지 않고 사라졌으며, 누구도 나를 알아보지 못하던 따위들이 또렷이 기억된다.

나는 출가하고 난 다음 관음경 보문품을 읽고서야 그 상황들을 이해할 수 있었다. 보문품에 나오는 말이다.

若三千大千國土에 滿中夜又羅刹 欲來惱人이라도
聞其稱觀世音菩薩名者면 是諸惡鬼 尚不能以惡眼으로
視之 況復加害라.

약삼천대천국토에 만중야우나찰 욕내뇌인이라도
문기칭관세음보살명자면 시제악귀 상불능이악안으로
시지 황복가해라.

관세음보살을 열심히 명호하는 사람은 악귀의 눈에 보이지 않게 되어 해를 입히려고 해도 입힐 수 없다는 말이다.

그때 내가 관세음보살시무외수진언을 지성으로 외었기에 사람들의 눈에 내가 보이지 않게 된 것임이 분명하다.

아무리 생각해 보아도 신기한 일이다. ✿

어느 목사의 아들

어리석은 사람은 캄캄한 어둠에 갇혀
헤어나지 못하고 살아가나니
차라리 홀로 굳센 믿음의 길을 가십시오

덕숭 산문(山門)에서 안거하셨던 혜암 스님은 세수(歲壽)100세가 넘어 열반에 드신 선승이시다. 혜암 스님이 만상좌를 받아들일 때의 불연(佛緣)에 얽힌 관음 영험담을 생전의 스님으로부터 직접 들은 적이 있다.

혜암 스님이 아직 상좌를 두지 않았을 때였다. 하루는 강원도의 상원사를 향해 가고 있었다. 교통이 발달돼 있지 않던 시절이라 길을 나서면 걸어서 목적지까지 가야 했다.

마침내 오대산에 도착한 스님은 상원사를 향해 산을 올라가기 시작했다. 그런데 인적 없는 산중의 어디쯤에서 길가에 쓰러져 있는 한 청년을 만나게 되었다.

혜암 스님은 사람이 의식을 잃은 상태로 쓰러져 있는 것을 보고 모른 척 스쳐 지나갈 수가 없었다. 청년에게로 다가간 스님은 청년이 환자라는 것을 알게 되었다. 청년의 목에는 심한 연주창을 앓고 있는 흔적이 있었다.

혜암 스님은 청년을 흔들어 깨웠다.

"이것 보시오, 정신 차려요 여기 이대로 쓰러져 있다가는 죽게 됩니다."

청년은 가까스로 눈을 떴다.

"누구십니까?"

"나는 보다시피 중인데, 청년은 어찌 된 연유로 이곳에 쓰러져 있소?"

청년은 애써 혼미한 의식을 가다듬고 자신의 처지를 설명했다. 그는 원래 목사의 아들로 태어났다고 한다. 그런데 근래에 우연히 연주창을 앓게 되었다.

연주창은 아주 고약한 병이었다. 백약이 무효하여 갖은 방법으로 치료해 보아도 낫지를 않았다.

청년의 부모들은 누군가로부터 구렁이를 푹 고아 먹으면 병이 낫는다는 말을 듣고 구렁이 한 마리를 구해왔다. 그런데 관리를 소홀히 해서 그 구렁이가 자루에서 달아나게 되었다. 온 식구들이 구렁이를 잡느라 난리를 치른 것이 어제의 일이라고 했다.

"식구 수대로 소란을 떠는 것을 지켜보던 중 내가 온 가족들을 다 욕보이고 있다는 생각을 하게 되었습니다. 나 하나 없어지면 모두가 편해질 것 같아서 소란을 피우는 사이 집을 나와버리고 말았습니다. 구렁이 한 마리를 고아 먹은들 별 약을 다 써도 안 낫던 연주창이 나을 것 같지도 않고, 빨리 죽게 되는 것만이 소원인데, 마지막으로 이곳의 약수가 연주창 난 데 좋다는 말을 듣고 찾아왔다가 기력이 없어 쓰러지고 만 것입니다."

오대산 약수터의 하탕에서 발을 씻고, 중탕에서 몸을 씻고, 상탕의 물을 마시면 웬만한 피부 종양은 씻은 듯이 낫는다는 소문이 널리 퍼진 것은 사실이었다. 청년도 약수터를 찾아오다가 기력이 다하여 쓰러진 것이었다.

청년은 집을 나온 이래 아무것도 먹지 못한 것이 분명했다. 돈이 있다고 해도 연주창을 앓아 혐오스러운 모양새를 한 환자에게 음식 팔기를 주저하는 것이 세상 인심이다. 거지처럼 동냥을 할 수도 없었을 것이다. 그대로 놔두면 청년은 연주창보다 굶어서 죽을 판이었다.

혜암 스님이 말씀하셨다.

"여기서 그대로 있다가는 낭패를 보게 될 테니 일어나시오 내가 약수터까지 안내해 드리리다."

스님은 청년을 부축하여 약수터로 데리고 갔다. 약수터에 도착했을 때 스님이 말씀하셨다.

"당신은 목사의 아들이라니 예수라는 분에게 병을 고쳐 달라는 기도도 많이 했겠지요?"

청년은 고개를 끄덕였다. 혜암 스님이 확인을 하듯 다시 물었다.

"온 가족이 다 열심히 기도를 했겠지요?"

"그렇습니다."

"그런데도 병이 낫지를 않았죠?"

"네."

"그럼 속는 셈치고 이번에는 관세음보살님께 한번 빌어 봅시다. 구고구난 관세음보살님이십니다. 중생이 병이 들어 고통에 빠졌으니 지성을 다해 빌면 외면하시지 않을 것이외다."

"병만 나을 수 있다면 무엇인들 못 하겠어요?"

"그럼, 내가 시키는 대로 하시오. 여기서 약수에 몸을 씻고 관세음보살의 명호를 외우고 있어요. 대의왕 관세음보살, 대자대비 관세음보살, 대승자모 관세음보살님을 지성껏 외우면서 병이 낫게 해달라고 빌고 있어요. 그러면 나는 절에 올라가 당신이 먹을 것을 얻어 가지고 내려오리다."

청년은 기운이 너무 없었다. 먼저 주린 배를 채우게 한 다음 기도를 드리게 해주고 싶어도 절까지 올라갈 여력이 없었다. 청년을 약수터에 남겨 두고 자신이 빨리 절에 가서 음식을 얻어다가 먹이는 편이 더 빠를 것 같았다.

혜암 스님은 청년에게 관세음보살을 지성으로 외우라 말씀하신 다음 부리나케 상원사를 향해 올라갔다. 그러나 스님은 곧바로 다시 약수터로 내려올 수가 없었다. 혜암 스님은 이때 상원사에 든 큰 재의 법사 스님으로 초청을 받아 가고 있던 중이었다. 중간에서 시간이 지체되어 법사 스님이 늦게 나타나자 절에서는 애를 태우고 있던 참이었다. 이럴 때 혜암 스님이 모습을 나타내니 지체할 여유가 없었다.

"어서 가사 장삼을 갖추시고 법당으로 드십시오. 기다리다가 재를 시작했습니다."

그 절의 스님이 재촉하는 바람에 혜암 스님은 청년의 일을 챙길 겨를도 없이 법당으로 들어갈 수밖에 없었다. 그리고 일단 참석하여 법문을 하는 등 숨 돌릴 사이도 없이 열중하는 동안 그만 청년의 일을 까마득하게 잊어버리고 말았다.

공양을 드시고 오랜만에 만난 스님들과 이야기를 나누다가 그대로 취침을 했던 것이다. 먼 길을 오느라 고단했던 스님은 깊은 잠에 빠지고 말았다.

새벽녘에 눈을 뜨고서야 스님은 청년을 떠올렸다. 마침 겨울은 아니어서 추위에 얼어죽지는 않았겠지만, 허기가 져서 걷지도 못하던 사람을 내버려두고 절로 올라와 깜박 잊었으니 굶어 죽었을는지도 모르는 일이었다.

스님은 공양주를 깨워 밥술을 얻어 가지고 급히 약수터로 달려 내려왔다. 그렇게 달려온 혜암 스님은 청년을 발견하는 순간 가슴이 덜컹 내려앉았다. 의식을 잃고 쓰러져 있는 청년의 몸은 온통 피고름 투성이였다. 턱 밑에 잔뜩 부어 올라 있던 큰 망울이 터졌고, 거기서 피고름이 질질 흘러 나와 온몸에 엉겨 붙어 있었던 것이다.

"이것 보시오! 이것 보시오!"

스님은 청년의 몸을 흔들어 깨웠다. 청년이 게슴츠레 눈을 떴다.

"나를 알아보겠소?"

청년이 보일 듯 말 듯 고개를 끄덕였다.

"우선 이 피고름 좀 씻읍시다. 그런 다음에 밥을 가져왔으니 먹도록 해요."

스님은 청년을 일으켜 앉힌 다음 약수를 떠서 몸에 묻어 있는 피고름을 씻어 주었다. 그리고는 절에서 가지고 온 밥을 먹였다. 밥을 먹고 기운을 차린 청년이 그 동안 일어났던 일을 설명했다.

"스님, 저는 스님이 시키신 대로 관세음보살을 열심히 외우고 있었습니다. 그런데 새벽녘에 웬 부인이 동자를 한 명 앞세우고 나타나서는 저에게 말씀하셨습니다. 너는 누구인데 나를 그렇게 애타게 부르고 있느냐고 물으시는 거예요. 저는 그분이 관세음보살이라는 것을 알았습니다. 그래서 관세음보살님께 연주창을 앓고 있는 목을 내보이며 말씀드렸습니다. 이 병 때문에 그런다구요."

"……."

"관세음보살님께서 내 목을 살펴보시더니, '너무 심하구나. 내가 낫게 해줄 테니 아무 걱정 말아라' 하시는 거예요. 말씀을 끝낸 부인이 호미로 내 목의 곪은 혹을 찍더니 박박 긁어내시는 거예요. 아픈 줄도 몰랐어요."

그래서 창이 터지고 피고름이 온몸에 묻어 있었던 것이다. 스님이 물었다.

"관세음보살님을 직접 보았소?"

"꿈이었던 것도 같고 생시의 일이었던 것도 같습니다."

비몽사몽 간의 일이었던 것이다. 그러나 분명한 것은 연주창으로 해서 곪아 있던 턱 밑의 혹이 없어지고 대신 상처가 나 있었다는 사실이었다. 밥을 먹고 기운을 차린 청년을 절로 데리고 올라온 스님은 청년을 법당으로 데리고 가 기도 올리는 법을 가르쳤다. 그는 그곳에 머물면서 예불을 올리고 관음정근을 계속했다. 마침내 상처가 아물면서 연주창이 나았다. 병을 고친 것이다.

어찌 관세음보살님의 가피를 받은 것이 아니겠는가? 청년은 수덕사로 돌아가려는 혜암 스님에게 무릎을 꿇고 말했다.

"스님, 저는 병을 못 고치면 죽으려고 했습니다. 그런데 하느님의 능력으로도 못 고쳐 주었던 병을 부처님께서 고쳐 주신 것입니다. 불제자가 되어 도를 이루기를 소원하니 제자로 받아 주십시오."

혜암 스님은 청년의 결심이 굳은 것을 알고 제자가 되는 것을 허락했다고 하신다. 혜암 스님을 은사로 하여 출가했던 스님의 법명은 동일인데, 동일 스님은 불문에 귀의한 이래 열심히 정진하였다. 훤칠한 미남자로서 법문을 어찌 잘하는지 많은 불자들로부터 존경을 받는 스님이 되었다. 불행히도 이북에 있던 절에 머물다가 해방을 맞이했고, 6·25 때도 남으로 오지 못했다는 말을 들었다.

목사의 아들로 태어났으면서도 관세음보살의 가피를 받아 병을 고치고 마침내 불문에 귀의한 동일 스님의 관음 영험담은 혜암 스님의 전언을 통해 지금까지도 전해져 오고 있다.❦

대방광불화엄경

거룩한 삼보에 귀의하십시오
그것은 가장 길하고 가장 으뜸 되나니
오직 홀로 그것만이 있어서
일체의 괴로움을 건널 수 있습니다

『대방광불화엄경(大方廣佛華嚴經)』이란 「부처의 화엄이라고 이름 하는 대방광의 경」이라는 뜻이다. 경 이름의 글자 하나 하나 에 대한 의미가 심오하다.

대(大)자는 마음을 뜻한다. 마음이라는 것이 비록 일체가 아니나 능히 일체가 되는 것이니 대는 곧 심체(心體)를 가리킨다. 심체가 끝이 없는 것임을 나타내었다.

방(方)자는 마음의 모양인 심상(心相)을 뜻한다. 마음이 모두 덕상(德相) 을 갖춘 까닭이다.

광(廣)자는 마음 쓰임의 한계가 넘은 것을 말한다.

불(佛)자는 마음의 과(果)를 나타내는 것으로서 마음이 해탈한 곳을 불 (佛)이라 이름한다는 것을 의미한다.

화(華)자는 마음의 인(因)을 표현한다. 즉 마음의 행을 꽃에 비유하여 화라고 했다.

엄(嚴)자는 마음의 공(功)이다. 마음이 공덕을 지어 장엄하게 꾸미는 것을 엄이라고 본 것이다.

경(經)자는 마음의 가르침인 교(敎)로서 이름과 말을 일으켜 이치를 설명하기 때문에 경이라고 한 것이다.

이렇듯 「대방광불화엄경」이라는 말 속에는 오묘한 뜻이 들어 있다. 그러기에 「대방광불화엄경」이라는 제목만 열심히 외워 천년 묵은 미혹한 구렁이가 허물을 벗고 천도를 받았다는 일화가 있다.

대방광불화엄경의 제목만을 외운 공덕에 얽힌 다른 일화를 소개하겠다.

옛날에 일찍 부모를 여의고 어려서부터 남의 집 머슴살이를 하며 살던 사람이 있었다. 그는 나이 서른이 넘도록 장가를 못 갔다. 가난하고 일가 친척도 없는 외톨이니 딸을 주겠다는 사람이 있을 리가 없었고, 그런 떠꺼머리 총각에게 시집을 오겠다는 여자도 없었던 것이다.

계속해서 머슴살이를 하고 있다가는 평생 장가도 못 가 보고 죽게 될 것 같았다. 그는 7년 동안 일해서 받은 품삯을 가지고 용하다는 점쟁이를 찾아갔다. 점쟁이는 그 돈을 모두 복채로 받고는 겨우 「대방광불화엄경」이라는 일곱 글자를 써주는 것이었다.

총각은 어이가 없었다. 그렇다고 돈을 돌려달라고 할 수도 없었다. 그는 실성하여 대방광불화엄경, 대방광불화엄경 하면서 이리저리 떠돌아다녔다. 그러다가 산 속으로 들어가게 되었다. 일주일째 아무것도 먹지 못해 허기에 지쳐 있었다. 바위 위에 앉아 대방광불화엄경, 대방광불화엄경, 하고 중얼거리다가 그만 쓰러져 잠이 들고 말았다. 그런데 비몽사몽간에 웬 남자가 그에게 다가왔다. 그가 총각에게 말했다.

"나는 전생에 너무 탐심을 내어 뱀의 몸을 받고 태어나 개울바닥에서 살아왔소 그런데 이 개울 바닥에 있는 큰 바위 작은 바위는 모두 금덩이라오 나는 뱀의 몸을 받고서도 그 금덩이가 아까워 여기를 떠나지 못하고 있었는데 그대가 대방광불화엄경을 외우는 소리를 듣고 문득 깨달음을 얻어 천상으로 가게되었소 그래서 가는 길에 당신에게 은혜를 갚고자 찾아온 것이오 만약 당신이 이 세상에 살면서 필요하다면 개울 바닥의 금덩이들을 건져 요긴하게 쓰도록 하시오"

깜짝 놀라 깨어 보니 꿈이었다. 정신이 돌아온 그는 개울로 내려가 보았다. 그랬더니 과연 개울 바닥에는 금덩이가 무수히 뒹굴고 있었다. 그는 그 금을 주워 팔아서 큰 부자가 되었다. 물론 장가도 들고 아주 잘 살았다고 한다.

「대방광불화엄경」 일곱 자만 외운 공덕도 이와 같이 큰 것이다. 경 이름 자체가 깨달음의 세계를 나타내기 때문에 그것을 외움으로 인해서 그 기운이 몸으로 들어와 그대로 법계, 즉 깨달음에 이를 수 있기 때문이다.

『화엄경』이 어떤 경전인지만 잘 알아도 능히 도를 이룰 것이요, 원하는 바 못 이룰 것이 없을 것이다. 부처님 말씀을 집대성한 것이 팔만대장경이라면 대장경 가운데 진수가 바로 『화엄경』이다. 부처님이 처음 깨달았을 때 확 열린 세계를 담고 있는 『화엄경』은 이법(理法) 그대로를 드러낸 것이라고 할 수 있다.

해탈의 경계란 무엇인가? 무명(無明)의 상태에 놓여 있는 중생들은 한 시간 뒤의 일도 알 수가 없다. 또 지나간 일도 잊어버린다. 눈을 가리면 만물을 볼 수가 없다. 그러나 깨달은 세계에서는 이 모든 것이 한꺼번에 보인다. 우리 중생에게는 과거, 현재, 미래가 차례로 나오지만 깨달은 세계의 부처님은 이것이 도장을 찍은 듯이 한꺼번에 보인다. 그 열린 세계를 해인삼매(海印三昧)라고 한다.

해인삼매란, 향수해(香水海)라는 맑은 바다에 모든 사물이 도장을 찍은 것과 같이 한꺼번에 비치는 것을 깨친 경지에 비유한 말이다.

그리고 『화엄경』을 설하는 자리에는 사람뿐 아니라 생명 있는 모든 것을 위시하여 자재천, 천왕, 팔부신장, 산신, 목신, 바라신까지 설법전에 모여들어 장엄을 이룬다고 하였다. 물론 죽어서 천상에 들지 못한 조상들이 있다면 그들도 화엄 법문을 들을 것이다. 그러니 조상의 이름을 위패에 모셔 화엄 법문을 듣게 함으로써 좋은 곳에 날 수 있도록 하는 공덕이 자못 큰 것이라 할 것이다.

『화엄경』의 요체는 사람이 사는 자리를 바로 지키라는 것이다. 바로 지키면 복이요 못 지키면 죄가 된다. 우리가 살아가면서 짓는 선업과 악업은 우리를 끝까지 따라다닌다. 언젠가는 그 업을 그대로 다시 돌려 받게 될 것인 즉 이것이 인연 법칙이고 화엄이다.

꿈을 깨고 나면 아무것도 없듯이 우리의 인생도 꿈 같은 것이다. 죽고 나면 재산도 명예도 지식도 가져갈 수 없다는 것을 알게 될 것이다.

그러기에 자기가 생활하는 데 필요한 이상의 것은 다른 사람에게 나누어주고, 부모님이 이 몸을 주셨음을 늘 감사하게 여겨 은혜를 갚도록 노력해야 하며, 자식에게는 아낌없이 주되 받으려고 기대하지 말 것이고, 선업을 베풀도록 노력해야 한다.

사람이 사는 자리를 바로 지키느냐 못 지키느냐에 따라 과(果)를 받는다. 바로 지키면 복이 되고 바로 지키지 못하면 죄가 된다. 삼매를 바로 받으면 부처가 되고 바로 받지 못하면 축생이 되고 만다. 남으로부터 얻어먹고 갚지 못하면 몸에 털이 나는 짐승의 과를 받아야 하며, 죽을 때까지 헌신적으로 일을 해야 그 과보가 끝나게 될 것이다. ❧

업둥이

바른 도를 그대로 따라 행하고
그릇된 업을 따르지 마십시오
가거나 서거나 누워 있어도 편안하고
어느 세상에서도 근심이 없게 됩니다

아이를 못 낳던 부인이 우리 절에 와서 기도를 한 다음 아이를 낳게 된 일이 있었다. 그런 사람이 하나 둘 늘어나더니 몇 년이 지나자 헤아릴 수 없을 만큼 많이 생겨났다. 이럴 무렵 누구의 입에선가 처음 말이 나왔다.

"성라암에 가서 기도를 하면 반드시 아이를 낳을 수 있게 된대요"

소문은 꼬리에 꼬리를 물고 퍼져 나갔다. 도량이 영험하다는 말을 듣고 아이를 타가려는 사람들이 곳곳에서 몰려들었다.

사실 내가 보아도 영험했다.

불공 끝에 임신을 해서 아이를 낳은 사람들은 그 후에도 꼭 절을 찾아오게 마련이고, 그럴 때마다 새로 태어난 아이들의 사진을 받아 두었는데, 그것으로 앨범을 만들 수 있을 정도니 우리 절에서 기도를 하고 태어난 아이가 실로 한둘이 아니다.

이 글을 쓰기 전에 신생아들의 사진이 들어 있는 앨범을 꺼내어 펼쳐

보았다. 앨범은 노랗게 변색이 돼 있었고, 대부분의 사진도 색이 바래 있었다. 세월이 많이 흘렀다는 것을 보여 주었다. 그런 만큼 앨범 속의 어린아이들도 이제는 모두 어엿한 성인이 되었을 것이다.

결혼한 지 10년이 넘었어도 아이가 생기지 않던 한 보살이 칠성각에서 지성껏 기도를 드린 다음 아이를 낳은 일이 있었다. 덩치 큰 여자가 어린아이처럼 기뻐하던 모습이 아직도 눈에 선하다.

어느 5대 독자 집안의 며느리는 자식이 생기지 않자 어찌나 고민을 했던지 몸이 대꼬챙이처럼 마른 상태에서 우리 절을 찾아왔다. 기도 끝에 임신이 되었고, 출산을 하고 보니 기다리던 아들이었다. 그녀는 아이를 안고 우리 성라암을 찾아왔다. 강보의 아이를 조심스레 보듬어 안고 바라보는 자애로운 모습이 마치 관세음보살을 연상시켰다.

자식이 태어나지 않는 것은 불행한 일일 것이다. 지혜롭고 총명한 자식이 생기면 그보다 행복한 일도 없을 것이다. 자식복도 우연히 생기는 것이 아니라 공덕을 쌓은 결과로 얻어지는 것이다.

앨범을 넘기다가 아주 오래 전에 아이를 얻어 간 한 보살이 떠올랐다. 몸이 바싹 여위고 얼굴은 백랍처럼 핼쑥한 보살이었는데 처음 왔을 때 그녀의 눈에는 눈물이 글썽글썽했다.

"너무 아이를 낳고 싶어서 병이 났어요"

그 보살은 시장엘 가면 유아용품에 먼저 눈이 간다고 했다.

"옷이며 장난감이며 아이들에게 필요한 것들이 눈에 띄면 더욱 못 견디게 아이를 갖고 싶어져요"

"결혼한 지 몇 년이나 됐는데요?"

"13년째예요. 병원에서는 남편이나 저나 다 이상이 없다고 하는데 웬일인지 모르겠어요"

의학적으로 이상이 없는데 임신이 안 된다면 기도를 드려 보는 것도 한 방법일 것 같았다.

"불공을 한번 정성껏 드려 보세요."

그녀는 동대문 근처에 살았다. 새벽 4시에 막 타종하고 나면 절에 나타나서 기도를 드리기 시작했다.

그때는 교통 수단이 여의치 않던 때라 걸어서 다녔다. 4시까지 절에 오려면 집에서 3시에는 나와야 할 것이다. 통행 금지가 있던 시절이라 도중에 순경에게 제지를 당하기 일쑤였다. 그녀는 아이를 얻기 위해 불공을 드리러 다니는 중이라는 사정 이야기를 하고 임시로 통행 허가증을 받아 지니고 다녔다. 아이를 얻으려는 정성을 보아 경찰이 양해를 해준 것이었다.

3시에 집을 나서려면 늦어도 2시 반에는 잠자리에서 일어나야 할 것이다. 어둠에 싸여 텅 빈 거리를 여자 혼자 걸어오는 것만도 보통 정성은 아니었다.

당시에는 지금처럼 집집마다 수도가 없었다. 마침 보살네 집에 수도가 있었는데 기도를 하는 동안 부정을 탄다고 하여 금줄을 쳐놓았다. 수돗물이 나오는 집에서 금줄을 쳐놓고 사람들의 출입을 금하니, 이웃 사람들은 멀리 떨어진 다른 곳에서 물을 길어다 먹었다. 그래도 기도 기간 중에는 불평 없이 참아 줌으로써 그녀를 도와주었다. 보살은 21일 동안 쓸데없는 말을 삼가고 음식을 가려먹으며, 살생을 일체 금하면서 기도에 온 정성을 다 쏟았다.

바로 회향하던 날이었다. 기도를 드리고 집으로 돌아가는데 대문 앞에 강보에 쌓인 아이가 하나 놓여 있었다고 한다. 기를 입장이 못되는 사람이 아이를 낳은 다음 고민을 하다가, 보살이 자식을 얻으려고 불공을 드린다는 것을 알고는 그 집 대문 앞에 아이를 갖다 놓은 것이었다.

소위 업이 들어온 것이었다. 보살은 기도 끝에 아이를 얻은 셈이었다. 그녀는 그 아이를 집안으로 안고 들어갔다. 그들 부부는 의논 끝에 그 아이를 호적에 올린 다음 기르기 시작했다.

그 동네에서 계속 살다가는 아이가 컸을 때 그들이 친부모가 아니라는 사실이 밝혀질 우려가 있다고 판단하여 이사까지 했다. 낳은 정도 소중하지만 길러 준 부모가 진짜 부모다. 기른 정도 낳은 정만 못지않은 것이다.

보살이 아이를 업고 우리 절을 찾아온 적이 있었다. 이목구비가 뚜렷하니 아주 잘생긴 아이였다. 눈이 마주치면 방실거렸다.

"아빠가 이 애를 얼마나 좋아하는지 몰라요 요새는 퇴근만 하면 곧장 집에 들어와서 아이 곁에 붙어 살다시피해요"

보살은 심성이 아주 곱고 착해서 아이를 잘 길렀다. 이런 것이 복이 됐는가 보다.

그 아이가 들어온 지 2년이 지났을 때 이번에는 진짜 자신의 아이를 갖게 되었다. 그녀가 직접 낳은 아들을 내가 처음 본 것은 아이가 태어난 지 백일이 되었을 무렵이었다.

아이를 업고 절을 찾아왔는데 아이는 무엇이 그리 서러운지 잠시도 그치지 않고 울어댔다.

"태어난 지 일주일쯤 됐을 때부터 울기 시작하더니 지금까지 울어요 무슨 일인지 모르겠어요, 스님."

"부처님이 주신 아인데, 절에 와서 아들을 낳았다는 보고도 하고 불공을 드렸어야지요"

나는 아이를 받아 안았다. 나에게 아이를 맡긴 보살은 우선 법당에 가서 절을 올리고 오겠다며 방을 나갔다. 나는 우는 아이를 팔에 안고 불정심 관세음보살 모다라니경을 외우기 시작했다. 얼마 후 아이는 울음을 그치더니 곧 잠이 들었다.

법당에서 내려온 보살은 나에게 말했다.

"스님, 아이를 어떻게 재우셨어요?"

"부처님 계신 곳에 오니까 울음을 그치고 잠을 자기 시작한거죠"

그녀는 진작 절에 데리고 오지 않은 것을 후회했다. 백일 동안 줄기차게 울어대던 아이가 울음을 그치고 잠을 자니 그 동안 시달렸던 산모가 말했다.

"아이가 깰 때까지 저도 눈 좀 붙였다 갈게요"

아이 옆에 누운 엄마의 눈이 붉게 충혈되어 있었다. 갓 태어난 아이가 계속 울어대니 여간 마음을 졸였던 것이 아니리라. 그녀와 아이는 그로부터 서너 시간 동안 누가 떼메고 가도 모를 만큼 깊은 잠에 빠졌다. 단잠을 자고 돌아간 이후로 아이는 잔병치레도 하지 않고 잘 자랐다.

보살은 들어온 아이나 자기가 낳은 아들이나 조금도 차이를 두지 않고 잘 길렀다.

착하고 불심이 장하니 어찌 복이 따르지 않겠는가?

보살네가 살던 집 쪽으로 새로 길이 나면서 집이 헐리게 되었다. 보상금을 받았지만 그것으로는 지금까지 살던 집만한 것을 구할 수 없었다. 그런데 그들은 기도 끝에 아주 넓은 집을 구해서 옮겨 갈 수 있게 되었다.

그 무렵 절에 나와서 정성을 다해 불공을 드리던 어느 날 잠을 자는데 그녀의 꿈에 돌아가신 나의 어머니 스님이 장삼차림으로 나타나셨다고 한다. 그녀는 어머니 스님이 살아 계실 때부터 우리 절에 다녔기에 어머니 스님을 물론 잘 알고 있는 터였다.

보살은 어머니 스님에게 집이 없어졌다며 하소연을 했다. 그러자 어머니 스님께서 걱정 말라고 하신 다음 앞장서서 가시다가 어느 집 앞에 멈추어 서며 손가락으로 가리켜 보이셨다.

어머니 스님이 일러 준 집은 그녀의 집에서 그리 멀리 떨어지지 않은 곳에 있었다. 집주인이 사업을 하다가 망해서 지붕이 썩어 내려도 손을 보지 못하고 있는 집이었다. 그들 부부는 어머니 스님이 현몽으로 일러 준 그 집을 샀다. 집은 다 쓰러져가고 있었지만 터가 아주 넓었기 때문에 나중에 새로 집을 지으니 인근에서는 제일 좋은 집이 되었다.

보살은 나에게 말했다.

"돌아가신 노스님이 구해 주신 집이에요. 얼마나 감사한지 모르겠어요"

그로부터 그녀는 더욱 신실한 마음으로 절을 찾았다. 그녀의 큰아들은 공부를 아주 잘했다. 세칭 일류 대학을 졸업한 다음 지금은 결혼도 했고, 좋은 직장에 다니고 있다. 부모에 대한 효성이 지극한 어엿한 성인이 된 것이다. 그리고 길러 준 부모가 친부모가 아니라는 사실을 알든 모르든 길러 주신 부모에 대한 은혜를 저버릴 수는 없을 것이다.

보살이 언젠가 나에게 말했다.

"부처님이 계시다는 것을 저는 굳게 믿어요 부처님이 영험하신 불음을 내려 주시지 않았다면 저는 결코 오늘날과 같은 복을 받지 못했을 거예요"

맞는 말이다. 부처님은 살아 계실 뿐만 아니라 지금 이 순간에도 구원을 간절히 바라는 사람이 있으면 거기에 나투시어 가피를 내려 주신다. 그러나 복은 부처님이 주시는 것이라기보다 스스로 짓고 스스로 받는 것이라고 보아야 한다. 만약 그 보살이 젊었을 때 대문 앞에 버려졌던 아이를 외면했더라면 상황은 달라졌을지도 모른다. 버려진 아이를 외면하지 않은 마음이 곧 불심이고 공덕이며, 복전이 되었다고 생각한다.

버려진 아이를 업이라고 했던 것을 상기해 보자. 버려진 죄업의 덩어리이기에 업이라고 했을 것이며, 외면할 수 없기에 업이며, 남의 자식을 잘 기르기가 쉽지 않아서 업 덩어리라고 말했던 것 같다. 불심이 업을 복으로 바꾸었다. 낳았던 부모나 버려졌던 아이나 길러 준 부모 모두에게 이보다 다행한 일은 없을 것이다. ❀

제3부

●

공(空)을 실은 큰 수레

나는 세 명의 거사에 대한 자취를 더듬는 작업을 통해 그동안
대승불교와 선(禪)에 대하여 나름대로 생각해 왔던 바를 여기에
정리해 보았다. 깨달음은 출가자만의 것이 아니고 재가자로서도
충분히 도달할 수 있는 세계라는 것을 이 작업을 진행하는 동안
확신했다.
그러기에 이 글은 출가자를 위한 것이라기보다 재가의 수많은
불자제현들을 위한 선험(先驗)의 고증인 동시에 누구나 부처의 씨앗이
될 수 있다는 확인 작업이라 할 수 있을 것이다.

만뢰(萬雷)같은 침묵 -유마경(維摩經)

나고 죽는 일은 지극히 괴롭지마는
진리를 따르면 건널 수 있습니다
세상을 구제하는 팔정도의 길
온갖 괴로움을 없애줍니다

재 가자(在家者)들의 문학 운동

석가모니 부처님께서 열반하신 후 5백 년이 지나 인도에서는
새로운 불교 운동이 일어났다. 즉 그때까지는 소승(小乘)불교였는데 이
새로운 불교 운동에 의해 태동된 것이 대승(大乘)불교이다.

대승불교의 출현에는 적어도 두 가지의 뚜렷한 이유가 있었다. 외부
적인 요인과 내부적인 요인이다.

먼저 외부적인 요인부터 살펴보면, 마우리아 왕조의 절대적인 지원
에 힘입어 인도 전역에 뿌리를 내릴 수 있었던 불교가 왕조의 붕괴와
더불어 일어난 새로운 종교적 기류에 적극적으로 대응하지 않으면 안
될 위기 상황을 맞게 되었다는 점이다.

이 무렵 인도에서는 화신사상(化身思想)을 통해 다양한 토속신앙을 포
용한 힌두교가 급속도로 퍼져 나가고 있었다. 이러한 힌두교의 대중화
에 자극을 받은 불교권에서는 새로운 대응책을 마련하지 않을 수 없었

고 이에 따라 등장하게 된 것이 대승불교였다.

내적으로 종래의 재래 불교는 여러 가지 이유 때문에 급변하는 상황에 대처할 만한 힘이 없는 상태였다. 그러므로 대승의 출현은 민중을 외면하고 있던 기존의 불교에 대한 자기 비판에서 출발했다고 보여진다.

여기서는 내적인 요인에 대한 것만 보다 자세히 검토해 보기로 하겠다.

소승불교는 자기 해탈만을 목적으로 하는 자조자도(自調自度)의 성문(聲聞), 연각(緣覺)의 도라고 할 수 있다. 자조는 번뇌를 끊어 없애는 것을 말하며, 자도는 깨달음에 이르는 것을 의미한다.

소승불교는 여러 파로 갈라져 서로 자기 파의 주장만을 고집하는 등 그 피폐가 적잖았다. 석존의 근본 가르침을 벗어나는 주장을 하는 종파도 생겨났을 정도였다.

가령, 무아의 사상은 석가에 의해 설해진 불교의 가장 중심을 이루는 것이었으나, 어떤 종파에서는 사람에게는 윤회나 기억의 주체가 따로 있으므로 마음의 작용이나 물질적인 여러 가지 존재 요소는 원래부터 있는 것이라 하여 항상 변하지 않는 실체로서의 나를 인정했다.

또한 연기의 이치를 설하면서, 눈, 코, 귀와 같은 주체적인 존재와 그것이 작용하는 대상으로서의 빛깔·소리·냄새와 같은 객체적 존재는 과거·현재·미래에 걸쳐 존재하고 있는 한 항상 변하지 않는 실체로서 존재한다고 주장하는 종파도 있었다.

이렇게 되면 집착을 버리기 위해 속세를 떠났던 승려들이 도리어 그 집착을 허용하게 되므로 석존의 가르침을 바르게 받드는 것이라고 할 수 없을 것이다. 이것이 비판의 대상이 될 것은 분명한 일이었다.

게다가 이런 교단은 권위나 권력에 아첨하고 왕족이나 부호들의 원조를 받아 경제적으로 안정된 생활 기반을 갖춘 다음 크고 화려한 절을 지은 후에 들어앉아 자신의 깨달음을 위한 수도에만 전념했다.

　마침내 승려 중에서 종단의 그러한 자세를 비판하는 소리가 일어나게 되고 민중에게까지 확산되어 비판적인 새로운 종교 운동이 일어나게 되었던 바, 재래 불교를 <소승>이라고 하고 새로운 종교 운동을 <대승>으로 칭하게 된 것이었다.

　대승(大乘)의 어원은 큰 수레, 즉 「많은 사람을 구제하여 태우는 큰 수레」라는 뜻이다. 자기만의 해탈이 아니라 일체 중생의 구제를 그 목표로 하였다. 이것은 일체 중생이 모두 부처가 되기에는 너무나 보잘것없다고 생각한 소승의 이념을 정면으로 깨뜨리는 것이었다.

　대승불교 운동은 종래의 출가자만의 종교였던 불교를 일반 대중들에게 널리 개방하려는 진보적 사상을 가진 재가자(在家者)들을 중심으로 전개되었다. 그들은 그때까지 석존에게만 한정했던 보살이라는 개념을 넓혀 일체 중생을 모두 보살로 보고, 자기만의 구제보다는 이타(利他)를 지향하는 보살의 역할을 이상으로 삼아 광범위한 종교 활동을 펼쳐 나갔다.

　새로운 불교 운동의 주창자들은 그 이론적인 전거(典據)를 제시하기 위해 대승불교의 경전을 결집하는 문학 운동을 동시에 전개하게 된다. 그 결과로 나오게 된 경전들 중 대표격이 『반야경』이다.

　공사상(空思想)을 강조하는 『반야경』은 종래의 고정관념을 깨고 일체 집착으로부터의 해탈을 실천의 중심으로 삼았다. 『법화경』은 일체를 포함하여 일승을 설하고 구원의 본불(本佛)을 세우고 있으며, 『화엄경』은 깨달음의 세계를 설하고 있다. 또한 서방정토 아미타불의 세계를 찬탄하며 일체 중생의 구제를 약속하는 『정토삼부경』 등이 이루어져 종래의 불교를 일신하는 새로운 불교 운동을 뒷받침하게 된다. 『유마경』도 그

중의 하나이다.

『유마경』은 재가의 거사인 유마가 오히려 출가자들을 대상으로 설한 내용을 담고 있다. 불가사의해탈경 또는 정명경이라고도 하는 『유마경』은 『반야경』에서 말하는 공의 사상에 기초한 윤회와 열반·번뇌와 보리·예토(穢土)와 정토 등의 구별을 떠나, 일상 생활 속에서 해탈의 경지를 체득하여야 함을 유마힐이라는 주인공을 내세워 설한 경이다. 『반야경』의 중심 사상이 『유마경』에서 열매를 맺었다고 할 수 있을 것이다.

이 경의 주인공인 유마 거사는 발지국(跋祇國) 릿차비족의 수도인 바이살리 성에 살았다고 하는 재가 신자이나 그가 실존 인물인지는 정확하지 않다.

유마 거사가 실존 인물이라면 부처님께서 열반에 드시는 5백 년 후에 살았을 것으로 추정된다. 그런데 경의 내용은 부처님 재세시를 배경으로 하고 있기 때문에 픽션이 아니라면 그 시차를 설명할 길이 없는 것이다. 그래서 새로운 불교 운동가들에 의해 창조된 인물이 아니겠냐는 의견도 있다.

경의 구성은 한 편의 희곡 작품이라고 해도 좋을 만큼 문학적으로 완벽하며, 작의(作意)의 흐름이 경 전체를 통해 일관되어 있다. 소승불교의 교리를 비하하고 대승불교의 사상에 대한 우월성을 부각하는 데에도 통렬하고 예리하다.

청정한 불국토(佛國土)

유마경은 먼저 청정한 불국토에 대한 설법으로 시작된다. 청정한 불국토에 대한 언급은 그대로 대승불교의 지향점을 나타내는 것이라고 할 수 있다. 어떤 것이 청정한 불국토인가?

세존께서 바이샬리의 암라팔리 숲에 8,000명의 비구들을 데리고 함께 머물고 계실 때 32,000명의 보살도 그 자리에 함께 했다. 그중에서 보장보살이 세존의 위신력을 찬양한 다음 질문을 했다.

"세존이시여, 저희 릿차비족의 젊은이 500명은 모두 위없는 온전한 앎에 도달하고 싶어 이렇게 발심하였습니다. 앞서 이들은 보살이 부처님의 국토를 청정하게 한다는 말이 도대체 어떤 것인지를 저에게 물었습니다. 그러니 세존이시여, 부디 이 보살들에게 불국토를 청정하게 하는 것에 대하여 가르쳐 주십시오"

대승불교 운동은 릿차비족의 수도 바이샬리를 중심으로 전개되었던 것으로 보여진다. 보장보살이 릿차비족 젊은이 500명이라고 운운한 것은 그 새로운 운동에 가담한 종교 세력을 상징적으로 나타낸 것이라고 할 수 있다.

티베트 계통의 종족으로 보이는 릿차비족은 형식적인 권위주의에 대항하는 자유로운 사고방식을 폭넓게 수용하고 있었던 것으로 보여지며, 이들을 경에 등장시킨 것은 『유마경』이 새로운 종교 운동의 이론적 전거(典據)를 위해 쓰어진 것이라는 사실을 암시해 준다고 할 수 있다.

보장의 이야기를 다 들은 세존께서 훌륭하다고 칭찬한 다음 말씀하셨다.

"보장이여, 불국토를 청정하게 한다는 것에 대해 그대가 여래에게 물은 것은 아주 잘한 일이다. 이제 귀를 기울여 듣고 깨달음을 얻도록 하라. 자, 그러면 보살이 불국토를 청정하게 한다는 것에 대하여 설명하리라."

"네, 부디 그렇게 해주소서."

보장을 비롯한 500명의 릿차비족 청년들은 귀를 곤두세웠다. 세존께서 설법해 주신 내용은 다음과 같다.

선남자들이여, 생명을 가지고 태어나 존재하는 모든 것들이 있는 국토야말로 보살들의 불국토이니, 보살은 중생의 이익이 증대되는 정도를 가리켜 불국토라고 생각하기 때문이다. 불국토라는 것은 중생이 바르게 되는 정도에 따라 정해진다.

불국토에 간다는 것이 무엇인가? 중생이 과연 부처님의 깨달음에 도달할 수 있을까 하는 문제 의식의 깊이에 따라, 혹은 사람들이 과연 성자들과 동등한 근기를 가지고 있을까 하는 문제 의식의 깊이에 따라 불국토에 가고 못 가고가 정해진다. 보살에 있어서 불국토라고 하는 것은 결코 중생의 이익에 무관하여 성립하는 것이 아니기 때문이다.

보장이여, 예를 들면 다음과 같다. 공중에 무언가를 만들어 놓으려는 사람이 있다고 치자. 하지만 공중에 무언가를 만들어 놓는다는 것은 실제로 불가능하며, 또한 그것을 장식한다는 것도 있을 수 없다.

이와 같이 모든 존재는 마치 저 허공과 같다는 사실을 일찍이 깨달은 보살이 다시 중생들의 바탕이 무르익을 때까지 그들 속에 그대로 남아 있으려는 원력에 따라 불국토는 정해지는 것이다. 그러므로 정작 불국토는 중생 세계가 아닌 공중에는 만들어질 수도 장식되어질 수도 없는 것이다.

하지만 보장이여, 중생의 정직한 마음(直心, 意樂)라는 국토야말로 보살의 불국토이다. 보살이 깨달음을 얻었을 때 그 불국토에는 남을 속이지 않는 정직한 중생이 태어나리라. 깊은 원력(願力), 즉 깨달음을 향한 발심이라는 국토 역시 불국토이다. 그 불국토에는 일체의 선근과 지와 덕을 겸비한 중생이 태어난다. 수행이라는 국토야말로 보살의 불국토이다. 그 불국토에는 일체의 선법을 바탕으로 삼는 중생이 태어난다. 보살의 위대한 발심이야말로 불국토이다. 그곳에는 이미 대승에 들어가 있는 중생이 태어난다.

보시라고 하는 국토가 보살의 불국토이다. 보살이 깨달음을 얻었을 때 그 불국토에는 일체의 재물을 보시하는 중생이 태어나리라. 계율이라는 국토가 보살의 불국토이다. 그곳에는 일체의 선을 염두에 두고 누구나 반드시 지켜야 하는 열 가지 선한 행위인 십선업도(十善業道)를 실천하는 중생이 태어난다.

인욕이라는 국토가 보살의 불국토이다. 그곳에는 32상(부처님이 갖추신 32가지 뛰어난 상호)으로 몸을 꾸미고 인내와 온유와 적정이라는 훌륭한 피안에 도달한 중생이 태어난다. 정진이라는 국토가 보살의 불국토이다. 그곳에는 일체의 선을 실천하고자 노력하는 중생이 태어난다.

선정이라는 국토가 보살의 불국토이다. 그곳에는 바르게 생각하고 바르게 알아 마음에 평정을 얻은 중생이 태어난다. 지혜라는 국토가 보살의 불국토이다. 그곳에는 정정취(正定聚)의 진실을 꿰뚫어 보는 자질을 이미 단단하게 다져 놓은 중생이 태어난다.

네 가지의 무량함(四無量)이 보살의 불국토이다. 그곳에는 자비와 동정심과 환희와 평등한 마음을 가진 중생이 태어나리라. 사람들을 진리에 다가서게 하는 네 가지 덕목(보시와 부드러운 말과 이로움을 주는 행위와 고락을 함께 하는 것)이 보살의 불국토이다. 그곳에는 일체의 해탈을 향해 나가는 중생이 태어난다. 방편에 뛰어난 것이 보살의 불국토이다. 그곳에는 온갖 방편과 관찰에 능숙한 중생이 태어난다.

깨달음으로 나아가는 서른일곱 가지 적절한 수단(三十七菩提分法)이 보살의 불국토이다. 그곳에는 바르게 마음 쓸 네 가지 일(四念處), 바르게 노력할 네 가지 일(四正勤), 기초적인 네 가지 신통력(四神足), 다섯 가지 기능(五根), 다섯 가지 능력(五力), 일곱 가지의 선택(七覺支), 여덟 가지의 바른길(八正道)을 실천할 줄 아는 중생이 태어나리라.

자신의 선한 행위나 공덕을 남에게 돌리는 회향심이 보살의 불국토이다. 이 불국토에는 온갖 공덕으로 몸을 치장한 사람들이 출현하리라. 여덟 가지 불행한 탄생(八難), 즉 여가가 없거나 기회가 주어지지 않아 부처님의 설법을 들을 수 없는 여덟 가지의 불운한 생을 말하니, 곧 지옥이나 축생 등의 악취에 태어나는 것, 귀머거리 등의 불구로 태어나는 것, 너무 장수하고 안락한 것, 부처님이 세상에 출현하지 않은 때에 태어나는 것 등으로부터 벗어나도록 하는 설법이 보살의 불국토이다. 그곳에서는 사람들마다 모든 악취(지옥, 아귀, 축생, 아수라)가 완전히 끊겨 여덟 가지 불행한 탄생도 찾아볼 수가 없다.

몸소 계율은 지키면서 정작 타인의 과실은 입에 올리지 않는 일이야 말로 보살의 불국토이다. 그곳에서는 과실이라는 말조차 들을 수가 없다. 청정한 십선업도야말로 보살의 불국토이다. 보살이 깨달음을 얻었을 때 그 불국토에는 선업을 닦은 과보로서 천수를 누리는 사람, 대부호가 된 사람, 이성과의 교제에 흠이 없는 사람, 진실을 말하는 것으로 몸을 치장한 사람, 말씨가 온화한 사람, 가족간에 화목한 사람, 싸움을 교묘하게 화해시키는 사람, 시기하지 않는 사람, 성내지 않는 사람, 올바르게 보는 사람 등이 태어나리라.

선남자들이여, 깨달음에 대해 보살이 이와 같이 발심하는 것이 불국토인 것처럼 정직한 마음이 또한 불국토이다. 정직한 마음과 마찬가지로 수행 또한 불국토이다. 수행이 있는 한 깊은 서원 또한 불국토이다.

깊은 서원이 있는 한 통찰력도 갖게 되고 통찰력이 있는 한 가르침에 따라 실천하게 되며, 실천이 있는 한 회향도 있고 회향이 있는 한 방편도 있으며 방편이 있는 한 국토는 청정하다.

국토가 청정한 것 같이 중생 또한 청정하며, 중생이 청정한 것같이 앎 또한 청정하며, 앎이 청정한 것같이 설법 또한 청정하며, 설법이 청정한 것같이 앎을 완성하는 일 또한 청정하며, 앎을 완성하는 일이 청정한 것같이 자신의 마음 또한 청정하다. 그러한 까닭에 젊은이들이여, 불국토가 청정하기를 바라는 보살은 자신의 마음을 청정하게 다스리는 일에 전념해야 하리니 마음이 얼마나 청정한가에 따라 불국토도 그만큼 청정해지기 때문이다.

정토의 건설이 대승불교를 주창한 사람들의 이상이었다. 그러기에 불국토로 대변된 정토 사상에 대해 부처님의 말씀을 통한 언급이 필연적이었던 것이다.

자유인 유마

『유마경』의 방편품에 유마 거사의 성품에 대해 자세히 나와 있다. 직접 경을 통해 유마라는 사람이 어떤 사람이었는가를 알아보겠다.

당시 바이살리 성에는 역시 릿차비족에 속하는 유마라는 사람이 살고 있었다. 그는 과거세에 걸쳐 승리자이신 부처님을 존경하여 선근을 쌓았으며, 많은 부처님을 예배하고 만물은 원래 불생(不生)이라는 앎을 얻었으며, 두려움을 여의었고 마(魔)와 적대자들을 떨쳐 낸 자였다.

그는 심오한 법의 본질에 정통했으며, 반야바라밀다를 완성했고, 교묘한 방편을 잘 이해하고 위대한 서원을 품었다. 중생이 원하는 바를 잘 헤아렸으며, 중생이 근기가 뛰어난지 처지는지 속속들이 알아 그에 알맞는 법을 설하였으며, 대승의 이치를 힘써 닦고 바르게 살피어 행동하였으며, 부처님의 위의를 본받았다. 바다같이 넓고 깊은 탁월한 지혜에 도달하여 모든 부처님의 칭송을 들었으며, 제석천과 범천 같은 수호신들로부터 크게 존경을 받았다.

당시 그가 바이샬리 성에 머물고 있었던 이유는 자신의 뛰어난 방편력으로 중생들의 우둔한 근기를 향상시키고자 하는 일념에서였다.

의지할 데 없는 중생이나 가난한 자들을 구제하기 위해 그는 써도 써도 바닥나지 않는 재산을 가지고 있었다. 계율을 어긴 자들을 구제하기 위해 몸소 계율을 엄격하게 지켰다. 도리를 어기고, 악하며 성 잘 내는 중생을 구제하기 위해 인내와 책임을 다하였다. 게으른 자들을 구제하기 위해 정진의 불꽃을 밝혔으며, 마음의 갈피를 잡지 못해 방황하는 이들을 구제하기 위해 선정과 염불과 삼매를 닦았다. 그리고 지혜가 변변치 못한 이들을 구제하기 위해 밝은 지혜를 지니고 있었다.

여느 사람들과 같이 비록 몸에 흰 옷을 걸쳤지만 행동거지는 사문과 다름이 없었으며, 정작 세속에 머물면서도 욕계와 색계와 무색계를 훌쩍 뛰어넘었다. 자식과 아내와 고용인들을 거느리고 있었지만 항상 몸이 청정했으며 주위에 친족들이 들끓어도 늘 여유롭게 처신하였다.

장신구로 몸을 꾸민 듯이 보였지만 실은 부처님 같은 뛰어난 상호를 구비하였으며, 여느 음식물을 즐기는 듯 보였지만 실은 늘 선정의 기쁨으로 음식을 삼았다.

도박이나 주사위 노름을 하는 곳에도 모습을 드러냈지만 오로지 노름에 빠진 이들을 효과적으로 제도하기 위해서였다. 이교도들로부터 온갖 시비를 받았지만 결코 부처님의 가르침을 여의지 않으리라 맹세하였다. 세속적인 주문이나 지식은 물론이요, 출세간의 주문이나 논서에도 해박했지만 오직 불법이 주는 기쁨만을 누리리라 다짐했으며, 어느 모임에 나가서도 그 가운데 제일 웃어른으로 존경받았다.

세간에 어울려 살기 위해 백발의 노인에서부터 한창 젊은이에 이르기까지 널리 교유하였지만 그 언행은 법에 한치도 어긋나지 않았다. 세속적인 직무에도 종사했지만 결코 이익이나 향락을 얻기 위함이 아니었다. 중생을 두루 인도하기 위해서는 삼거리든 사거리든 장소를 가리지 않았으며 중생을 수호하기 위해서 정치에도 뛰어들었다.

소승에 대한 관심을 떨치고 대승으로 사람들을 이끌기 위해 법을 설하거나 담론하는 장소에 어김없이 나타났으며, 무지한 아이들의 교육을 위해서는 모든 학교를 찾아다녔다. 애욕의 허망함을 보여 주고자 음침한 창녀촌도 마다하지 않았으며, 바른 심기의 소중함을 깨우쳐 주기 위해서는 어떤 술집도 피하지 않았다.

큰 부자이면서도 뛰어난 덕을 지니고 있었기에 상인 중의 상인으로 두루 존경받았으며, 물질에 대한 일체의 탐욕을 끊었기에 거사 중의 거사로 두루 존경받았다. 인내심과 포용력과 용맹함을 지녔기에 크샤트리아 중의 크샤트리아로 존경받았으며, 아만과 교만과 오만을 타파하였기에 바라문 중의 바라문으로 두루 존경받았다.

왕의 명령을 법에 어긋나지 않게 시행하였기에 대신 중의 대신으로 두루 존경받았으며, 일국의 왕으로서 향락이나 권세에 대한 집착을 여의었기에 왕 중의 왕으로 두루 존경받았다. 그리고 궁중의 젊은 여인들을 잘 이끌었기에 최고의 내관으로 존경받기도 하였다.

흔히 마주치는 선행 가운데에 훌륭한 덕이 깃들여 있음을 알고 서민들과 동고동락하였다. 자재력을 지배하는 능력이 있었기에 제석천 중의 제석천으로 두루 존경받았으며, 뛰어난 앎을 획득하였기에 범천 중의 범천으로 두루 존경받았으며, 모든 중생의 우둔한 근기를 성숙케 하였기에 세상의 수호신 중의 수호신으로 두루 존경받는 이였다.

릿차비족 사람 유마는 이와 같이 절묘한 방편이 샘솟아 나오는 무량한 지혜를 지니고 있었다.

이상의 경을 통해 묘사된 유마에게서 우리는 세 가지 모습을 상상해 볼 수 있다.

첫째, 유마 또한 무동불(無動佛)이라는 정토로부터 사바 세계에 몸을 나타낸 「슈퍼 스타」라는 점이다. 이를테면 세상 사람들을 구하기 위해 임시로 중생의 모습으로 나타난 보살이어서 문수나 미륵, 또는 관음 같은 보살과 다를 바 없는 보살이라는 사실이다.

둘째, 그런데도 그는 재물을 가진 부호인 동시에 처자가 있는 일반 사회인이었다. 생활 수단이 상업인 만큼 장사를 통해 이윤을 추구했다는 점을 고려하면 그는 완전한 속인이었다. 그에게는 무구(無垢)라는 아내와 선사(善思)라는 아들, 월상(月上)이라는 딸이 있었다. 즉 일남 일녀를 둔 아주 이상적인 가정의 가장이었다. 그는 처자를 사랑한, 세상에서 흔히 볼 수 있는 남편이요, 아버지였다. 그는 뛰어난 능력이나 지혜를 가지고 있기는 했지만 우리와 똑같이 살며 세속에 속해 있는 보살이었던 것이다. 대승불교를 표방했기에 이러한 보살상의 출현이 가능했을 것이다. 그리고 이런 설정이 우리가 『유마경』에 대해 더욱 깊은 애정을 느끼게 되는 요인으로 작용한다고 볼 수 있을 것이다.

셋째, 유마는 자유인이었다. 그는 어디에도 얽매이지 않고 누구와도 접촉할 수 있는 속인이었으며, 이런 점이 그를 자유인이라 생각하게 한다는 사실이다. 진정한 자유란 방임이 아니라 행하는 모든 것이 도에 들어맞을 때 가능한 것이다. 그의 자유는 스스로를 즐기고 사랑하기 위한 것이 아니라 남에게 주기 위한 것이었다. 자신의 자유로움을 통해 남도

자유롭게 해주기 위하여 자유인이기를 원했던 사람이 유마이다.

여래의 제자들과의 법담(法談)

방편에 뛰어났던 자유인 유마 거사가 짐짓 자신이 병이 걸린 듯 일을 꾸미게 되었다. 그러자 바이살리의 국왕을 비롯하여 대신과 관리, 청년, 바라문, 거사, 상인 등 도시와 시골에 사는 사람들 수천 명이 앞다투어 그를 문병하였다. 그러나 여래나 그의 제자들은 그를 문병하지 않았다.

그때 유마는 생각했다.

「내가 병에 걸려 병상에서 신음하고 있다는 소문을 들었을 텐데 아라한이며 완전한 지혜를 지닌 여래께서는 아무도 대신 보내어 내 병을 묻지 않으시는구나. 그분은 나를 조금도 염두에 두지 않고 가엾게 여기지도 않으신단 말인가?」

세존께서 곧 유마의 이런 생각을 꿰뚫어 보시고 사리불에게 이르셨다.

"사리불이여, 유마의 문병을 다녀오지 않겠는가?"

그러자 사리불이 세존께 말했다.

"세존이시여, 저에게는 유마를 문병할 능력이 없습니다."

그가 언젠가 나무 아래 앉아서 선정에 들어 있을 때의 일이다. 유마가 그에게 다가와서 이렇게 말한 일이 있었다.

"대덕 사리불이시여, 그대가 쫓고 있는 것은 단지 그 방법일 뿐 좌선은 결코 수행의 대상이 될 수 없습니다. 원래 몸도 마음도 삼계 가운데 그 모습이 내비치지 않도록 해야 참다운 좌선인 것입니다. 모든 마음의 활동이 고요히 가라앉아 있는 멸진정(滅盡定)에 들어 있는 그대로를 내보이는 좌선을 행하소서. 이미 획득한 성자로서의 위의를 잃지 않으면서 평범한 사람들의 성품마저 지니는 그런 좌선을 행하소서, 그대 마음이 안팎의 사물에 향하지 않도록 좌선을 행하소서. 그릇된 견해까지도 무시하지 않고 37조도품 위에 모습을 나타내는 그런 좌선을 행하소서. 윤회를 부르는 번뇌마저 끊지 않고 그대로 열반에 드는 그런 좌선을 행하소서. 대덕 사리불이시여, 누구인가 이미 그러한 좌선을 행하고 있다면 세존께서는 반드시 그를 진정한 좌선인이라고 부르실 것입니다."

그런 말을 듣고 일언반구도 할 수 없었던 사리불은 감히 유마 거사를 문병할 자격이 없다고 부처님께 말했다.

사리불은 조용한 곳에 앉아서 잡념을 떨쳐 버리고 고요히 마음을 한 곳에 집중하여 생각을 깊이 하는 것이 좌선이라고 여겼고, 그런 그에게 있어서는 일체의 번뇌가 끊겨 마음이나 마음의 작용조차 없어지는 것이 최고의 좌선이었다.

그러나 유마는, 좌선이란 심신의 동요를 멈추는 일이 아니라 무심의 상태인 동시에 밖을 향해 적극적으로 움직이는 실천을 무한하게 지니고 있어서 그것이 언제나 작용하고 있어야 된다고 주장했다. 사리불이 선에 대해 가지고 있던 생각을 근본으로부터 뒤흔드는 이론이었다. 그는 유마 거사의 말을 듣고 대꾸하지 못했다. 그리하여 자기보다 한 수 위에 있는 사람을 문병할 자격이 없다고 말한 것이었다.

이로부터 목련과 가섭, 수보리, 우바리, 라홀라 등의 제자들을 비롯하여 미륵, 광엄, 지세 등의 보살들이 모두 저마다의 이유 때문에 유마를 문병할 자격이 없다고 말하는 것을 통해 유마의 새로운 생각을 펼쳐 보이는 것이 『유마경』의 전반적인 내용이다.

목련에게는 법을 설하는 방법에 대하여 공박했다.

유마가 목련에게 지적한 말이다.

"신자들에게 법을 설할 때 당신같이 해서는 온당하지 않습니다. 대저 설법은 여래의 가르침 그대로 설해야 하는 거지요"

즉 법대로 설해야 한다는 것이었다. 물론 목련이 법으로 받아들인 것은 석가의 가르침이었을 것이다. 그렇기 때문에 그가 설한 것도 모든 것은 무상이며 무아라는 이치를 바로 이해해서 수행해야 한다는 연기의 사상에 근거를 둔 설법이었을 것이다.

그러나 목련은 연기 사상의 표면을 이해하는 데 그치고 그 진수에 접근하지 못하였기에 연기를 제대로 설하지 못했다는 것이 문제였다. 그것을 유마는 지적했던 것이다.

가섭의 경우는 두타(頭陀), 즉 물질에의 욕심을 끊고 청정하게 수행하는 것을 문제 삼았다. 가섭은 일찍이 가난한 집을 찾아 밥을 빌며 돌아다닌 일이 있었다. 이를 유마가 질책했다.

"부잣집을 피하고 가난한 집만을 골라 걸식하는 것은 그대의 자비심이 평등하지 않기 때문입니다."

두타 제일이라는 가섭이지만 걸식에 임하여 부잣집을 일부러 버리고 가난한 사람들을 대상으로 걸식했다는 사실은 평등의 발로일 것 같아도 역시 편파적인 행동임에 틀림없었다. 자타가 모두 함께 평등 진실할 수 있는 법을 실천하지 않았다는 지적이었다. 그는 유마의 지적에 반박하지 못했다.

수보리는 공에 대한 이치를 제일 잘 깨달았다고 하여 해공(解空) 제일로 추앙받는 제자였다. 그가 유마의 집을 찾아가서 밥을 빈 적이 있었다. 이때 유마 거사가 말했다.

"만약 그대가 음식의 평등성에 의해 일체 존재의 평등을 알고 일체 존재의 평등성에 의해 부처님의 평등성까지 깨달을 수 있다면 이 공양을 받으십시오"

평등을 관념적으로 이해하고 있는 한 깨달음도 관념의 문제에 그칠 뿐이지 행동과 일치하지 않는다는 것을 지적한 말이었다.

유마가 우바리에게 강조한 것은 마음의 문제였다.

마음이 더러워지니까 사람이 더러워지는 것이다. 마음이 청정하면 사람도 청정해진다. 마음의 본상에서는 번뇌를 찾아볼 수 없다. 오히려 망상이야말로 번뇌이므로 망상이 없어지면 청정해진다. 생멸하여 멈춤이 없는 꿈이나 환상 같은 것, 물에 비친 달같이 실재성이 없는 것에 대하여 변하지 않고 분명히 그곳에 있다고 생각하는 것도 망상이 만들어낸 것이다. 이 도리를 아는 사람이 바르게 계율을 지키는 사람이라는 것 등을 유마는 설파한다.

유마는 계율에 대해서 소승불교적인 것을 지양해야 한다고 주장한다. 가령, 여자가 물에 빠졌을 때 여자와 접촉하지 말라는 계율을 지키기 위해 물에 들어가서 건져 주지 않는 것이 잘하는 일이 아니라는 이야기다. 여기에 대승의 계율이 나온다. 즉 계율도 어떤 조건 밑에서 그렇게 하라고 인정된 것이니까 그 조건을 다른 것으로 바꾸면 그것을 어긴 데 대한 죄는 성립하지 않는다는 논리이다. 사실 여자와 접촉하지 말라는 계율을 청정하게 지켜 생명을 구하는 것을 외면한 사람이 바른 사람이고, 그것은 어기고 여자와 접촉하여 생명을 살린 것이 도리어 죄가 된다는 것은 모순이 아닐 수 없다.

부처님의 아들인 라훌라는 만약 출가하지 않았다면 왕이 되었을 것이다. 그것을 버리고 출가를 하였으니 왕위를 이은 것보다 더한 공덕이 있다고 생각하게 마련이었을 것이다.

그러나 유마는 출가의 공덕이라는 것은 없다고 주장하였다. 출가함으로써 구하는 것이 생멸 변화를 초월한 절대의 경계이며 깨달음의 경계이겠지만 깨달음이 꼭 출가로써만 얻어지는 공덕이라고 보는 것은 소승적인 견지라는 것이 유마의 지적이었다. 일반인에게도 출가자와 똑같은 깨달음이 없으라는 법은 없을 것이다.

그렇다면 여러 제약을 무릅쓰고 출가자가 되어 깨달음을 얻으려고 하기보다 재가 상태에서 구하는 것이 더 자유로울 수도 있다는 얘기다. 출가가 자신의 깨달음만을 위한 것이 아니라 이타가 될 때 진정한 출가라고 할 수 있을 것이고, 이타를 위한 보살행은 재가 상태로도 얼마든지 가능하니, 어느 곳에 있든 깨달음을 구하는 마음만 일으킨다면 그것이 곧 출가라는 유마의 지적이다.

이런 지적은 재가자들이 『유마경』에 높은 관심을 갖도록 만드는 요소라 할 수 있다. 유마는 깨달음의 길을 걸어가면서 세속적인 일상 생활을 보내는 것이 좌선이라고 말했다. 도속(道俗)의 일관을 주장한 것이다.

소승불교는 자기 해탈을 목적으로 한 것이었고 이를 비판하면서 출발한 대승불교는 이타(利他) 없는 깨달음은 무용한 것이라는 논리를 펴고 있다. 그러기 때문에 대승은 보시와 자비와 보살도에 대한 구현을 무엇보다 중요하게 여기는 것이 특징이다.

『유마경』은 여러 보살들을 등장시켜 그들과의 담론을 통해 공(空)에 대하여 또는 지혜와 방편을 비롯한 육바라밀에 대하여, 진정한 보살도와 구원의 문제, 비도(非道), 깨달음의 씨앗 등을 설하는 내용으로 이어진다.

지금까지의 모든 제자와 보살들은 유마 거사에게 속된 말로 당한 편이었으므로 자격이 없어 병문안을 할 수 없다고 사양하였는데, 마지막으로 남은 것이 문수 보살이었다. 세존께서 권유하자 문수 보살이 대답했다.

"저도 유마 거사를 당할 법력은 없지만 성지를 받들어 문안을 가겠습니다."

이렇게 되자 지금까지 사양했던 제자, 보살들이 문수와 유마의 불꽃 튀는 진지한 법담을 듣고자 동행하겠다고 나섰다. 바야흐로 『유마경』의 압권이며, 연극으로 치면 클라이맥스에 해당할 문수와 유마의 상봉이 이루어진 것이다.

보살들과의 문답

유마 거사의 병은 쉽게 말하면 꾀병이었다. 문수 보살을 여기까지 오게 만들기 위한 방편이라고 할 수 있기 때문이다. 동시에 『유마경』을 구성하기 위한 하나의 문학적 장치라고 볼 수도 있을 것이다.

그러나 유마 거사가 문수 보살에게 한 다음의 이야기를 음미해 보면 결코 그런 것만이 아니라는 사실을 알게 될 것이다.

"이 세상에 어리석음이 남아 있는 한, 그리고 존재에 대한 집착이 남아 있는 한 제 아픔은 계속될 것입니다. 혹시 모든 사람들이 병고에서 벗어나게 되면 그때 비로소 제 병도 씻은 듯이 낫겠지요. 보살이 기꺼이 윤회 가운데 뛰어드는 것은 오직 중생을 위해서이며, 제가 아픈 것도 사실은 윤회가 원인입니다. 따라서 모든 사람들이 병고에서 벗어나게 되면 비로소 보살의 병도 씻은 듯이 나을 것입니다."

실제로는 유마 거사의 병이야말로 광대 무변의 자비행이었던 것이다. 중생이 아프니까 자기도 아프다는 것이다. 세상 사람들로 하여금 무지한 어리석음과 탐심을 씻어 내는 일에 전념하도록 하기 위해 자진해서 병든 모습을 나타낸 것이었다. 그의 병은 육체의 병도 마음의 병도 아니요, 몸이나 마음을 위한 병이었다.

마침내 화제는 불이(不二)가 어떤 것인지에 대해 여러 보살들에게 묻는 순서로 넘어가게 된다.

유마가 여러 보살들에게 물었다.

"보살이 불이법문에 들어간다는 말이 있습니다. 이 말이 어떤 의미인지 설명해 주시기 바랍니다."

불이는 절대 평등을 나타내고 있다. 진여니 법성이니 또는 법신이니 하는, 사물의 있는 그대로의 진실한 모습을 나타내는 것인 동시에 둘이라는 대립 개념을 발판으로 하여 진실에 다가가고자 하는 표현이다. 즉 불이를 어떻게 파악하느냐에 대한 의견은 곧 깨달음에 대한 의견인 것이다. 깨달음을 불이로 대별시켜 보살들의 생각을 털어놓도록 한 유마거사의 제안이 『유마경』의 압권을 이루게 된다.

대립으로서의 둘(二)을 초월하고 있으나 둘이 없어진 것은 아닌, 초월인 동시에 내포의 경지가 불이이다. 대립을 넘어서 대립 속에 작용하는 것을 포착하는 것이 불이 속에 담겨진 대승불교의 비밀이다. 부처님의 깨달음을 상대성을 넘은 절대적 허무로 밀어 올리려는 소승의 입장과 다른 점이 바로 이 점이다.

불이에 대한 소견을 말하는 보살은 32명이나 된다.

먼저 법자재(法自在) 보살이 말했다.

"생하는 일과 멸하는 일은 서로 대립하고 있으나, 모든 존재(法)는 본래 생하는 일이 없으니 따라서 멸하는 일도 없습니다. 그러므로 이 이치를 깨달아 편안함을 얻는 것이 절대 평등의 경지(不二法門)입니다."

승밀(勝密) 보살은 다음과 같은 말을 했다.

"나와, 나의 것이라는 생각을 이(二)라고 합니다. 하지만 나라는 존재가 헛된 것이라면 내 것이라고 할만한 것도 없게 됩니다. 결국 이와 같이 그릇된 생각에서 벗어나는 것이 불이법문입니다."

승봉(勝峰) 보살은 이렇게 말했다.

"더럽다느니 깨끗하다느니 하는 것을 이(二)라고 합니다. 그렇지만 더러운 것의 실체를 잘 알게 되면 깨끗한 것에 대한 맹신도 없게 됩니다. 모든 맹신을 쳐부수는 데로 나아가는 것이 불이에 들어가는 것입니다."

묘성(妙星) 보살이 말했다.

"보살의 마음이니 성문의 마음이니 하는 것을 이라고 합니다. 하지만 마음 역시 허깨비와 같다고 생각하게 되면 정작 보살의 마음도 없고 성문의 마음도 없습니다 .결국 마음의 차별이 없는 그것이 바로 불이에 들어간다는 뜻입니다."

무순(無瞬) 보살은, 어떠한 것도 지음이 없고 작용시키지도 않는 것을 불이라고 하였다. 선안(善眼) 보살은, 어떠한 상도 평등하다고 깨닫는 그것이 불이에 들어가는 것이라고 말했고, 불사(佛沙) 보살은, 선과 악을 분별하지 않고 무상의 실재를 깨닫는 것을, 사자(獅子) 보살은, 다른 것을 깨뜨릴 수 있는 금강석과 같은 앎과 더불어 속박도 없고 해탈도 없다는 점을 깨닫는다면 그것이 바로 불이에 들어간다는 뜻이라고 말했다.

번뇌가 있다느니 없다느니 하는 것을 이라고 본 사자의(獅子意) 보살은, 평등성을 바탕으로 존재를 이해하게 되면 번뇌가 있다느니 없다느니 하는 관념도 없어지고 버릴 것도 없게 되며, 나아가 평등성마저도 정작 얻었다 할 것이 없으며 모든 관념의 얽매임을 벗어나게 되는데, 이렇게 되는 것이 불이법문이라고 말했다.

정해(淨解) 보살이 말했다.

"행복이니 불행이니 하는 것을 이라고 합니다. 하지만 앎이 지극히 순수하여 일체의 헤아림을 벗어나며 지혜가 허공과 같아서 걸림이 없는 것이 불이법문입니다."

선의(善意) 보살은, 윤회와 열반을 이라고 하고, 윤회의 본질을 깨닫고 나면 더 이상 윤회도 없고 열반에도 들어가지 않게 되는데 이것이 불이라고 하였다.

희견(喜見) 보살은 색과 공이 이라고 전제한 다음 말했다.

"색은 그 자체로서 공이기에 색이 멸하여 공이 되는 것이 아니고 색의 본성이 곧 공입니다. 마찬가지로 감각과 관념과 행동 의지와 의식 및 공을 이라고 합니다. 하지만 의식은 그 자체로서 공이니 의식이 멸하여 공이 되는 것이 아니고 의식의 본성이 곧 공입니다. 집착의 대상인 오온에 대해 이와 같이 아는 것이 바로 불이에 들어가는 것입니다."

무진의(無盡意) 보살이 말했다.

"보시와 일체지에 대한 회향을 이라고 합니다. 하지만 보시의 본질은 일체지이며 일체지의 본질은 곧 회향에 있습니다. 마찬가지로 계율과 인욕과 정진과 선정과 지혜 및 일체지에 대한 회향을 이라고 합니다. 하지만 일체지는 지혜를 본질로 하고 또한 회향은 일체지를 본질로 합니다. 이와 같이 이들이 모두 하나라는 도리를 깨닫는 그것이 바로 불이에 들어간다는 말입니다."

무애안(無礙眼) 보살이 말했다.

"몸과 몸의 소멸을 이라고 합니다. 하지만 몸은 그 자체로서 몸의 소멸을 벗어나지 않습니다. 왜냐하면 자신의 몸을 개아(個我)라는 그릇된 관념으로 파악한다거나 맹신하지 않게 되면 이것은 몸이다, 몸은 소멸하는 것이다, 라고 쉽게 단정지을 수 없기 때문입니다. 그러한 단정도 없고 양자간의 분별도 사라지고 망상에서 벗어날 때 비로소 몸은 소멸을 본성으로 한다는 도리를 깨닫게 됩니다. 이와 같이 나는 것도 없고 멸하는 것도 없다는 도리를 아는 것이 바로 불이법문입니다."

연화(蓮華) 보살은, 자아가 일어나면서 이와의 사이에 대립이 나타난다고 전제한 다음, 자아의 본질을 꿰뚫어 보는 이에게는 둘 사이의 대립이 나타나지 않으며, 이와 같이 대립을 벗어나게 되면 정작 알려는 주체도 없고 그 대상도 없게 되는데 그것이 불이에 들어가는 것이라고 말했다.

덕장(德藏) 보살은, 인식 행위에 의하여 이(二)와 대립이 나타나는데, 인식의 결과를 바탕으로 수용하거나 거부하지 않는 것이 불이법문이라고 말했다.

낙실(樂實) 보살이 말했다.

"진실과 허위를 이라고 합니다. 하지만 진실에 도달한 자라도 정작 진실의 본질을 보지 못하거늘 하물며 허위를 어찌 알겠습니까? 왜냐하면 진실의 본질을 보는 자는 단순히 몸의 눈으로 보는 것이 아니라 지혜의 눈으로 보는 것이며, 그것도 그냥 보는 것이 아니라 볼 대상이 없는 것을 보기 때문입니다. 이와 같이 보는 이도 볼 대상도 없는 그것이 바로 불이에 들어간다는 뜻입니다."

말을 마친 보살들이 이번에는 문수를 향해 물었다.

"그대는 보살들이 불이에 들어간다는 것을 어떻게 생각하시는지요?"

문수가 대답했다.

"어떠한 것도 논하지 않고, 말로써 이야기할 수 있는 것도 아니고, 설하며 나타내 보이는 것도 아니며, 설하지 않는다는 것도 말하지 않는 그것이 바로 불이에 들어간다는 뜻입니다."

말을 마친 문수가 유마에게 물었다.

"우리들의 생각은 이러합니다만 거사께서는 과연 어떤 생각을 가지고 있는지 말씀해 주실 수 있겠습니까?"

하지만 유마는 입을 다문 채 그저 잠자코 있을 뿐이었다. 그것은 언어도단(言語道斷) 심행소멸(心行所滅)의 경지였다. 불이란 말로써 나타내 보일 수가 없는 것이다. 보살들은 언어로써 불이를 나타내려고 했지만 그것은 진실의 일부분에 대한 언급은 될지언정 전체를 나타내지는 못했다.

그 자리에 있던 보살들은 유마의 그 벼락 같은 침묵에 의하여 어떤 것도 생겨나지 않는다는 무생법인(無生法印)을 깨달았다. ❀

무상의 법신이 어찌 둘이 있으랴 -방 거사 어록

바른 생각을 항상 일으켜
행이 깨끗하면 악은 쉽게 사라지나니
스스로 법에 따라 몸을 다루면
거룩한 이름이 나날이 높아갈 것입니다

방 거사는 누구인가

방 거사(龐居士)의 이름은 온(蘊)이고 자는 도현(道玄)이다. 그가 언제 태어났는지에 대한 기록은 없으나 입적한 것은 당나라 때인 808년으로 나타나 있다.

방 거사는 선문에서 중국의 유마 거사라고 일컬어지는 분이다. 그는 『유마경』에서 말하는 질직심(質直心)을 일으켜 많은 선행을 했다. 또한 방 거사는 당시의 유명한 선사들을 두루 찾아가 문답을 통해 그들의 예봉을 여지없이 꺾어 놓았는데, 마치 유마 거사가 석존의 제자들을 하나하나 설복시켰던 것과 같다 하여 유마 거사에 비유된다.

방 거사의 어록을 살펴보면 그가 당대 고승들을 만나 문답할 때 항상 단도직입적이었으며 지나치게 몰아붙였다는 것을 어렵지 않게 엿볼 수 있다. 그것이 도리어 거사에게 좋지 않은 결과를 가져올 때도 있었지만, 그때마다 솔직하게 자기의 패배를 인정한 흔출한 위인이기도 했다.

방 거사가 살았던 8세기 후반에서 9세기 초반은 중당(中唐)시대라는 것을 먼저 상기할 필요가 있을 것이다. 이 시기는 육조(六祖) 이후 중국 전역에서 선풍(禪風)이 회오리바람처럼 일어나던 시기였다. 선종과 율종이 융성하고, 조사의 가르침이 번영하여 그 광휘는 사방에 미쳤으며, 넝쿨은 팔방에 뻗쳐 있었다고 해도 과언이 아니었다.

그는 먼저 석두(石頭) 스님에게 배웠는데 금방 종전의 심경을 얼음 녹이듯 녹였으며, 그 후 마조(馬祖) 스님을 알현하여 다시 본래심(本來心)의 자각에 도달했다고 전한다. 뿐만 아니라 방 거사 어록에는 그가 약산(藥山), 제봉(齊峰), 단하(丹霞), 백령(百靈), 보제(普濟), 장자(長髭), 송산(松山), 본계(本谿), 대매(大梅). 대육(大毓), 칙천(則川), 낙포(洛浦). 석림(石林), 앙산(仰山), 곡은(谷隱) 등 당대의 여러 고승들과 법담(法談)을 나누었던 것으로 기록되어 있다.

방 거사는 문수(文殊)의 위대한 변설을 갖추어 만자교(滿字敎)의 진실한 말씀과 합치하고, 각지의 선원을 찾아다니며 지고의 이(理)를 겨루었던 기인이지만 정작 그의 생애에 대해서는 자세한 기록이 남아 있지 않다.

현존하는 가장 오래된 사료인 『조당집(祖堂集)』에 의하면 형양(衡陽)에서 태어나 지금의 호북성(湖北省)에 위치한 양양(襄陽)에서 자랐다. 그의 부친은 형양의 태수였다는 설이 있다.

『석씨통감(釋氏通鑑)』 9권에는, 거사의 집안은 대대로 유업(儒業)을 닦았으며 아버지는 형양의 자사(刺史)로 부임하여 그곳에서 죽었다는 기록이 나와 있는데, 후학자가 윤색한 인상이 짙다.

『조당집』 단하 장(章)에는 단하 스님과 방 거사가 친구인 것으로 되어 있다. 두 사람은 젊어서 과거를 보러 가던 도중에 한 행각승을 만나게 되었다. 그 행각승이 말했다.

"관(官)에 뽑히는 사람보다 불(佛)에 뽑히는 사람이 되라."

이 권유를 받고 두 사람은 마조 스님 문하로 들어가게 된 것이었다.

형양의 오공암(悟空庵)에는 방 거사가 수도처로 삼아 정진했던 암자라는 기록이 남아 있다. 그것이 사실이라면 방 거사는 형양 땅의 남쪽에서 얼마 동안 살았으며, 암자를 거처의 서쪽에 세우고 불도 수행에 힘썼다는 기록도 믿을 만하다. 그는 그곳에서 득오(得悟)하였다. 방 거사는 후일 암자 아래쪽에 있던 옛집을 희사하여 절을 만들었는데 그것이 지금의 능인사(能仁寺)다.

방 거사에게는 부인과 방대(龐大)라는 아들과 영조(靈照)라는 딸이 있었는데, 그들은 가산을 다 강물에 처넣은 다음 죽세공(竹細工)을 하며 연명하셨다고 한다. 모든 물욕을 여읜 그는 다음과 같은 시를 남겼다.

나의 집은 오래 산에 머물러
벌써 이미 성시(城市)를 여의었도다.
초옥은 세 칸이 있을 뿐
한 칸은 길이가 장이(丈二)
방대(龐大, 아들의 이름)에게 보답할 게 하나 없고
공공(空空)하여 앉을 곳이 없도다.
집안은 공공공(空空空)
공공(空空)하여 재물이 하나 없어
해가 있을 때는 공리(空裏)를 걸어다니고
해가 지면 공리(空裏)에 눕는다.
공(空)히 앉고 공(空)히 시를 읊으니
시가 공하여 상화(相和)도 공하도다.

나는 시골뜨기 늙은이

세상에서 가장 빈궁하도다.

가중(家中)에는 일물(一物)도 없고

입을 벌리면 공공(空空)이라 말하리라.

방 거사 어록을 편찬한 사람은 우적이다. 그의 선조는 중국인이 아니라 투르크계의 유목민이었다고 한다. 그는 부족들과 함께 웅거해 있다가 반란을 평정하는 공을 세움으로써 중용되기 시작했다.

그는 권세를 믿고 불손한 언행을 많이 저질러 백거이(白居易) 등에게 탄핵을 받기도 했다. 『조당집』에는 그가 양양 땅을 다스리고 있을 때 경내의 행각승들을 채포하여 죽여 버리는 일을 스스럼없이 행했다고 적혀 있다. 이때 자옥화상(紫玉和尙)이 그 소식을 듣고 찾아가 죽음을 무릅쓰고 당당히 맞서 적을 굴복시켰다고 한다.

이로부터 불심을 갖게 된 우적은 자신의 임지 내에 살고 있던 방 거사와 친하게 되었고, 방 거사 어록까지 편찬하기에 이른 것이다. 우적은 지방의 민요를 채록하고 있었는데 방 거사의 시편을 입수하여 우러르는 마음이 더욱 깊어졌다고 전한다.

우적이 편집한 방 거사 어록을 간략히 더듬어 보겠다.

석두(石頭)와의 대화

양주 거사 방온(龐蘊)은 젊었을 때 인생의 번뇌를 깨닫고 진체(眞諦)를 구하기로 결심했다. 진체란 유일무이한 절대의 진리를 말한다.

석두 스님을 찾아온 방 거사가 물었다.

"만법과 벗하지 아니하는 자, 이것은 어떤 사람입니까?"

상대적인 현상 세계를 떠나 절대적인 진리의 세계에 있는 사람을 만법과 벗하는 사람이라고 한다.

석두의 법명은 희천(希遷)이다. 처음 육조(六祖)에게 배웠으며, 후일 청원행사(靑原行思)에게 배워 법을 전해 받은 스님이다. 『참동계(參同契)』라는 유명한 저서를 남겼다.

그러자 석두 스님은 아무 말 하지 않고 손으로 거사의 입을 막았다. 이에 거사는 활연히 깨달았다고 한다.

하루는 석두 선사가 말씀하셨다.

"그대는 노승을 만나 본 이래로 매일매일 도대체 어떤 일을 하고 있는가?"

이에 방 거사가 대답했다.

"만일 매일매일 하는 일을 물으신다면 입을 열어 답할 도리가 없습니다."

"그대가 그러함을 알았음에 바야흐로 그대에게 물은 것이다."

그러자 방 거사는 게송을 하나 지어 바쳤다.

일용사라는 것이 별다를 것이 아니고
오직 내 스스로 부딪치는 일에서 기쁨을 느낄 뿐
무엇 하나도 가지고 버리지 아니하고
어느 곳에서 무얼 하든지 어긋남이 없도다.
선사니 대사니 누가 그렇게 부르는가
언덕과 산은 높고 낮은 것이 없는 법
신통이니 묘용이니 하는 것
물을 긷고 나무를 운반하는 거기에 있네.

석두 스님은 그의 게송을 듣고 그렇다고 한 다음 물었다.

"그대는 치야소야(緇耶素耶)인가?"

치야는 검은색 옷을 말하고 소야는 흰색 옷을 말하니, 그대는 머리를 깎고 검은 옷 입는 중이 될 것인가, 속인으로 남을 것인가 하고 묻는 말이다.

방 거사가 대답했다.

"원컨대 나 좋을 대로 하겠습니다."

그는 결국 출가하지 않았다.

마조(馬祖)와의 대화

법명은 도일(道一)이나 그의 사후에 성씨 뒤에 조를 붙여 마조라고 불리게 되었다. 마씨 성을 가진 조사라는 뜻이다. 육조 혜능 이후에 조사의 의발을 전하는 전통이 끊어졌음에도 그에게 조사의 명칭을 부여한 것을 보면 그의 행적이 뛰어났음을 알 수 있다.

마조 스님이 개원사에 있을 때 그의 법문을 듣기 위해 사람들이 구름처럼 몰려들고는 했다.

어느 날 그는 대중들에게 다음과 같이 설법했다.

"제각기의 마음이 부처라는 것을 깨달아야 할 것입니다. 이 마음이 곧 부처의 마음입니다. 달마 조사께서 가장 뛰어난 마음의 법을 전하셔서 그대들로 하여금 깨닫도록 하셨지 않습니까?

『능가경』에 이르기를 「부처님의 말씀은 마음이 갈 곳이요, 문이 없음으로써 법문을 삼는다. 또한 법을 구하는 이는 구하는 바가 없어야 한다. 마음 밖에 따로 부처가 없고, 부처 밖에 따로 마음이 없으므로 선을 취하지 말고 악을 버리지도 말라. 더럽고 깨끗한 양쪽에 모두 의존하지 않으면 죄의 성품이 공하여 생각으로 얻을 수 없음을 통달하게 될 것이다. 제 성품이 없으므로 삼계는 오직 마음뿐이요, 삼라만상은 한 법이 찍어낸 도장에 지나지 않는다. 눈에 보이는 모든 물체는 모두가 마음이지만 마음 스스로가 마음이 될 수 없으므로 물질을 인하여 존재한다」고 하였습니다.

형상과 본체에 전혀 걸리지 않으면 보리의 열매도 이와 같은 것입니다. 마음에서 생기는 것이 물질이라고 하는데 물질이 공함을 알기 때문에 생기는 것은 생기는 것이 아닙니다. 만일 이 마음을 깨달으면 수시로 옷을 입거나 밥을 먹되 성인의 태를 길러 걸림 없이 세월을 보내게 되는 것입니다. 그러므로 이 밖에 다시 무슨 일이 있을 것입니까?"

마조 스님은 80세에 열반하였으며, 제자가 139명이나 되었다.

방 거사가 서강에 머물고 있던 마조 스님을 찾아가서 석두 스님에게 했던 것과 똑같은 질문을 던졌다.

"만법과 벗하지 아니하는 자, 이 어떠한 사람입니까?"

마조 스님이 대답했다.

"네가 한입에 서강에 그득한 물을 다 마시면 바로 너에게 그것을 말해 주리라."

서강은 큰 것을 상징한다. 그것을 마실 입은 물론 작다. 작은 입으로 큰 물을 한입에 다 마실 수는 없는 일이다. 그러나 깨달음에 이르면 가능한 일이다.

사실 서강에 가득한 물을 한입에 마셔 버릴 수 있게 되면 도를 새삼 말해 주고 말 것도 없는 경지에 올라 있음을 의미하게 된다.

이에 방 거사는 현묘한 이치를 깨닫고 마조 스님의 곁에서 배우며 2년 동안 모신 뒤 마침내 게송을 하나 지었다.

아들이 있지만 결혼하지 아니하며

딸이 있지만 시집가지 않았다.

한 가정이 소롯이 단란하게 무생활을 설하도다.

약산(藥山)과의 대화

약산 유엄(惟嚴) 스님은 열일곱에 입산하여 희조(希操) 율사에게 구족계를 받았으나 율행을 버리고 선을 하기로 결심하여 석두 스님의 문하가 되었다. 처음엔 석두 스님의 지시로 마조 스님에게 가서 배웠으나 수년 후에 다시 석두 스님에게로 와서 그의 법문을 이었다.

약산 유엄 스님은 선을 택하기로 했을 때 말했다고 한다.

"대장부가 크게 깨달아서 청정하게 할지언정 어찌 사소한 일로 자질구레한 계율을 삼아 얽매인단 말인가."

선을 율의 위에 두려는 의지를 선언한 것이다. 이런 자세는 율이나 경을 무시하는 풍토를 형성한 바도 없지는 않다. 계율을 꼭 붙들고 있는 것이 깨달음에 이르는 데 방해가 될지는 모르지만 계율을 완전히 도외시한 파행 속에서 깨달음을 찾을 수는 없을 것이다.

약산과 스승 석두 스님 간에 나누었던 대화이다.

먼저 석두 스님이 말했다.

"언어와 몸짓으로는 진리와 교섭할 수 없다."

"언어와 몸짓을 쓰지 않고 교섭도 하지 않습니다."

"진리는 바늘을 찔러도 들어가지 않는다."

"그것은 바위에 꽃을 재배하는 것과 같습니다."

어떤 스님이 약산에게 질문을 했다.

"달마 조사가 중국에 오기 전에 조사의 뜻이 이미 중국에 충만해 있었다는데 사실입니까?"

"사실이오"

"그런데 구태여 뭣하러 오셨을까요?"

"그저 있기 때문에 온 것이었을 뿐이오"

하루는 방 거사가 찾아왔다가 떠나려고 하자 약산 스님이 여러 선객들에게 명령하여 정문까지 전송케 하였다. 이때 방 거사는 공중에서 내려오는 눈을 가리키며 말했다.

"아름다운 눈이다. 일편 일편이 별처에는 떨어지지 않는구나."

그러자 한 선객이 물었다.

"눈은 어느 곳에 떨어집니까?"

앞서 방 거사가 별처에는 떨어지지 않는다고 한 말은 별처에 떨어지지 않으니까 똑같이 떨어진다, 평등하게 떨어지는구나 하는 의미로 한 말이다. 그 말은 그저 눈 잘 오는구나 하는 탄식의 의미가 들어 있다. 그것을 선객은 별처에 떨어지지 않는다니 무슨 특별한 의미가 있는 줄 알고 그러면 어느 곳에 떨어지느냐고 물어 본 것이다. 그야말로 어리석은 질문이다.

그러자 방 거사는 그 선객에게 한 방 먹였다.

주먹 세례를 받은 선객이 말했다.

"또한 마구 하면 안 됩니다."

난폭한 행동은 하지 말라는 의미이다.

"이러면서 선객이라고 자칭하면 염라대왕이 너를 용서하지 않으리라."

"거사는 어떠합니까?"

거사는 대체 뭐가 잘났느냐고 항의하는 것이다.

"눈은 보아도 장님과 같고 입은 말하여도 벙어리와 같다."

제봉(齋峰)과의 대화

제봉 스님은 마조 스님의 법제자다.

방 거사가 제봉 스님을 찾아 선원으로 들어가자 제봉 스님이 말했다.

"속인이 선원에 들어와서 무엇을 찾는가?"

방 거사가 주위를 두리번거렸다. 제봉 스님이 바로 코앞에 앉아 있지만 마치 그 말을 하는 사람이 안 보인다는 듯 능청을 떨며 찾고 있는 모습을 상상해 보라.

방 거사가 말했다.

"대체 누가 그런 말을 하는 거요?"

이 말에 제봉 스님이 고함을 버럭 질렀다. 그러자 방 거사가 그제야 제봉 스님을 발견했다는 듯이 말했다.

"아, 여기 있었구나."

방 거사의 그런 능청에 제봉 스님이 한 번 더 소리쳤다.

"분명하게 말할 수 없겠소?"

그러자 방 거사는 제봉 스님의 뒤쪽 벽을 가리키며 능청을 떨었다.

"뒤쪽 좀 보시오."

제봉이 고개를 돌려 말했다.

"봐라. 봐라."

선문답은 청개구리 논법으로 전개되는 것이 통례다. 딴전 피우는 거기에 방 거사의 숨겨진 다른 의도가 있게 마련이고, 이럴 때 그것을 곧장 받아들이지 않고 제봉 스님도 다른 의도를 숨긴 말대답을 해야 제대로 어우러지는 셈이다. 선문답을 할 때는 질문자의 의도를 절대 곧이곧대로 들어주지 않는다. 그러나 제봉 스님은 곧이곧대로 뒤돌아보면서 보긴 뭘 보라는 것이냐며 받아넘긴 것이었다. 이 또한 의표를 찌른 행동이었다.

그러자 방 거사가 말했다.

"초적(草賊)은 대패(大敗)했다."

오늘은 내가 대패했다는 뜻이다.

단하(丹霞)와의 대화

단하 천연(天然) 스님의 출생지에 대해서는 분명하게 알려진 것이 없으나 어려서 방 거사와 같은 마을에서 자랐다는 설이 있다.

단하는 당대의 가장 큰 스님이었던 마조 스님을 찾아갔다. 그러나 마조 스님은 단하가 찾아왔을 때 곧바로 받아들이지 않고 석두 화상을 찾아가라고 말했다. 그 말에 따라 석두 스님을 찾아갔을 때 그는 단하에게 방앗간에서 3년 동안 일을 하도록 시켰다.

어느 날 석두 스님은 대중들에게 불전 앞의 잡초를 뽑으라고 했다. 대중들이 그 말에 따랐으나 단하만은 큰 대야에다가 물을 떠놓고 석두 스님 앞에 무릎을 꿇었다. 그것을 본 석두 스님이 단하의 머리칼을 깎고 계를 설해 주려고 했다. 그러나 단하는 머리만 깎고 귀를 틀어막은 채 그곳을 뛰쳐나가 마조 스님을 다시 찾아갔다.

단하는 마조 스님을 친견하기에 앞서 대중들이 보고 있는 앞에서 문수 보살의 목을 타고 앉았다. 기겁을 한 대중이 마조 스님에게 달려가 그 사실을 알렸다. 마조 스님이 그에게로 와서 말했다.

"너무 천연스럽구나!"

문수 보살상을 타고 앉았던 단하가 얼른 내려와 마조 스님에게 절을 하며 말했다.

"이름을 지어 주셔서 감사합니다."

이때부터 법명을 천연으로 정했다.

그에게 마조 스님이 물었다.

"어디서 왔느냐?"

"석두에게서 왔습니다."

"길이 미끄러웠을 텐데 넘어지지 않았느냐?"

"넘어졌다면 어떻게 왔겠습니까?"

단하 천연 스님이 혜림사(慧林寺)에 머물 때의 일이다. 살을 에는 강추위가 몰려와 대중들이 추위에 떨고 있었다. 천연 스님은 법당으로 들어가서 목불을 들어다가 도끼로 쪼개어 아궁이에 불을 지폈다. 그것은 주지 스님이 중히 여기던 것이었다.

목불을 태워 버렸다는 말을 듣고 주지 스님이 달려와서 꾸짖었다. 그러자 천연 스님이 말했다.

"사리를 얻어 보려고 그랬습니다."

"그것은 목불이오 목불에서 무슨 사리가 나온단 말이오?"

"그렇다면 나를 왜 꾸짖는 것이오"

목불을 태워 사리를 얻어 보려고 했다는 그의 일화는 부처님을 우상화하려는 사람들이 경계로 삼아야 할 내용이라고 여겨진다.

어느 날 단하 스님이 방 거사를 찾아왔다. 대문 앞에서 두 사람이 마주쳤다. 단하 스님이 물었다.

"거사는 집에 있는가?"

사람의 몸은 껍데기에 불과한 것이다. 그러나 마음이라는 주인공이 거기에는 있다. 단하 스님이 거사가 집에 있느냐고 물은 것은, 껍데기인 육신은 내가 지금 분명히 보고 있지만 당신의 주인인 마음이 있느냐는 질문이다. 달리 말하면 '거사 당신의 주인은 누구요'하는 질문이다.

이에 방 거사가 말했다.

"배고프면 밥을 가리지 않는다."

이 말은 실업자는 직업을 가리지 않고, 가난하면 마누라를 가리지 않고, 배고프면 음식을 가리지 않고, 추우면 옷을 가리지 않는다는 말에서 유래한 것이다. 원래의 뜻은 그렇지만 이 동문서답의 진짜 의미는 나라는 것의 주인공은 인연에 따라 상황이 설정되는 그런 사람이라는 의미가 들어 있다.

그러자 단하 스님이 다시 물었다.

"방노(龐老)는 집에 있는가?"

아까는 거사는 집에 있는가 했고, 지금은 방노가 집에 있느냐고 물었다. 다같이 방 거사를 지칭하는 말이다. 즉 당신의 주인공은 누구시요, 하는 말을 다시 한 번 반복해서 물었다고 보면 될 것이다.

그러자 거사가 "창천, 창천" 하고 집으로 들어가 버리거늘 단하 스님도 "창천, 창천" 하고 그대로 돌아섰다.

「창천(蒼天)」은 낙담하여 탄식함을 의미하는 말이다.

즉 당신의 주인공이 누구냐고 재차 묻자 방 거사는 탄식하여 "말장난은 그만 하라."고 한 다음 집으로 들어가 버렸고, 단하 스님도 "그래, 알았다, 알았다니까."하면서 그대로 돌아선 것이다.

방 거사가 어느 날 단하 스님을 찾아가서 그를 향해 공손한 자세로

섰다가 물러났는데, 스님은 그를 돌아보지 않았다. 방 거사가 다시 돌아와서 앉으니 이번에는 단하 스님이 방장실로 들어갔다.

뒤따라 들어간 방 거사가 말했다.

"나는 들어오고 그대는 나가서 아직 아무런 일도 있지 않았다."

"나가고 들어가고, 나가고 들어가고 해서 무슨 끝날 기약이 있으리오?"

"자그마한 자비심도 없구나!"

"이런 녀석을 인도해서 오늘의 너를 만들어 놓은 사람이 누군데?"

즉 내 덕에 네가 오늘만큼이나 자란 줄 알라는 뜻이다.

"무엇을 잡아 이끌었는가?"

대체 네가 나에게 가르쳐 준 것이 무엇이냐는 공박이다.

이에 단하 스님이 방 거사의 머리를 잡아 일으키며 말했다.

"꼭 중과 같도다."

"하나의 소년 속인과 흡사하도다."

방 거사가 계속했다.

"아직도 석시(昔時)의 기운이 남아 있도다."

즉 속인 같으나 중 기색이 남아 있다는 말이니 경계를 뛰어 넘는 경지에는 오르지 못했다는 말이다. 그런 말을 하니 단하 스님이 가만히 있을 리가 없다.

"한 개의 오사건(烏紗巾)과 꼭 같다."

오사건은 벼슬아치들이 쓰는 모자이니, 너는 모자를 벗겨 놓고 보면 중과 같아도 여전히 세속의 출세에 대한 야망을 다 버리지 못한 위인이라는 비난이다.

단하 스님이 다시 말했다.

"어제의 기운을 어찌 잊겠는가."

쉽사리 경계를 이룰 수가 있겠느냐는 탄식이다.

"하늘도 움직이고 땅도 움직인다."

단하 스님은 어느 날 방 거사가 오는 것을 보고 곧 달려들 자세를 취했다. 이에 거사가 말했다.

"무엇 때문에 맹수가 사냥을 할 자세를 취하는가?"

그러자 단하 스님은 그 자리에 곧 앉아 버렸다. 그 앞으로 와서 방 거사가 주장자로 칠(七)자를 쓰고 그 아래 일(一)을 그으며 말했다.

"칠로 인하여 일을 보고, 일을 보고 칠을 잊어라."

강을 건너고 나서는 뗏목을 잊으라는 말이 있다. 뗏목에 집착해서는 목적지를 향해 나아갈 수 없기 때문이다. 즉 무엇이든 집착을 해서는 안 된다는 말이다.

그 말을 듣고 단하 스님이 문득 일어났다.

방 거사가 말했다.

"좀더 앉아 있으시오 할 말이 남았으니까."

단하가 대답했다.

"이 속을 향해 착어(著魚)해도 되겠는가?"

이는 절대적인 진리의 세계를 말한다. 그러니 그런 진리의 세계에 군더더기 말을 덧붙여서야 되겠느냐는 질책이다.

방 거사는 곡성을 세 번 내고 가버렸다.

백령(百靈)과의 대화

한 번은 백령 스님이 방 거사에게 물었다.

"말하거나 말하지 않거나 모두 다 면치 못할 것이오 공이 한 번 말해 보시오 무엇을 면치 못하는지?"

부처님의 근본진리는 개구즉착(開口卽錯)이라고 했다. 즉 말하는 순간 착오가 생긴다는 뜻이다. 혹은 지자불언(知者不言) 언자부지(言者不知)라는 말도 있다.

덕산 스님은 누구에게 종지를 물었다가 대답을 해도 30대를 때렸고 말하지 않아도 30대를 때렸다고 한다. 말하면 말하는 것이 잘못이기에 때린 것이요 말하지 않으면 모르고 있는 것이기에 때렸다는 것이다. 이런 것을 미리 알고 있어야 백령 스님의 질문에 대한 요지를 이해하리라 본다.

이법의 근본 진리는 말로는 안 되고 말로 표현할 수도 없는 것이라고 하는데, 말하거나 말하지 않거나 모두 착오를 면치 못한다고 했으니, 이 면치 못한다고 하는 것이 무슨 말이냐는 질문이다.

그러자 방 거사는 눈만 꿈벅거렸다. 말로 하지 않으니 눈을 꿈벅거리는 것으로 대답을 대신한 것이다.

백령 스님이 말했다.

"기특합니다. 다시 이러함이 없을 것이오"

"화상은 잘못 사람을 인정합니다."

"누군들 그러하지 아니할까?"

"그럼, 안녕히 계십시오"

방 거사는 그곳을 떠나갔다.

방 거사가 어느 날 백령 스님에게 물었다.

"이 안목이 사람들의 비판을 면할 수 있겠습니까?"

"어떻게 면하겠소?"

"분명히 알았습니다."

"이 봉은 무사인(無事人)은 치지 않소이다."

무사인은 도를 깨친 사람을 말한다. 즉 도를 깨친 사람은 때리지 않는다는 말이다.

그러자 방 거사는 몸을 돌려 말했다.

"쳐보시오 쳐요!"

백령 스님이 바야흐로 봉을 잡아 일으키자 방 거사가 말하였다.

"자, 모면해 보시오"

그러자 백령 스님은 대답하지 않았다.

보제(普濟)와의 대화

보제 스님은 석두 스님의 법 제자이다.

방 거사는 어느 날 대동 보제 선사를 만나 보고 손에 든 조리를 치켜들며 말했다.

"대동 화상! 대동 화상!"

조리란 단순한 조리가 아니라 도의 대명사다. 즉. 방 거사가 깨달았다고 보는 세계의 대명사라고 할 수 있을 것이다. 선사들은 그때그때 닥치는 대로 이런 도의 대명사를 아무것이나 골라 상징적으로 내보이며 문답을 했다.

보제 스님은 대답하지 않았다. 대답하지 않은 것이 대답이라고 보아야 할 것이다. 그러자 방 거사가 말했다.

"석두의 일종(一宗)은 화상의 처소에서 빙소와해(氷消瓦解)했구나."

즉 막혔던 것이 한꺼번에 뚫려 이해되듯 깨달음을 얻었다고 하는 말이다.

"당신은 조리를 들 수 없을 것이 분명하오. 왜 말은 하시오?"

그러자 방 거사가 조리를 내던지고 말했다.

"어찌 알았으리오 한푼의 가치도 없었다는 것을."

"비록 한푼의 가치도 없더라도 그것을 없애면 곤란한데."

방 거사는 춤을 추며 나갔다.

보제 스님이 조리를 집어 들고 방 거사를 불렀다.

"방 거사!"

방 거사가 머리를 돌리니 이번에는 보제 스님이 춤을 추며 나갔다. 방 거사는 손뼉을 치면서 말했다.

"돌아가시오 돌아가시오!"

장자(長髭)와의 대화

장자 선사는 석두 스님의 법제자로, 법명은 구광(口曠)이다.

방 거사가 장자 선사의 처소에 이르자 마침 설법을 할 때라 대중이 모여 있었다.

방 거사가 문득 앞에 나가서 말했다.

"여러분에게 청하노니 스스로 점검하는 것이 좋겠소이다."

즉 법문을 듣지 말고 스스로 수행 정도를 점검해서 깨닫는 것이 좋겠다는 의미다.

그러나 장자 스님은 이 말을 무시하고 설법을 시작했다. 그러자 방 거사는 도리어 선상 오른쪽으로 서 있었다. 이때 어떤 스님이 물었다.

"주인공을 침범하지 않고 화상께서 대답해 주시기를 청합니다."

방 거사가 한 말의 더 깊은 의미는 진체다. 즉 본래의 진리는 말로

할 수 없는 것이라는데 그 말에 저촉되지 않은 상태로 한말씀 해주실
수 있겠느냐는 건방진 질문이다.

그러자 화상이 물었다.

"네가 방 거사를 아느냐?"

이는 네가 진리에 대해서 알고 있느냐고 물은 것이라 보아도 좋을 것
이다.

스님이 대답했다.

"알지 못합니다."

방 거사가 이 말을 듣더니 그 스님의 멱살을 움켜잡고 말했다. 알지
도 못하는 주제에 건방을 떨었기 때문에 그렇게 한 것이다.

"한심하다."

스님은 대답하지 않았다. 방 거사는 그를 던져 버렸다.

그러자 장자 스님이 조금 있다가 방 거사에게 물었다.

"아까 이 중이 역시 봉을 먹었는가?"

저런 녀석은 방망이를 먹여야 좋겠느냐는 뜻이다.

방 거사가 대답했다.

"본인이 방망이로 맞는 것을 감수한다면 후려칠 수도 있습니다."

그러자 장자 스님이 말했다.

"거사는 다만 송곳 끝의 뾰족한 것만 보고 끝의 끝이 평평한 것은 보
지 못하도다."

"이러한 말은 나 같으면 좋지만 다른 사람이 들으면 어쨌든 좋지 않
을 것입니다."

"무엇이 좋지 않소?"

"스님은 다만 끝의 끝이 평평한 것만 보고 송곳 끝이 뾰족한 것은 보

지 못하기 때문이오"

송산(松山)과의 대화

어느 날 송산과 방 거사는 함께 밭을 갈고 있는 소를 보게 되었다.
방 거사가 소를 가리키며 말했다.

"소야말로 항상 안락하지만 그것을 스스로 알지 못하도다."

다시 말하면 방 거사는 소도 본래 부처인데 다만 부처라는 것을 알지
못한다고 말한 것이었다.

그러자 송산 스님이 대답했다.

"만일 공이 아니면 어찌 그것을 알리오?"

"스님, 내가 스스로 알지 못하고 있다 한 것이 무슨 말인지 대답하실
수 있겠습니까?"

"아직 석두와 친견하지 아니했으니 말하지 못하더라도 상관이 없도
다."

방 거사가 물었다.

"상견한 후라면 어떠합니까?"

송산 스님이 손바닥을 세 번 쳤다.

방 거사가 어느 날 송산 스님의 처소에 갔을 때 송산 스님은 지팡이
를 짚고 있었다. 이를 보고 물었다.

"손에 든 것이 무엇입니까?"

"노승은 나이가 많아 이것이 없으면 한 걸음도 걷지 못하오"

"비록 그렇기는 하나 아직 장력이 있습니다."

그러자 송산 스님이 문득 방 거사를 한 대 쳤다.

방 거사가 말했다.

"들고 있는 지팡이를 놓으시면 제가 한 말씀 물을 게 있습니다."

송산 스님이 지팡이를 놓자 방 거사가 말했다.

"앞말은 뒷말에 부합되지 않소이다."

이 말은 아까는 지팡이가 없으면 한 걸음도 걷지 못한다고 하더니 어째서 지팡이를 놓고도 멀쩡하냐고 따지는 말이다. 즉 거짓말하지 않았느냐고 질책하는 것이다.

송산 스님이 꾸짖자 방 거사가 다시 말했다.

"탄식 중에 다시 원고(怨苦)가 있도다."

거짓말을 하고 화까지 낸다는 말이니, 요컨대 방귀 뀐 주제에 똥까지 싼다고 비꼬는 말이다.

본계(本谿)와의 대화

본계 스님은 어느 날 방 거사가 오는 것을 보고 똑바로 바라보았다. 가까이 다가온 방 거사는 지팡이로 원을 그렸다. 그러자 본계 스님이 그것을 발로 밟아 버렸다.

방 거사가 물었다.

"그렇게 하는 것이 잘한 것이오, 잘못한 것이오?"

이번에는 본계 스님이 원을 그렸다. 그러자 방 거사가 그것을 밟아 버렸다.

본계 스님이 물었다.

"그래도 되는 것이오, 아니오?"

방 거사는 말없이 지팡이를 던져 버렸다.

본계 스님이 말했다.

"올 때는 지팡이가 있고 갈 때는 없구려."

방 거사가 대답했다.

"다행히 원성(圓成)했고, 부질없이 바라본 것뿐이오"

즉 스님이나 나나 다 경지에 올라 있는데 부질없이 왜 내가 처음 올 때 바라보았느냐는 질책이다.

"기특하구려. 나도 얻을 것이 없다니."

그럴 만큼 경지에 올라 있다니 기특하다는 뜻이다.

방 거사가 지팡이를 집어 들고 곧 돌아갔다.

본계 스님이 말했다.

"길 조심하시오"

대매(大梅)와의 대화

대매 선사는 마조 스님에게 배웠다.

그가 마조 스님에게 다음과 같이 물었다고 한다.

"무엇이 부처입니까?"

그러자 마조 스님이 대답했다.

"즉심즉불(卽心卽佛)이니라."

마음이 곧 부처라는 대답이다.

대매 스님이 천태산의 깊은 골짜기에 살고 있을 때 하루는 마조 스님이 그에게 시자를 보냈다. 그 시자가 대매 스님에게 물었다.

"스님은 마조 스님에게서 무슨 법문을 듣고 이렇게 산속에서 살고 계십니까?"

"즉심즉불이라고 일러주시더이다."

그러자 시자가 말했다.

"요즈음의 마조 스님께서는 그렇게 말씀하시지 않고 비심비불(非心非佛)이라고 하십니다."

그 말을 들은 대매 스님이 말했다.

"그 늙은이가 언제까지나 사람을 속이려고 하는지 모르겠군. 그 양반은 비심비불이라고 하더라도 나는 즉심즉불로 수행하겠소"

시자가 마조 스님에게 돌아와서 그 말을 그대로 전하자 마조 스님이 말했다.

"매자(梅子)가 익었구나."

방 거사가 대매 스님을 방문해서 겨우 서로 만나자마자 문득 물었다.

"오랫동안 대매를 동경했는데 매자가 익었는지 안 익었는지 모르겠소"

"어느 곳을 향해 입을 대겠소?"

방 거사가 대답했다.

"매실을 바삭바삭 깨물어 부수겠소"

"나에게 단단한 씨앗을 돌려주라."

대육(大毓)과의 대화

대육은 마조 스님의 법제자이다.

방 거사가 부용산의 대육 선사의 처소에 이르니 스님이 방 거사에게 식사를 내주었다. 방 거사가 그것을 받을까 말까 망설일 때 대육 스님이 말했다.

"마음을 내어서 공양을 받는 것은 정명 거사가 일찍이 꾸짖었는지라. 지금 내가 이 일기(一機)를 덜어 버리면 거사는 도리어 만족하겠소?"

정명 거사는 유마 거사를 말한다. 유마 거사는 어떤 마음을 가지고 보시를 하거나 공양을 받는 것은 안 된다고 한 일이 있다. 그러니까 마음을 내어서 공양을 받는 것은 유마 거사가 안되는 일이라고 했으니 지금 내가 밥을 주지 않아도 되겠느냐는 질문이다.

"당시의 선현(善現)이 어찌 솜씨꾼이 아니었으리오"

선현은 수보리보살을 말한다. 즉 유마 거사가 꾸짖었다고 해도 수보리가 어찌 밥을 얻어먹는 솜씨가 없었겠느냐는 말이다.

"타인의 일에는 관계되지 않는 것이오"

지금 우리 이야기를 하고 있으니 수보리를 예로 들지 말고 당신 생각을 말해 보라는 것이다. 그러자 방 거사가 말했다.

"밥이 입가에까지 왔지만 남에게 빼앗겼구려."

대육 스님이 이내 식사를 제공했다.

방 거사가 말했다.

"나에게는 이제 한마디의 말도 필요치 않도다."

칙천(則川)과의 대화

칙천은 마조 스님의 법제자 중 한 사람이다.

하루는 칙천 스님과 방 거사가 서로 만났다. 이 자리에서 칙천 스님이 물었다.

"처음 석두 스님을 만나 볼 때의 도리를 기억하시오?"

석두 스님을 통해 배운 도를 좀 기억하고 있느냐는 뜻이다.

방 거사가 대답했다.

"오히려 화상의 거듭 거기(擧起)함을 얻었습니다."

스님께서 그것을 거듭 일깨워 주시고 있다는 말이다.

"오래오래 참구하면 만사가 희미해집니다."

오래 되면 희미해져서 기억해 낼 수 없는 것이기는 하다는 의미다.

"스님이야말로 늙으셨군요. 별 걱정을 다 하십니다."

"방공이나 나나 비슷하게 늙어 가는 처지인데 당신이 나와 다를 것이 뭐가 있겠소?"

"나는 건강합니다. 아마 스님보다 나을 것이오."

"나보다 나은 것이 아니라 그대의 모자가 나에게는 없는 것일 뿐이오."

그러자 방 거사는 모자를 벗어 버리고 말했다.

"흡사 스님과 닮았소이다."

칙천 스님은 크게 웃었다.

어느 날 칙천이 차를 따고 있을 때 방 거사가 나타나서 말했다.

"법계는 신(身)을 용납하지 않으니 스님은 도리어 아(我)를 그중에서 봅니까?"

법은 몸뚱이를 용납하지 않는다는데 스님은 나를 볼 수 있느냐는 뜻이다.

"그 말에 대답할 사람은 아니오."

"물음이 있으면 답이 있는 것이 대개 보통의 일입니다."

그러나 칙천은 차만 따를 뿐 듣지 않았다.

방 거사가 말했다.

"아까 용이하게 물은 것을 괴이하게 여기지 마시오."

즉 쓸데없는 질문을 한 것을 나쁘게 생각하지 말라는 뜻이다. 여전히 칙천 스님은 돌아보지 않았다.

방 거사가 말했다.

"이 예의도 없는 늙은이야, 내가 하나하나 명안인(明眼人)에게 거향(擧向)해 줄 테다."

명안인은 밝은 눈을 갖춘 사람을 말한다. 내가 밝은 눈을 갖춘 사람들에게 당신은 질문에 대답도 하지 않는 예의 없는 사람이라고 소문을 내겠다는 말이다.

칙천 스님은 이에 차 바구니를 집어 던지고 방장실로 들어가 버렸다.

마음대로 하라는 뜻이다. 즉 무엇이라고 말해도 법에 대해서는 침묵하겠다는 의미가 내포되어 있다.

낙포(洛浦)와의 대화

방 거사가 낙포 선사의 처소에 이르러 예배하고 일어나서 말했다.

"중하(仲夏)는 지독하게 덥고 맹동(孟冬)은 조금 춥습니다."

"틀리게 말하지 마시오"

착각하지 말라는 뜻이다.

"제가 좀 늙었나요?"

망령을 부릴 정도는 아니라는 말이다.

"어째서 추울 때 춥다 하고 더울 때 덥다 하지 아니 하오?"

도는 애매하게 말해서는 안 되고 분명히 얘기해야 한다는 뜻이 내포되어 있다.

"말귀를 못 알아들으시는군요"

"그대에게 스무 대를 때릴 것이되 용서하리다."

"나의 입은 벙어리가 되어 버렸고, 스님의 눈은 막혀 버렸소이다."

즉 입을 갖다 댈 수 없는 도에다가 말을 했으니까 둘 다 잘못됐다는 의미로 한 말이다.

석림(石林)과의 대화

석림 스님은 마조 스님의 법제자다.

석림 스님이 방 거사에게 불자(佛子)를 들어 보이며 말했다.

"단하의 기(機)에 떨어지지 아니하고 시험 삼아 일구자(一句子)를 일러 보시오."

단하에게서 배운 것에 얽매이지 말고 네 마음속에서 나오는 것으로 한마디 일러 보라는 뜻이다.

그러자 방 거사가 불자를 빼앗아 도리어 자기의 주먹을 들어 보였다.

석림 스님이 말했다.

"이것은 참으로 단하의 기용(機用)이오."

단하에게서 벗어나지 못하고 얽매여 있다는 말이다. 그러자 방 거사는 당신이 당신만의 것을 보여 달라는 뜻으로 다음과 같이 물었다.

"나를 위해 한 번 단하의 기에 떨어지지 않은 것을 보여 주시오."

"단하는 벙어리를 앓고 방 거사는 귀머거리를 앓고 있소."

즉 단하는 당신에게 쓸데없는 것을 가르쳤으니 벙어리와 같고, 당신은 가르쳐 준 것을 제대로 못 알아들었으니 귀머거리 아니냐고 놀리는 말이다.

"꼭 그렇소이다."

석림 스님은 말이 없었다. 다시 방 거사가 말했다.

"좀전에는 그냥 아무 의미 없는 말을 한 것이었습니까?"

그래도 석림 스님은 역시 말이 없었다.

간경승(看經僧)과의 대화

방 거사가 침대 위에 누워서 경을 볼 때 어떤 스님이 이것을 보고 말했다.

"방 거사여, 경을 읽을 때는 반드시 위의를 갖추어야 합니다."

그러자 방 거사가 한쪽 발을 들어올렸다. 이 정도면 위의를 갖춘 것이냐는 의미가 들어 있으니 도의 깊이를 알지 못하고 빈정거린 것에 대하여 빈정거림으로 응수한 것이다.

그 스님은 말이 없었다.

화연승(化緣僧)과의 대화

방 거사가 어느 날 홍주(洪州)에서 조리를 팔고 있었다. 그 곳에서 한 화주승(化主僧)을 만났다.

거사가 돈 한푼을 가지고 물었다.

"신시(信施)를 저버리지 않고 도리를 한 번 말할 수 있겠소? 그 말에 대답을 할 수 있다면 돈을 내버리겠소"

신시는 신심을 가진 사람들이 하는 보시이니, 그런 것을 받아쓰는 중의 마음 자세에 대하여 한 번 말해 봐라, 대답을 하면 돈을 버리겠다는 말이다. 즉 말을 잘하면 돈을 주겠다는 것이 아니라 버리겠다니 화주승은 어안이 벙벙해졌을 것이다.

화주승이 말이 없자, 방 거사가 말했다.

"스님이 나에게 물으면 내가 스님을 위해 한마디 하겠소"

스님이 물었다.

"신시를 저버리지 아니하는 도리가 어떠합니까?"

방 거사가 대답했다.

"내가 말해 줘도 알 사람이 없을 것이외다."

즉 말해도 넌 못 알아들을 것이라는 뜻이다.

"알아들었소?"

스님이 대답했다.

"모르겠습니다."

"이 누가 알지 못하는가?"

모른다고 대답하는 이 사람이 누구냐는 뜻이다.

이는 엉뚱하고 앞뒤가 맞지 않는 말을 해서 도의 경지가 높은 방 거사가 풋내기 화주승을 놀린 것이다. 왜 그랬을까? 추측컨대 신시의 도리를 상기시키고 또한 경각심을 불러일으켜 주려는 의도였을 것이라고 생각된다.

목동(牧童)과의 대화

방 거사가 어느 날 목동을 보고 물었다.

"이 길은 어느 곳으로 통하는가?"

"길 같은 것은 모릅니다. "

"이 소나 먹이는 놈아!"

그러자 목동이 말했다.

"이 축생아!"

방 거사가 다시 물었다.

"지금 시간이 어떻게 됐지?"

"밭 일구는 때."

그 말을 들은 방 거사가 크게 웃었다.

도를 깨우치고도 도인이라는 것을 숨기고 초야에 묻혀 사는 사람을 거꾸로 야초(野草)라고 부른다. 목동은 야초였을 것이다. 야초와 주고받은 법담이다.

좌주(座主)와의 대화

방 거사가 금강경 강의를 듣다가 「무아무인(無我無人」 구절에 이르러 강사 스님인 좌주에게 물었다.

"좌주시여, 이미 아(我)도 없고 인(人)도 없다면 누가 강의를 하고 누가 듣습니까?"

이에 강사는 대답이 없었다.

방 거사가 다시 말했다.

"내가 비록 속인이지만 거기에 대해 조금 압니다."

"그럼 거사의 생각을 한번 말씀해 보시오"

방 거사가 게송으로 대답했다.

아(我)도 없고 다시 인(人)도 없으니
어찌 소원하고 친한 것이 있으리오
그대에게 권하노니 강사 자리를 그만두시오
바로 진(眞)을 구하는 것만 같지 못합니다.
금강반야의 성품은 밖으로 한 티끌도 끊어졌는데
아문(我聞)으로부터 아울러 신수(信受)까지는
다 이 가명의 진열이로다.

모든 경은 「여시아문(如是我聞」으로 시작하여 「신수봉행(信受奉行」 하면서 끝난다. 그러니 아문으로 시작하여 신수로 끝나는 경전은 처음부터 끝까지 모두 가짜투성이라는 말이다.

좌주는 그 게송을 듣고 감탄하여 방 거사를 우러러보았다.

일천 강에 달 그림자가 떠 있지만 긴 허공은 다만 외로운 달을 볼 뿐이고, 만구(萬口)로 소리를 전해 주지만 텅 빈 골짜기는 두 가지 소리를 낸 적이 없다는 시가 있다. 즉 방 거사는 고덕과 선지식들을 만나 그때 그때 그 사람의 근기에 따라 그에 합당하는 메아리로 응했고, 틀과 양과 바퀴 자국에 구애된 적이 없는 사람이었다.

영조(靈照)와의 대화

하루는 방 거사가 조리를 팔고 다리를 내려오다가 넘어졌다. 딸 영조가 그것을 보고 역시 아버지 곁에 가서 넘어졌다.

방 거사가 말했다.

"무엇을 하느냐?"

"아버지가 땅에 넘어져서 제가 붙들어 드리려고 합니다."

"다행히 본 사람이 없구나."

진흙 구덩이에 빠진 사람을 구하려면 그 구덩이 속에 들어가야 한다는 말이 있다. 영조는 아버지가 빠지면 함께 빠지는 마음으로 도를 구했다는 것을 암시해 주는 일화이다.

난이삼부곡(難易三部曲)

방 거사가 하루는 다음과 같이 읊었다.

"어렵고 어렵고 어렵도다. 열 섬을 지고 유마 기름이 칠해진 나무를 오르는 것만큼이나 어렵다."

그러자 그 부인이 말했다.

"쉽고 쉽고 쉽도다. 침상에서 내려와 발로 땅을 밟는 것만큼이나 쉽다."

영조는 말했다.

"어려운 것도 아니고 쉬운 것도 아니다. 백 가지 풀머리에 조사의 뜻이 머물러 있다."

도를 두고 말한 것이다. 이들 가족은 이렇게 모두 높은 경지에 올라 있었다.

거사의 입적

방 거사는 말년에 항상 대조리를 팔아서 연명했지만, 그는 승속을 초월하여 매인 데 없이 살았다. 이 무렵의 그가 쓴 시를 하나 소개하겠다.

마음이 여여(如如)하면 경계 또한 여여하니
실도 없으며 또한 허도 없도다.
유도 관계치 않고 무에도 또한 있지 않다.
현인도 성인도 아니다. 일을 마친 범부로다.
쉽고도 또한 쉬우니
이 오온(五蘊)에 즉(卽)하여 진실한 지혜가 있음이며,
시방 세계는 일승평등이다.
무상의 법신이 어찌 둘이 있으리오
만일 번뇌를 버리고 나서 보리에 들어가려 한다면
불지(佛地)가 어딘지를 알 수 없으리라.
살려고 하는 것이 바로 죽는 것이니
죽여 버려야 비로소 안거할 수 있네.
여기에서 뜻을 알아차리기만 한다면
철선이 물 위에 뜰 것이로다.

방 거사는 임종을 앞두고 영조에게 말했다.

"해가 어디까지 와 있나 보고 정오가 되면 나에게 알려라."

그는 정오가 되었을 때 이승을 버릴 생각을 했던 것 같다. 그런데 밖에 있던 딸이 얼마 뒤에 급히 와서 말했다.

"아버지, 해가 이미 중천에 떴습니다. 그러나 일식을 하는 중이라 정오가 되었는지는 알지 못하겠습니다."

그러자 방 거사가 해를 보기 위해 방밖으로 나왔다.

그 틈에 영조가 바로 아버지가 앉아 있던 자리에 올라가 합장하고 앉아서 죽어 버렸다.

생사를 벗어난 경지에 올라 있지 않았다면 그런 식으로 죽음을 택하지 못했을 것이다. 영조도 기인이다.

방 거사는 딸이 죽어 있는 모습을 보고 웃으면서 말했다.

"내 딸이 재빠르구나."

그는 딸을 화장했다. 그런 지 이레만에 고을 의원인 우적이 찾아왔다. 우적은 후일 방 거사의 어록을 쓴 사람이다.

방 거사는 우적에게 말했다고 한다.

"갖고 있는 것을 모두 비워 버려야지, 본래 있는 것에 무엇을 채우려고 해서는 안 되오. 세간에 머무는 것이 좋기는 하지만, 모든 것은 다 그림자 같고 메아리 같은 것입니다."

말을 마치자 그는 우적의 무릎을 베고 조용히 눈을 감았다.

방 거사의 입적 소식을 들은 모든 승속(僧俗)이 함께 애도하였다.

방 거사는 게송 300여 편을 남겼다.

그의 부인은 녹문사에서 법요회향을 하겠느냐고 물으니 빗을 들어 쪽에 꽂은 뒤에 회향을 마쳤다는 말을 하고 나가 버렸다고 한다.

즉 남편을 위해 제를 올려 주겠느냐는 물음에 일체 형식에 얽매일 것

이 없다는 태도를 취한 것이니 그녀 역시 도의 경지가 높았음을 미루어
짐작할 수 있을 것이다. ❀

재가(在家)에서 일군 심지(心地) -부설 거사(浮雪居士)

항상 도를 마음 속 깊이 생각하고
스스로 굳세게 바른 행을 지켜서
생사의 이 언덕 힘차게 건너면
위없이 좋은 곳 가서 날 수 있습니다

여 래지를 향하여

방 거사가 중국의 유마 거사로 불린다면 부설 거사(浮雪居士)는 한국의 유마 거사로 칭송되는 분이다. 한국이 낳은 가장 훌륭한 재가불자(在家佛者)인 부설 거사는 본래 출가승이었는데 숙생인연(宿生因緣)에 따라 세속에 나오게 되었다.

비록 그는 환속했지만 도리어 화광동진(和光同塵)의 보살행을 몸소 실천함으로써 시대를 넘어 오늘날까지도 만인의 사표가 되는 거사로 추앙받고 있는 것이다. 그럼에도 불구하고 유감스럽게도 그의 정확한 출생 연도에 대한 기록은 찾을 수가 없다.

중국의 방 거사가 입적한 것은 808년이다. 부설 거사는 방 거사가 입적하기 전에 통일 신라의 왕도였던 서라벌에서 태어났을 것이라는 추측을 할 수 있을 뿐이다. 속명은 진광세(陳光世)이며, 부설은 열네 살이 되던 해에 출가를 한 뒤 받은 그의 법명이다. 출가 본사는 불국사였다.

이 무렵의 신라에는 불교가 활짝 꽃피어 있었다. 불교를 국교로 하였던 신라이고 보니 신라에는 마을마다 절이 세워졌고, 아들이 삼형제만 태어나도 그중 한 사람을 출가시켜 승려로 만들었을 정도였다고 한다. 요컨대 불교가 전국민의 사상과 문화, 예술 및 정신 세계를 지배하고 있었다고 해도 과언이 아닐 것이다.

부설 스님에게는 영조(靈照)와 영희(靈熙)라는 도반이 있었다. 세 사람은 불국사에서 함께 배우고 논했던 것으로 문헌에 전한다.

당시의 신라와 당나라는 나당 연합 이래로 활발하게 문물을 교환하고 있었다. 교역도 활성화되어 있었고, 선진 문화를 습득하고자 하는 신라인들의 당나라 유학이 또한 붐을 이루었다. 엘리트 계층이라고 할 수 있는 스님들 중에서도 당나라에 유학하는 사람이 많았다.

부설과 영조, 영희 등의 세 스님들도 시대의 조류에 따라 유학에 대한 꿈을 키웠던 것 같다. 부설 스님이 출가를 한 지 6년이 지나자 이제 세속의 나이로는 스무 살이 되었다. 그는 더 늦기 전에 유학을 떠나야 한다는 생각을 다진 다음 도반들에게 그 뜻을 털어놓았다.

"넓은 세계로 나가면 보다 큰스님을 만날 수 있게 될 거야. 장부로 태어나 한번 출가를 했으면 대덕이 되어야 하지 않겠나? 당나라로 우리 같이 유학을 가는 것이 어떻겠나?"

영조 스님이 동의를 했다.

"좋은 말일세. 중원은 대륙이니 산천 경개도 수려한 곳이 많을 거야. 그런 곳에 가서 도를 닦으면 더욱 큰 진전이 있을 거라는 생각은 나도 하고 있었네."

영희 스님도 찬성이었다.

"세 사람이 똑같이 큰 도를 이루어서 이곳 자하문을 함께 들어서자."

그들은 곧 의기 투합하여 당나라 유학길에 올랐다. 세 명의 스님들은 포항에서 당나라로 떠나는 상선(商船)을 얻어 탈 수 있었다. 그러나 배가 출항하여 바다로 나왔을 때 마침 폭풍우가 몰아닥쳤다.

배는 가랑잎보다도 못했다. 파도가 치는 대로 부침하던 배는 이내 뒤집힐 것만 같았다. 절체절명의 순간이었다. 선원들과 상인들은 사색이 되었다. 영조, 영희 스님의 얼굴에도 공포가 떠올랐다. 생사를 초탈한 경지에 올랐다고 하기에는 아직 나이가 너무 어린 수행승들이었다.

죽음에 대한 공포를 느끼기엔 부설 스님도 마찬가지였다. 그는 눈을 감고 생각했다.

'죽는다는 것은 무엇인가?'

'죽는다는 것을 두렵게 만들고 있는 것은 무엇인가?'

'일체가 생하고 멸하는 것도 없는 경지에 들었다면 두렵다는 마음이 일어나지도 않을 텐데, 나의 수행은 아직도 멀었구나.'

부처님의 뜻이라면 죽을 수도 있었다. 그러기에 미련이나 집착은 버릴 수가 있었다. 다만 그 부처님의 뜻을 완전히 깨우치지 못한 상태로 육신의 옷을 갈아입어야 한다는 사실이 억울할 뿐이었다.

배에는 교역할 물건들이 쌓여 있었다. 선장은 그 물건들을 바다에 버리지 않으면 배가 뒤집혀서 모두 죽게 될지도 모른다고 경고했다. 그러나 상인들은 재산에 대한 애착을 쉽게 떨쳐내지 못하고 이에 한사코 저항했다.

"물건을 모두 바다에 버리면 나는 망하고 만다. 절대로 그렇게 할 수는 없다."

뱃사람들과 상인들은 팽팽히 맞섰다. 욕설과 주먹다짐이 오고갔다. 부설 스님은 죽음을 목전에 둔 상황에서도 집착에서 쉽게 벗어날 수 없다는 것을 똑똑히 목격할 수 있었다.

부설 스님은 서로 다투고 있는 뱃사람들과 상인들 사이로 들어서며 말했다.

"여러분들, 진정하십시오 우리는 지금 죽느냐, 사느냐 하는 기로에 놓여 있습니다. 서로 다툴 때가 아니라 합심을 해도 이 위기를 벗어날 수 있을지 없을지 모르는 순간입니다. 이런 상황에서 물건에 대한 애착을 고집한들 무슨 소용입니까? 집착이 생명을 죽일 것입니다. 우선 집착을 버려야 살길도 생깁니다. 바다에 나왔으면 배를 운항하는 선장님의 경험과 판단을 따라야 합니다. 선장님이 물건을 버려야 한다면 미련을 두지 말고 버려야 합니다. 물건보다 더한 생명도 때가 되었다면 버려야 하는데 그까짓 물건에 집착하여 일을 그르치려 합니까!"

부설 스님의 웅변은 마침내 상인들이 마음을 돌려놓았다. 그들은 합심하여 물건을 바다로 버렸다. 폭풍우는 여전히 거세게 몰아쳐 왔다. 배는 파도에 밀려 곤두박질쳤다. 그들은 모두 의식을 잃었다.

의식이 돌아와 보니 배는 모래사장에 걸려 있었다. 바다는 언제 그렇게 화를 내었느냐는 듯 평온했다. 선장은 배를 살펴보고 말했다.

"이대로는 항해를 계속할 수가 없습니다. 수리를 하자면 몇 달은 걸릴 겁니다. 죽지 않은 것을 다행으로 아십시오"

일행은 모두 배에서 내렸다. 배는 멀리 가지도 못하고 섬진강 하류인 사천 땅에서 좌초된 것이었다. 세 스님은 당나라로의 유학을 포기할 수밖에 없었다.

비록 무위로 끝났지만 생과 사의 기로에 놓였던 유학행에서 부설 스님은 아주 중요한 체험을 할 수 있었다. 우선 대자연의 조화 앞에 미혹한 범부 중생의 존재란 보잘것없음을 알게 되었다. 이런 자각은 자연스

럽게 태풍의 위력도 조용히 잠재울 수 있는 그런 깨달음에 대한 욕구를
불러일으켰다.

그 동안 출가하여 열심히 공부하느라고 했지만 자신이 이룬 도라는
것이 극히 작다는 사실도 알았다. 생사를 면한 경지에 도달하려면 아직
도 멀었다고 생각했다. 집착이 생사를 면하는 데 있어서 최대의 적이라
는 생각도 하게 되었다. 무일물(無一物)의 경지를 이루어야 한다는 결심
을 굳게 하였다.

그는 도반들에게 말했다.

"원효 스님께서 의상 스님과 함께 당나라로 유학을 가다가 되돌아왔
다는 말씀을 들어 본 적이 있지?"

원효 스님은 의상 스님과 더불어 신라 불교계에 우뚝 솟은 양대 산맥
이었다. 승속(僧俗)을 포함하여 그의 일화를 모르는 사람은 없었다.

원효 스님은 617년에 태어나 686년에 입적했다. 『금강삼매경론소(金
剛三昧境論疏)』와 『십문화쟁론(十門和諍論)』『화엄경소(華嚴經疏)』 등의 명
저를 남겼다.

의상 스님은 625년에 태어나 702년에 입적했다. 당나라에 유학하여
지엄(智儼) 밑에서 화엄을 공부하고 귀국하여 부석사를 창건했다. 우리
나라 화엄종의 창시자로 꼽히며 수많은 고승 대덕을 길러 냈다.

원효 스님은 의상 스님보다 7년 연상인 동시대인이다. 처음 두 대사
는 당나라에 유학하기 위하여 함께 길을 떠났다.

그 당시에는 사람이 죽으면 매장을 하기보다 길에다가 버리는 일이
다반사였다. 그래서 길가에는 사람의 뼈가 뒹굴기 일쑤였다. 시체가 가
득한 숲속을 시다림(屍多林)이라고 불렀다. 스님들은 시다림을 지날 때

면 법문을 했다. 그것을 시다림 법문이라고 한다. 신라의 두 스님이 시다림 법문을 해가며 만주 벌판을 가고 있던 중 하루는 해가 지자 동굴에 들어 밤이슬을 피하게 되었다.

연일 계속된 여독에 피로를 느꼈던 원효 스님은 깊은 잠에 빠져들었다가 목이 타는 갈증을 느끼고 잠에서 깨어났다. 주위를 더듬어 보니 머리맡에 마침 물이 담긴 바가지가 있었다. 원효 스님은 바가지의 물을 달게 마시는 것으로 갈증을 해소하고 다시 잠을 잘 수가 있었다.

이튿날 아침 눈을 뜬 원효 스님은 간밤에 물이 담겨 있던 바가지가 사람의 해골이었다는 것을 발견하게 되었다. 해골에 괴어 있던 썩은 물을 달게 마시고 갈증을 해소했다는 것을 알게되자 구역질을 참을 수 없었다

원효 스님은 깊은 생각에 잠겼다.

'간밤의 물맛은 달았는데 새삼스럽게 어째서 구역질이 나는가? 어제와 오늘이 하나인데 내 마음은 어째서 달라졌는가? 마음이 일어나면 변화가 일어나고, 마음이 가라앉으면 평정이 되어 더럽고 좋은 것이 없을 것이다. 그런데 어째서 나는 이런가?'

바가지의 물과 해골에 괸 물은 둘이 아니었다. 자신의 변화는 마음의 문제일 것이 분명했다.

원효 스님은 더 배우기 위하여 중국에 가려고 했으나 모든 것이 마음의 문제라는 것을 알게 되자 중국에 가서 배우지 않아도 된다는 것을 알았다. 그는 중국 유학을 고집하는 의상과 헤어져 혼자 신라로 돌아왔다.

원효 스님은 서라벌로 돌아오자 분황사에서 화엄종을 개종했다. 이를 해동종 또는 분황종이라고 한다. 원효 스님의 화엄종은 중국의 영향을 전혀 받지 않은 독창적인 종법이다.

이로부터 원효 스님은 세상의 집착에서 벗어나 기행을 하기 시작했다. 울긋불긋한 옷을 입고 경주의 남산을 오르내리면서 사람들의 시선을 끌어 사람들이 모이면 화엄을 설하였다. 그렇게 하여 우리나라 불교에 화엄의 사상을 꽃피울 수 있는 씨를 뿌렸던 것이다.

부설 스님은 원효 스님의 일화에 대한 이야기를 마치고 도반들에게 자기의 생각을 털어놓았다.

"모든 것이 마음 안에 달려 있다는 것을 깨닫고 당나라에 가지 않았던 원효 스님을 이해할 수 있게 되었네. 아무 문제가 없었다면 우리는 무사히 당나라에 도착할 수 있었겠지만 파도를 만나 못 가게 된 것도 다 인연인 듯하니 안 가도 마음 안에 있는 불법을 깨칠 수 있는 방법을 찾아보세."

남방 제일의 명산이라는 지리산이 사천 땅에서 그리 멀지 않았다. 세 사람의 스님은 지리산에 가서 선을 익히자는 데 뜻을 같이했다. 목적지가 정해지자 탁발을 하여 허기를 면하면서 앞으로 나아가기 시작했다.

부설과 영조, 영희 세 스님은 지리산 청학동에 도착하여 거처할 토굴을 지었다. 그들은 각자의 방에서 좌선 생활을 하기 시작했다. 그로부터 3년이 눈 깜짝할 사이에 흘러갔다. 그러나 참선 삼매경에만 빠져 있기에는 그들은 너무 젊었다. 세 사람은 3년 동안의 토굴 생활을 끝냈을 때 운수 행각에 나서기로 했다.

같은 지리산 자락에 있는 화엄사로 해서 장흥의 천관산을 밟았고, 천관산에서 다시 5년 동안 정진한 기록이 남아 있다. 그 다음으로 세 스님의 발길이 닿은 곳은 내장산이었다. 그들은 내장산 자락에 토굴을 짓고 묘적암(妙寂庵)이라 하였다. 그곳에서 그들은 다시 5년 동안 선정을 익히고 정진을 계속하였다.

　이제 세 명의 스님들은 나이도 들었고, 그에 따라 공부도 자연 깊어졌다. 이 무렵 세 스님이 지었다는 시가 전한다.

占得幽居地 萬松嶺上庵
入禪看不二 探道喜成三
采玉入誰到 含花鳥自喃
肅然無外事 一味法門參
높은 산 깊은 골에 터를 골라서
소나무 우거진 봉우리 암자 하나 짓고
입선(入禪)하여 불이(不二)를 보고
도를 탐구하여 삼학을 이루었네.
옥 캐는 사람 중에서 누가 이르렀나.
꽃을 물고 오는 새만 지저귀는구나.
세상 일 모두 잊고 숙연히 앉아
일매(一味)의 법문만 참구하도다.

雲收歡喜嶺 月入老松菴
慧劍精千萬 心源蕩再三
洞天春寂寂 山鳥曉喃喃
咸佩無生樂 玄開不用參
구름 걷힌 환희령 고갯마루에
달이 떠서 노송 사이의 암자를 비추누나.
지혜의 칼을 천만 번 갈고 닦아서

마음을 쓸어 내기를 반복하였네.
동천에 찾아온 봄은 호젓한데
산새는 새벽이면 우짖는다.
모두 무생락을 지닌 바에야
현관(玄關)을 참구함도 부질없도다.

共把寂空雙去法 同棲雲鶴一間菴
已精不二歸無二 誰問前三與後三
閑看靜中化艶艶 任聆窓外鳥喃喃
能令直入如來地 何用區區久歷參
적공(寂空)의 오묘한 법 함께 잡고서
암자 하나 짓고 운학(雲鶴)과 벗하여 사네.
불이(不二)를 이루어 무이(無二)로 돌아갔는데
누구라서 전후삼삼을 물어 오는가.
고요한 중에 꽃은 한가롭고
창 밖의 새소리도 때로 들린다.
곧바로 여래지에 들어간다면
구구이 오랫동안 참학하여 무엇하리오

   처음의 시는 영조 스님의 것이며, 두 번째는 영희 스님이 지은 것이
다. 마지막이 부설 스님의 것이었다. 출가 본사를 떠나 운수 행각과 토
굴 생활을 반복하면서 십여 년이 넘도록 살아온 세 스님들의 경지를 짐
작해 볼 수 있다.
   불이와 무이에 대한 정진은 곧 여래지를 향해 나아가고자 하는 그들

의 서원을 담고 있는 것이라 하겠다. 세 사람의 스님은 다시 강원도 오대산을 목적지로 하여 행장을 챙기기 시작했다.

숙생 인연을 따라서

보안산(保安山) 두릉골은 50여 호의 인가가 자리잡고 있는 마을이었다. 보안산은 지금의 변산을 말한다. 이곳에 구무원(仇無冤)이라는 청신거사가 살고 있었다. 그에게는 묘화(妙花)라는 이름을 가진 딸이 하나 있었다.

구무원은 딸을 얻을 때 묘법연화경을 늘 곁에 두고 외웠다고 한다. 마침내 태몽으로 연꽃을 꾼 다음 부인에게 태기가 있어 열 달 만에 딸을 낳으니, 이름을 묘법연화경을 줄여서 묘화라고 지었다.

묘화는 총명하고 아름다운 처녀로 자랐다. 구무원 내외는 외동딸 묘화를 눈에 넣어도 아프지 않을 만큼 사랑하였다. 그러나 한 가지 혼기가 지났음에도 쉽게 짝을 찾을 수 없어 그것이 늘 걱정이었다.

혼담은 여러 곳에서 들어왔다. 원근에 묘화의 자색과 총명함이 널리 알려져 아들을 가지고 있는 집안에서 수없이 많은 매파를 보내 오고 있는 터였다. 그러나 묘화가 한사코 완강하게 거절을 하기 때문에 혼사가 이루어지지 않고 있는 것이었다.

묘화는 자신의 혼사 문제로 걱정을 하는 부모님들께 이렇게 말하곤 했다.

"인연 따라 될 것이니 너무 걱정하지 마셔요"

이 두릉골에 걸망을 메고 육환장을 짚은 세 명의 행각승들이 긴 그림자를 밟으며 모습을 나타낸 것은 어느 봄날 석양 무렵이었다. 세 명의 스님들은 묘적암을 떠나 온 부설 스님 일행이었다.

날이 저물고 있었기에 천상 오늘은 이 마을에서 신세를 지고 떠나기로 작정한 다음 마을 어귀에서 만난 사람에게 말했다.

"길을 가던 행각승입니다. 이 마을에 하룻밤 신세를 질 만한 집이 없을까요?"

행각승들이 유숙을 청하면 거절하지 않는 것이 당시의 관례였다. 마을 사람이 말했다.

"우리 동네에서는 구무원 어른 댁이 스님들이 주무시기에 가장 적합할 것입니다."

구무원의 집은 대나무 울타리에 둘러싸여 있었다. 그것은 그대로 죽림당이었다.

구무원의 대문 앞에 도착한 세 사람의 스님은 목탁을 치며 염불을 하기 시작했다. 청아하고 낭랑한 염불 소리는 고요한 적막에 싸여 있던 죽림당을 뒤흔들어 놓았다.

묘화는 염불소리에 이끌려 밖으로 나왔다. 그녀보다 한 걸음 앞서서 나왔던 구무원이 스님들을 사랑채로 인도하여 가는 것이 바라다보였다. 이때 묘화의 눈에 한 스님의 얼굴이 마치 화살처럼 와서 박혔다. 서산으로 넘어가려던 태양의 남은 빛이 파르라니 깎은 스님의 머리 위에 떨어지고 있었다. 그녀는 시선을 쉽게 거둘 수가 없었다.

부설 스님은 문득 목덜미에 따가운 시선을 느끼고 뒤를 돌아다보았다. 자신을 바라보고 있던 묘화 낭자와 허공에서 시선이 부딪쳤다. 황급히 고개를 돌리는 묘화 낭자의 얼굴이 붉게 피어나고 있었다. 묘화는 가슴이 쿵쿵 뛰는 것을 느꼈다.

스님들은 그녀의 아버지 방에 하룻밤을 묵어 가게 되었다. 밤이 이슥하도록 아버지 방에서는 불이 꺼지지 않았다. 그녀는 마치 자석에 이끌

리듯 방문 쪽으로 다가갔다. 안에서 아버지와 스님들이 나누는 말소리
가 들려 왔다.

구무원이 물었다.

"저는 그 동안 많은 경전을 읽었지만 깨달음을 얻을 수가 없었습니
다. 어떻게 닦아야 깨달음을 얻을 수 있는 것입니까?"

부설 스님이 말했다.

"깨달음이라는 것은 오직 자기의 마음을 밝히는 길이라고 여겨집니다.
그러니까 경전은 마음을 깨치는 작은 길잡이는 되겠지만 전적으로 거기
에 매달려 있어서는 안 될 줄 압니다. 마음 밖에는 한 법도 없다는 것을
믿고 마음을 밝히는 공부를 해 나가야만 깨칠 수가 있을 것입니다."

"참선을 해야 한다는 말씀이신지요?"

"그렇습니다. 이치를 따져 수행하는 것은 교(敎)라고 합니다. 직접 마
음을 밝히고 닦는 것은 선(禪)이라고 하지요 교는 부처님의 말씀이고 선
은 부처님의 마음이라고 할 수도 있습니다. 말씀을 따라가다가 보면 마
음자리를 찾는 것에 소홀해질 수가 있고, 그런 만큼 자성을 발견하기 어
려워지는 것입니다. 본래 교와 선이 둘이 아니니 한쪽으로 치우치지 말
고 조화시켜 깨닫는 것이 중요하리라고 봅니다."

묘화는 가슴이 탁 트이는 것 같은 느낌을 받았다. 이때 밤의 어둠 속
에서 소리없이 빗방울이 떨어지기 시작했다. 그녀는 내키지 않는 발걸
음을 돌렸다.

비는 소리 없이 내리기 시작했으나 차츰 굵어져 아침이 되어도 그치
지를 않았다. 하룻밤 자고 가려던 행각승들은 주인이 만류하자, 갈 곳은
정해 놨지만 기다리는 사람이 없기에 바삐 서둘 것 없다고 생각했다. 비
는 연 닷새를 내리 오락가락하며 그치지 않았다. 그리고 그 닷새 사이에

묘화의 마음은 함빡 부설 스님에게로 기울어졌다.

묘화는 비가 그치면 스님들이 자기 집을 떠나간다는 것을 알고 있었다. 한번 떠나가면 다시 만날 기약이 없었다. 그 사실이 묘화를 초조하게 만들었다. 묘화는 이대로 비가 영원히 그치지 않고 내리기를 바랐다.

그러나 그녀의 바람에도 불구하고 닷새째 되는 날 저녁 무렵, 태양이 구름 사이로 얼굴을 내밀자 묘화는 가슴이 철렁 내려앉았다. 하룻밤만 더 자면 스님들은 떠나갈 것이다. 묘화는 저녁밥을 먹을 수가 없었다. 수저를 드는 둥 마는 둥 자기 방으로 돌아가서 이불을 쓰고 누웠다. 딸의 방으로 온 어머니는 묘화의 몸이 불덩이인 것을 발견하게 되었다.

"아니, 너 어디 아프냐?"

묘화는 말없이 돌아 누울 뿐이었다. 외동딸의 몸이 갑자기 불덩이가 되자 어머니는 사랑채의 아버지를 불렀다.

아버지가 물었다.

"갑자기 무슨 일이야?"

묘화는 부설 스님을 사랑하게 되었다는 말을 쉽게 입에 올릴 수가 없었다. 고운 볼을 타고 뜨거운 눈물이 흘러내렸다.

"말을 해라."

"……."

구무원은 필시 곡절이 있으리라 여겨 집요하게 반복하여 물었고, 마침내 묘화가 입을 열었다.

"아버짐, 저는 부설 스님에게 시집을 가고 싶습니다."

"아니, 뭐라고?"

"그러지 않으면 필시 저는 죽게 될 것입니다."

구무원은 딸 묘화의 성격을 잘 알고 있었다. 곧기가 대쪽 같은 아이였다. 한번 결정을 하면 반복하지 않는 외곬이었다. 딸이 부설스님에게 시집을 갈 수 없다면 죽게 될 것이라는 사실은 단순한 생떼가 아니었다.

구무원은 출가한 사람을 환속시키는 것은 죄악을 범하는 것이라는 사실을 환기시키고 딸이 마음을 돌리도록 애써 보았지만 아무 소용이 없었다. 그는 근심에 잠겨 사랑채로 건너갔다.

구무원의 얼굴에 먹구름이 끼여 있는 것을 발견한 스님 중 한 사람이 물었다.

"무슨 걱정거리라도 생기셨습니까?"

구무원은 한숨을 쉬었다.

"저에게 일점혈육 묘화라는 이름을 가진 여식이 하나 있습니다. "

"……."

"그 딸의 목숨이 경각에 달려 있군요"

부설 스님은 그 동안 묘화와 여러 번 얼굴을 마주친 일이 있었다. 멀쩡하던 여자의 목숨이 경각에 달렸다니 이 무슨 말인가?

"그럼, 빨리 의원을 불러오시지 그러십니까?"

"의원이 고칠 수 있는 병이 아닙니다."

"대체 어떤 병이기에……?"

"딸의 목숨은 부설 스님만이 고칠 수가 있습니다."

"아니, 갑자기 무슨 말씀이십니까?"

"미거한 여식이 과년하도록 짝을 찾지 못하고 있었는데 이번에 부설 스님을 먼발치로 뵙고 사모하는 마음이 생겨 부설 스님을 지아비로 맞을 수 없다면 죽어 버리겠다며 몸져눕고 말았습니다.

"……."

"딸이 만약 잘못되기라도 하면 늘그막에 그 녀석 기르는 재미로 살아

왔던 어미나 저는 또 어떻게 되겠습니까?"

스님들의 눈이 휘둥그래졌다. 특히 당사자인 부설 스님의 충격은 컸다. 자신 때문에 한 여자가 목숨을 잃게 되었다니 안타까운 노릇이 아닐 수 없었다. 구무원의 말대로 딸이 잘못되면 그 부모도 잘못될 것만 같았다. 세 사람의 목숨이 달려 있는 것이었다. 그렇다고 출가 사문의 입장에서 쉽게 파계를 하고 환속할 수도 없는 입장이었다.

부설 스님은 뜬눈으로 밤을 지새우며 생각을 거듭했다. 만약 환속을 끝까지 거부하여 몸을 산문(山門)에 둔다면 산문에 있어도 자신으로 인해 잘못된 세 영혼 때문에 성불을 할 수가 없을 것 같았다. 그럴 바에야 차라리 몸을 세속에 두고 마음자리만 제대로 간직하면 자성을 이룰 수도 있지 않을까? 화광동진이란 이를 두고 이르는 말인 것만 같았다.

그는 아무것에도 거리낄 것이 없는 무애행을 몸소 실천에 옮겨 보고 싶었다. 속세에 몸을 두었지만 보살행을 실현하여 여래지에 들었던 유마 거사를 떠올렸다. 중국의 방 거사도 속세에 머물렀던 사람이지만 도의 경지가 결코 낮지 않았음을 부설은 알고 있었다.

이 땅에 불교가 들어온 지 이미 오래 되었지만 유마나 방거사에 견줄 수 있는 재가불자는 없었다. 자신이 그들과 견줄 수 있는 도의 세계를 재가에서 이룩해 보고 싶다는 생각이 문득 일었다.

마음자리는 승과 속의 구별이 없을 터였다. 몸이 진세에 처하더라도 마음을 깨우치면 산문에 있음과 다름이 없을 것이고, 비록 몸이 산문에 있다 한들 깨우치지 못하면 속세에 있는 것보다 나을 것이 없었다.

그는 마침내 결심을 굳혔다.

이튿날 아침, 부설 스님은 구무원에게 말했다.

"저같이 보잘것없는 사람을 따르겠다는 따님의 생각을 좇겠습니다."

230

부설 스님의 말에 무엇보다 도반들이 놀랐다.

"태산이 무너져도 자네가 환속하지 않을 것으로 알았네."

"숙생의 업연이 깊으니 어쩌겠나. 재가에서라도 견성불을 이루도록 정진을 포기하지는 않을 생각이네."

이렇게 하여 마침내 부설 스님은 환속을 하게 되었다. 영조와 영희 스님은 부설과 헤어져 오대산으로 향했다. 그들은 이별하기에 앞서 시를 한 수씩 지었다. 여기에 부설 스님의 시를 소개하겠다.

悟從平等行無等 覺契無緣度有緣
處世任眞心廣矣 在家成道體般然
圓珠握掌丹靑別 明鏡當臺胡漢懸
認得色聲無掛碍 不須山谷坐長連

깨치면 평등을 쫓아 무등(無等)을 행하고
우연에 연계하여 유연(有緣)을 건진다.
세속에서는 진(眞)에 맡겨 마음을 넓히고
재가에서 성도하여 체(體)를 넓히네.
구슬을 손에 쥐니 붉고 푸름이 각기 다르고
명경이 대(臺)에 떠서 호수에 걸리네.
색과 소리 걸릴 것이 없음을 인득(認得)하면
산곡에 오래 앉아 있은들 무엇하리오

부설 스님은 염의를 벗고 백의를 입었다. 이제 그는 스님이 아니라 거사가 되었다. 부설 거사와 묘화 부인 사이에서는 등운(謄雲)이라는 아들과 월명(月明)이라는 딸이 태어났던 것으로 전해진다.

재가 거사인 그는 한 아낙의 지아비요, 남매의 아버지가 되었다. 낮에는 농부들과 어울려 일을 하고 밤에는 원근에서 찾아오는 농부들을 대상으로 불법을 일러주고는 하였다. 그렇지 않으면 단좌하고 앉아 참선을 하였다. 몸은 비록 진세에 속해있지만 구도의 자세를 버리지 않은 그의 마음은 산문에 있을 때의 그 마음이었다.

부설 거사는 한동안 훈장으로 지냈다. 학문을 배우려고 찾아오는 학동들에게 그는 유학과 불서를 혼용하여 가르쳤다. 박학다식한 부설 거사가 자애롭게 학동들을 깨우쳐 주니 인근에서 많은 사람들이 몰려들었다. 그는 사람의 근기를 헤아려 마음의 밭을 갈게 하고 씨를 뿌리도록 도왔다.

상구보리(上求菩提)는 무릇 모든 수행자가 구하는 경지였다. 그러나 보리를 증득하였다고 해도 하화중생(下化衆生)하지 않는다면 그 보리를 무엇에 쓸 것인가? 그런 의미에서 부설 거사는 환속하여 하화중생의 길을 걸었다고 할 수도 있었다. 그는 이웃들에게 보시를 가르쳤다. 육바라밀을 행하여 손수 보살행의 모범을 보였다. 거기에 진정한 회향의 의미가 있었다. 그런 기간이 10여 년 남짓 흘러갔다.

거사의 회향

보안산 산정에서 내려다보이는 서해의 낙조(落照)는 천하에 짝을 찾기 드문 경관이었다. 일찍이 원효 스님과 사복성자(蛇福聖者)가 이곳 토굴에서 정진한 바 있는 명산이었다. 원효 스님의 토굴은 원효방이라 하고 사복성자가 거하던 곳은 부사의 방이라고 부른다. 두 곳이 다 성지였다.

부설 거사는 생의 말년을 바로 보안산에다 토굴을 짓고 용맹 정진하는 것으로 보냈다. 그는 보안산에 두 채의 흙담집을 지었다. 한 채는 묘화 부인이 아들 등운과 딸 월명을 데리고 살았던 집이며, 다른 한 채는 부설이 거처한 곳이었다.

부설 거사는 자기의 처소를 돌담으로 둘러싼 다음 외부인의 출입을 통제하였다. 다만 조석으로 음식을 넣어 줄 조그만 창구를 하나 내어 놓았을 뿐이었다. 그는 그곳에서 장좌불와(長坐不臥)의 용맹 정진에 몰입하였다.

묘화 부인은 남편이 장좌불와에 들자 자신이 아이들을 돌보지 않으면 안 되었다. 등운은 씩씩하게 자라나서 땔나무를 해오고, 딸은 어머니를 도와 밭을 매었다. 남매는 세속의 때가 전혀 묻지 않은 천진무구한 아이들이었다.

등운은 한 일이 없을 때면 가부좌를 틀고 앉아서 두 눈을 지그시 감고 있었다. 등운은 어느 때부터인가 아버지를 따라 남몰래 선정을 익혀 가고 있었다. 사실 묘화 부인도 도인의 아내가 되려면 자신도 깨치지 않으면 안 된다는 생각으로 밤이 깊어도 수마(睡魔)에 빠지려는 자신을 채근해 가며 마음자리를 찾는 노력을 계속하고 있었다. 월명도 자연 그런 분위기에 동화되었다. 일가는 각기 자기의 방식대로 견성을 구하고 있었다.

부설 거사가 장좌불와에 몰입한 지 5년 쯤 지난 어느 날이었다. 밥상을 들이기 위해 남편이 거처하고 있는 토굴로 갔다가 묘화 부인은 남편이 춤을 덩실덩실 추면서 중얼거리는 소리를 들었다.

"무명의 탈을 벗고 마침내 대자유를 얻었노라!"

묘화 부인은 남편이 드디어 견성했다는 것을 알았다.

한편, 오대산으로 갔던 영조와 영희 스님은 상원사에서 참선과 수행의 나날을 보내고 있었다. 그들은 이따금 환속한 부설을 두고 이야기를 나누었다.

"요즈음 부설은 어떻게 지낼까?"

"아들 딸이 태어났을 테니 처자식 먹여 살리는 종놈 신세겠지."

"병이나 안 얻었는지 모르겠군."

20년이 흘러가자 그들은 이제 젊어서 떠나 왔던 출가 본사인 불국사로 돌아가서 노후를 보내고 싶어졌다. 불국사로 돌아가는 길에 두릉골을 찾아가서 속퇴한 옛 도반과 회포를 풀기로 했다.

두 스님은 20년 동안 살아왔던 오대산을 등지고 젊어서 지나온 길을 되짚어 내려와 20여 일 만에 두릉골에 도착할 수가 있었다. 그러나 죽림당에는 부설이 살고 있지 않았다. 마을 사람들은 벌써 오래 전에 일가가 보안산으로 올라가서 살기 시작했다는 말을 들려주었다.

영조와 영희 스님은 곧바로 보안산으로 올라갔다. 부설 일가의 토담집을 찾는 것은 그리 어렵지 않았다. 그를 맞이한 묘화 부인이 말했다.

"어서 오십시오, 기다리고 있었습니다."

"아니, 부인께서는 우리가 오늘 올 줄 알고 계셨다는 말씀입니까?"

묘화 부인은 부설 거사가 토굴 안에서 그 동안 기거해 왔다고 설명한 다음 말했다.

"오늘 아침 공양 드신 그릇을 찾으러 가보니 빈 그릇에 이런 쪽지가 씌어 있어서 대강 손님이 찾아오시리라 여기고 있었습니다."

부인이 내민 쪽지에는 두 명의 스님이 찾아오면 출입문을 헐라는 내용이 씌어 있었다. 영조와 영희 스님은 부설이 두릉골에서 살지 않고 산중에 올라와 토굴에 살았다는 것부터 뜻밖이었다. 묘화 부인이나 등운, 월명 남매도 비록 치장을 하지 않은 차림이었으나 속된 티를 벗은 모습을 하고 있었다. 그러나 그들은 부설 거사가 견성을 이루었으리라고는

234

예상하지 않았다.

마침내 두 사람은 부설 거사가 기거하고 있는 토굴로 안내되었다. 안으로 들어가기 위해 문을 에워싸고 있던 토벽을 헐었다. 부설은 면벽하고 앉아 있다가 돌아앉으며 20여 년 전에 헤어졌던 두 도반을 맞이했다.

부설의 머리에는 서리가 내려 있었다. 그는 희끗희끗한 머리를 아무렇게나 쓸어 올려 상투를 틀고 있었다. 몸은 세월의 흐름을 지탱할 수 없었던 듯 나이와 더불어 늙어 갔지만 눈빛만은 전보다 더 맑고 투명하고 고요하게 가라앉아 있었다.

부설이 먼저 말했다.

"어서들 오십시오 그 동안 어떻게 지내셨소이까?"

옛날처럼 말을 놓지 않았다.

"우리는 부처님 슬하에서 편히 지냈소이다."

마침내 세 사람은 자연스럽게 그 동안 얼마나 깨우쳤는지를 알아보게 되었다.

전해 오는 말에 의하면 부설 거사는 아들에게 물을 담은 세 개의 병을 준비해 오도록 했다고 한다. 그는 물이 담긴 병을 각각 노끈으로 묶어 시렁의 서까래에 매단 다음 말했다.

"자, 이 세 개의 병에는 물이 담겨 있습니다. 두 분께서는 방망이로 병을 치되 물은 그냥 두어야 합니다. 문수진신이 계신 오대산 성지에서 오랫동안 수행하였으니 능히 이런 것쯤 쉽게 해낼 수 있을 것으로 믿습니다."

영조, 영희 스님은 난감했다. 방망이로 병을 치면 병도 깨지고 물도 쏟아질 것이 분명했기 때문이었다. 실제로 방망이로 쳐보았으나 마찬가지였다. 그러나 부설이 방망이로 병을 치자 병은 여러 조각으로 깨어져 방바닥에 떨어졌으나 병 속에 있던 물은 병에 담겼던 형태대로 공중에 매달려 있는 것이었다. 그는 물을 공중에 매단 것이었다. 그의 도력은 영조와 영희 스님을 능가해 있었다. 몸이 산문에 있지 않아도 견성할 수 있다는 것을 입증해 보인 것이었다.

"나는 열반할 때가 되었지만 두 분께서 나를 찾아올 것을 알고 있었기에 우리가 만날 때까지 열반을 미루어 왔습니다. 이제 이렇게 만나 회포를 풀었으니 나는 떠나야겠소"

죽겠다는 말을 하고 있는 것이었다. 영조 스님이 급히 나서며 말했다.

"우리를 깨우쳐 주고 가야지 이대로 떠나간단 말씀이오?"

"한 생각만 돌이키면 심지(心地)를 밝힐 수 있을 것입니다."

"정 때가 되었다면 법어라도 한 말씀……?"

이에 부설 거사가 게송을 하나 지었다.

目無所見無分別
耳聽無聲絶是非
分則是非都放下
但看心佛自歸依

눈으로 보는 바 없으면 분별이 없고
귀로 듣는 것이 없으면 시비가 끊긴다.
분별과 시비를 모두 놓아 버리고
다만 마음의 부처를 보아 스스로 귀의하라.

부설 거사는 영조와 영희 스님에게 아들 등운과 딸 월명의 뒤를 부탁한 뒤 가부좌를 틀고 앉아 그대로 대적삼매에 들었다고 전한다. 두 스님은 장작을 준비하여 부설 거사의 다비를 치러 주었다.

천진도인과 공양주 보살

부설 거사의 입적 후에 등운과 월명은 출가를 하게 되었다. 영희 스님은 등운의 은사가 되었고, 영조 스님은 월명의 은사가 되었다. 그들은 각각 제자들에게 출가자의 행상(行相)에 대하여 자세히 일러주었다. 그들은 1년여 동안 그곳에 함께 머물다가 불국사로 돌아갔다.

등운과 월명은 태어나면서부터 총명했고, 선악과 고락이 없는 천진 경지에서 자라났으니 자연 천진도인(天眞道人)이 되었다. 어머니 묘화 부인은 자식들이 장성하자 세상으로 나아가 매인 데 없이 행각을 하다가 도움을 필요로 하는 사람을 만나면 방편을 내어 주는 생활을 하고 싶었다. 묘화 부인의 도도 보살의 경지에 올라 있었던 것이다.

등운은 동생 월명을 위해 보안산 정상에 암자를 짓고 월명암이라 명한 다음 그곳에서 거처하도록 하였다. 그리고는 서둘러 그곳을 떠나 계룡산에 암자를 짓고 그곳에 머물렀다.

등운은 신족통을 얻었다고 한다. 계룡산에서 불과 몇 시간이면 동생이 있는 월명암까지 올 수가 있었다. 하루는 월명암에 당도해 보니 어머니 묘화 부인의 모습이 보이지 않았다.

"어머니께서는 어디 가셨느냐?"

"세상 구경을 하고 오신다며 떠나셨어요"

"기어이 그렇게 하셨구나. 어머니께서 너를 보살펴 주시며 함께 계시기를 바랐는데."

"부목이 나무를 해다 주고 불까지 때주니 걱정할 것 없어요"

"부목은 어떤 사람이냐?"

"좀 모자란 사람 같아요. 요즘은 가끔 입맞춤을 해달라고 해요"

"그래서 입을 맞추어 주었느냐?"

"네. 자꾸 해달라는데 어떻게 거절해요?"

"그래 입맞춤을 하면 어떤 기분이 들더냐?"

"마른 수숫대 씹는 맛이에요"

마른 수숫대를 씹는 맛이라니 크게 걱정을 하지 않아도 될 것 같았다. 그런데 그 다음에 또 동생을 찾아와서 물어 보니 이번에는 손가락 빠는 맛 같다고 대답했다. 이러다가는 천진한 누이에게 이성을 그리는 번뇌가 싹틀지도 모를 일이었다. 그는 동생에게 한 계교를 일러주었다.

그날 저녁때 부목은 다시 월명에게 입맞춤을 요구했다. 월명은 아궁이에 장작을 많이 넣어 주면 입맞춤을 하겠다고 대답했다. 부목은 싱글벙글하며 장작을 아궁이에 넣기 위해서 몸을 구부렸다. 그러자 월명은 오빠가 일러준 대로 부목을 아궁이 속으로 밀어 넣고 아궁이 문을 닫아 버렸다.

등운의 계교에 빠져 타 죽은 부목은 염라국에 당도하여 대왕에게 자신의 억울함을 하소연하였다.

"월명 아가씨와 저는 사랑하는 사이였는데 등운이 놈이 저를 비명에 죽게 만든 것입니다."

자초지종을 듣고 난 염라대왕은 부목의 말이 옳다고 판단하여 사자들에게 등운을 잡아오라는 명령을 내렸다. 그러나 염라국의 사자들이 신라에 당도하여 산천을 샅샅이 뒤졌지만 어찌된 일인지 등운을 찾아낼 수가 없었다. 빈손으로 돌아온 사자들에게 염라대왕이 말했다

"신통술이 있는 너희들이 중생 하나 잡아오지 못하고 빈손으로 돌아왔단 말이냐? 내가 친히 그를 잡아들이리라."

염라대왕은 신라국에 당도하여 등운을 찾아다녔지만 그의 신통으로도 등운을 찾을 수가 없었다. 그는 계룡산 산자락에 앉아 잠시 쉬고 있었다. 이때 등운암 상공에 떠있는 구름을 타고 앉아 낮잠을 즐기고 있던 등운이 큰소리로 외쳤다.

"염라대왕은 듣거라. 그대가 모래로 새끼를 꼬아 천하를 묶는 재주가 있다고 해도 결코 나를 붙잡지 못할 것이니라."

염라대왕은 그제야 등운이 자신의 위신보다 높은 부처의 경지에 있는 사람임을 알았다. 그는 등운에게 머리를 조아리고 사죄하였다.

"네가 진심에서 사죄를 하니 죄를 묻지 않겠다. 대신 청이 하나 있노라."

"네, 큰스님. 분부만 내려 주시옵소서."

"부목이란 놈은 도인을 번뇌롭게 한 죄가 있으나, 또한 도인을 정성껏 모셨던 공도 있으니 생사부에서 이름을 빼내어 이제 천상으로 올려 보내 주도록 하라."

"도인에게 번뇌를 심어 준 죄는 크나 큰스님의 말씀이 지엄하니 분부대로 하겠습니다."

이렇게 하여 부목은 천상락을 받을 수 있게 되었다고 한다.

장흥의 가지산에 위치해 있는 보림사(寶林寺)를 중창한 분은 체징보조(體澄普照) 선사다. 문성왕 6년인 서기 844년의 일이다. 그 도량에는 커다란 연못이 하나 있었다. 선사는 그 연못을 메워서 중창할 대가람의 터를 만들려고 작정했다. 그러나 연못이 워낙 크고 깊었기 때문에 그것을 메운다는 것은 쉬운 일이 아니었다.

체징보조 선사가 연못을 메울 길이 없어 고민하고 있던 차에 한 청신녀가 찾아왔다. 그녀는 스님에게 말했다.

"저에게 한 달 정도의 시간만 주시면 이 연못을 다 메워 드리겠습니다."

체징보조 스님은 청신녀의 말을 듣고 놀랐다. 우선, 그녀에게 연못을 메울 계획에 대하여 말을 한 적이 없는데 그 사실을 알고 있다는 것이 놀라웠다. 더욱이 자신은 엄두도 못 내고 있는데 연약한 여자가 연못을 한 달 내에 메워 주겠다니 이도 놀랍지 않을 수 없었다.

"보살님은 어디서 오신 누구십니까?"

"저는 묘화라고 합니다."

그로부터 인근 마을에 눈병이 번지기 시작하였는데 아무리 약을 써도 낫지를 않았다. 그야말로 백약이 무효였다. 눈병 때문에 아무것도 할 수가 없는 지경에 이를 무렵 한 소문이 떠돌았다. 눈병이 나으려면 보림사에 있는 연못에 돌이나 흙을 한 짐씩 갖다 부으면 된다는 것이었다.

사람들은 그 말을 반신반의하면서도 다른 방법이 없었으므로 소문대로 흙이나 돌을 날라다가 붓기 시작했다. 그런데 신기하게도 그렇게 한 사람의 눈병이 씻은 듯이 낫는 것이었다. 소문이 사실로 확인되자 눈병을 앓고 있던 사람들이 모두 병을 고치기 위해 보림사로 몰려들어 연못은 순식간에 다 메워졌다.

묘화 보살은 보림사에서 800명의 대중들에게 식사를 만들어 주는 공양주 보살로 머물다가 열반했다고 전한다. 묘화는 열반에 앞서 말했다.

"내가 죽거든 조그맣게 사당을 지어 진영(眞影)을 모셔 주십시오 그렇게 해주면 죽어서 이 도량의 수호신이 되겠습니다."

보림사 도량 한 구석에는 그녀의 뜻대로 사당이 지어져 천년이 넘은 지금까지 전해지고 있다. ❀

제4부

●

회향발원심(廻向發願心)

이 공덕을 일체 중생에게 되돌려서
나와 모든 중생들이 극락국에 태어나
다 함께 아미타불을 뵙고 모두 불도를 이루기를 원합니다.

불교 의식을 끝내는 마지막 순서로 예외 없이 봉독하는 회향문이다.
회향을 잘해야 한다. 끝이 좋아야 모든 것이 다 좋은 것이기 때문이다.
기도를 아무리 지성껏 했다고 해도 자기 자신만을 위해 복을 빈 것이면
대단한 것이 아니다. 남을 위해 공덕을 돌리는 회향심이 있어야
이타행(利他行)이 되고, 그 것이 진정으로 부처님의 가르치심을
이행하는 것이 된다.

불자들은 무엇보다 회향의 의미를 정확하고 바르게 이해해야 할
것이다. 그런 의미에서 여기에 회향에 관련된 글들을 모아 보았다.

마음 한번 움직이는데 따라

마음은 가벼워 흔들리기 쉽고
지키기 어렵고 억제하기 어렵습니다
지혜로운 사람이 마음을 다루는 것은
활 만드는 장인이 화살을 곧게 다루듯 합니다

일체 우주와 삼라만상은 후(後)생각, 희로(喜怒)를 느끼는 이 생각의 파편들이다. 후생각의 조각조각을 모두 거두어 하나로 만들면 본 생각에서 후생각으로 출발하기 시작한 그 출발 지점에 이른다. 거둔다는 말이 곧 버린다는 뜻이다. 모든 생각을 다 버리고 생각한다는 생각까지 끊어져 온전히 쉬게 될 때 생각 전후가 합치된 생각의 정화(精華)로 전광 같은 깨달음이 생기면 비로소 환경에 휘둘리지 않는 독립적인 한 생각을 얻어 언제 어느 때 어느 곳에서 어느 몸으로 어떤 생활을 하든지 안전지대를 차지하게 되는 것이다.

이때 시공이 원래 내 자신인데 우리는 자신을 다 잃어버리고 한 조각 분신으로 의존하기 때문에 낙엽이 홀로 구르는 것 같이 소아(小我)의 몸으로 지극히 불행하고 부자유한 생활을 하는 것이다. 인간이라 하는 것이 대아화(大我化)를 말한다.

귀의불(歸依佛)의 귀의 그 자체다. 불(佛)은 자체를 얻어 자체의 생활을 하는 것을 말한다. 자체는 일어난 생각과 생각이 나머지 없이 쉬게 된 생각, 곧 생각하기 전의 생각과 합치된 생각으로 행불행을 임의로 짓게 된다. 행복도 생각이 만들어 누리고 불행도 생각이 지어서 받는 것이다. 생각 하나가 행불행을 좌우하기 때문에 생각을 가진 각자의 자재(自在)하게 되는 생각을 다 가져야 행복할 수 있다는 결론이 나온다.

자재하게 된 생각을 만드는 것은 먼 데 가서 어렵게 얻어질 것이 아니기 때문에 곧 이 찰나 이 촌토(寸土)에서 얻을 수 있는 것이라, 지금 생각하는 이 생각이 우주의 창시자다. 앞뒤 생각으로 조각을 내지 말고 한 생각으로 합쳐 적적(寂寂)하고도 성성(惺惺)하게만 쓰면 자유자재하여 행불행을 임의로 짓게 되는 생각이 되는 것이다.

진묵(眞墨) 스님의 일화를 한 대목 소개하겠다.

대사께서는 어느 날 세 사람의 선비들이 놀고 있는 사랑방에 갔다가 그들의 간청을 받아 들여 재미있는 한 토막의 연극을 벌여 놓으신 일이 있었다.

세숫대야에 떠다놓은 물을 대해로 변하게 하고 댓잎으로 배를 만들었다. 즉 대야 물에 댓잎 배를 띄우고 스님과 세 명의 선비 등 네 사람은 유람을 떠나게 되었다.

대사께서는 선비들에게 여러 가지 구경을 시켜 주었다. 무수한 죄인들이 온갖 벌을 받고 있는 무시무시한 지옥도 구경시켜주고, 그 반대로 황홀하고 눈부시게 찬란한 천상의 극치적인 문화생활도 보여 주었다.

그들은 천상에서 천도를 대접받게 되었다. 그런데 그 복숭아 맛이 희한했다. 지상의 복숭아 맛은 한가지로 제한이 되어 있었지만 천상의 천도는 시원하고 배부르고 상쾌하고 달콤한 온갖 맛이 갖추어져 있었다. 선비들은 너무나도 신기하여 집 식구들에게 자랑을 하고 싶어서 간청하여 도포 소매 속에 세 개씩을 얻어 간직하고 귀로에 오르게 되었다.

돌아오던 도중에 아름다운 섬 하나를 발견하게 되었다. 선비들은 그 섬을 구경하지 않고 그냥 지나칠 수가 없었다. 그리하여 배에서 내려 섬 구경을 하게 되었다 섬의 절경에 도취한 선비들은 돌아갈 생각을 잊고 말았다. 그러자 대사께서는 묘하게 생긴 바위 위에 선비들을 앉아 있도록 한 다음 섬 뒤에 가서 볼일을 좀 보고 올 테니 그곳에서 자기가 돌아올 때까지 기다리라는 말을 했다. 그리고 스님은 배를 타고 떠나갔다.

선비들은 대사가 떠나가고 자기들끼리만 남게 되자 어쩐지 무서운 생각이 들기 시작했다. 그래서 서로 어깨를 맞대고 앉아 오돌오돌 떨며 스님이 돌아오시기만을 초조하게 기다렸다. 그러나 잠깐 볼일을 보고 오신다는 스님은 해가 져도 나타나지 않았다

마침내 한밤중이 되었다. 철썩거리며 들려오는 파도소리는 물귀신의 탄식인 듯 소름이 오싹 끼치도록 만들고 있었다. 선비들은 스님이 계획적으로 무인도에다 자기들을 버리고 혼자 떠난 것이라는 의심이 들기 시작했다. 꼼짝없이 죽을 것만 같았다. 집 식구들에게 말 한마디 못하고 떠나와 그만 영 이별을 하게 되었구나. 인적 없는 고도에서 죽어 무주고혼이 되어 떠돌게 될 줄 누가 알았으랴. 그들은 탄식을 하다가 그만 울음을 터트리게 되었고, 이내 대성통곡을 하기 시작했다.

그때 선비의 집에서는 사랑방에서 느닷없이 대성통곡하는 소리가 터져 나오자 놀란 하인들이 급히 문을 열어보았다. 그러자 세 명의 선비들이 옹기종기 붙어 앉아서 자리 짤 때 쓰는 고드래 돌을 세 개씩 도포자락에 넣어 두고는 몸부림치며 울고 있는 것을 발견하게 되었다. 그들은 정작 사랑방에서 한 발자국도 밖으로 나간 것이 아니었다.

천당 지옥 인간이 사는 곳 이 시간 이 생각이 모두 소작(小作)이라는

사실을 증명하는 일화라고 할 수 있을 것이다. 이 현실이 꿈이며 또한 명확한 사실이기도 하다는 것을 누가 부정하겠는가.

낮에 생각하고 밤에 꿈꾸고 죽어 천당 지옥으로 다니는 혼이 한 개의 물체인데 그 물체가 또한 이 생각 하나이다. 생각 하나가 다양각색의 생활을 지어 웃고 울게 하는 것이다.

지금 새사람들은 미래세가 다함이 없이 윤회하는 이 생활이 한바탕 꿈으로 이 꿈도 사실이요, 사실인 현실도 꿈이요, 몸이 죽어 천당 지옥에 가는 것도 꿈이며 사실임을 모르고 있는 것이다.

거울에 그림자를 볼 때 물체가 반드시 있음을 아는 것과 같이 글에 나타난 글자나 하는 말은 곧 껍질이 있을 때 사실이 있음을 아는 것은 상식이다. 상식이 없기 때문에 불교를 믿는다는 사람까지도 등상불(登上佛)의 기도가피를 부인하고 등상불이나 그림의 성현을 존경하지 않는 이가 있는 것이다.

믿는 나와 믿어지는 대상의 마음, 곧 생각이 하나이기 때문에 몰아적 믿음의 대상이 나무등걸이라도 행동하게 된다. 이 행동력의 본체는 물체에 의존하지 안는 존재로서 피가 엉기기 전에 이미 있었던 것 즉 유무의 합치인 만공(滿空)인 것이다.

그리고 생각하는 생각은 현실 곧 물체다. 물체이기 때문에 정신 갖춘 사람의 눈에는 보이며, 그러므로 그 물체에 음식을 먹이고 정신의 음식인 설법을 하여 제도를 하는 것이다.

우리는 기억력 상실자로서 전생의 일뿐만 아니라 모태적 일까지 잊었고 이 눈이 어두워 물체인 영이나 신을 못보고 있다. 영이니 신이니 하는 이들은 밝고 영리하여 모든 존재 중에 신통력이 많기는 하지만 사물임에는 틀림이 없다. 그러므로 신을 구원의 대상으로 삼는 자는 어리

246

석음을 면하지 못하고 그것을 부인하는 자는 무지인이다. 구체적인 인간이 되어지는 것이 곧 완인불(完人佛)을 이루는 것이다.

아무튼 우리의 소아적인 경지에서라도 생각해 볼 때 생각 하나에 휩싸여 방금 이 자리에 일체 사건 장소 시간 인간들이 떠들어오는 것을 보지 안는가? 생각은 현실이니 생각하는 대로 현실이 되지 안는 것은 전후 생각이 하나가 된 완전한 생각이 못되기 때문이다. 해놓은 일이 없어 속성속패가 된다.

현실은 그림자요 정체는 몸뚱이 없는 행동력이다. 곧 상기는 현실이요 상멸은 생각의 본체다. 방금 생각하는 이 생각의 전 곧 사전일부터 장만하여 가지고 인간으로서의 생활이 개막되어야 생각하는 대로 행불행을 좌우하게 된다.

생각 전의 나를 파악하지 못하면 자유로 살아볼 수 없고 어차피 죽을 수도 없고 세세생생 살아가야 할 그 일을 어찌 처리할 것이냐는 것이 가장 절박한 문제다. 인간으로서의 초보적인 지식으로서 이 몸은 생명의 의복으로서 언제나 갈아입어야 하는데 혼은 습기의 뭉치로 된 물체이고 혼의 전이 전생명이며 육체적 생명도 미래세가 다함이 없이 살지 않으면 안된다는 것쯤은 알아야 한다.

그만한 지식도 없이 지내면서 종교가니 지도자니 사상가니 자신만만한 태도로 살아가는 것은 어불성설이 아닐 수 없다. 이것은 확실한 현실이니 좀 더 이 현실을 확실하게 연구하여 분명하게 현실을 증명할 수 있도록 좀 알아보아야 할 것이다.

부처님이나 하나님이 일러주지 않더라도 내가 의심이 풀어질 때까지 가보아야 한다. 근거도 없이 비현실적이니 비과학적이니 하는 무책임한 말로 부인하지만 말고 근거를 누구나 다 연구하고 노력하여 확실하게 잡아볼 일이다.

　서구 사람들 중에는 현실 생활이나 또 한막이 바뀌는 일인 천당살이, 물질적 영역 안의 일, 곧 생각나서 사는 일만 알고 살았건만 직접 알아보지는 못하여도 전생 일을 최면술로라도 알아보아 증명하는 이가 있다고들 한다.

　생각이 일어나기 전은 생각하게 하는 생각이요, 생각이 일어나면 혼과 몸과 일체를 이루는 것이다. 일체가 생각 하나이기 때문에 어떤 엄청난 상상이라도 나머지 없이 실현되고 실행하는 것이다. 일체 요소를 갖춘 것이 생각이므로 생각만 있으면 만능의 행동을 할 수 있다. 생적 절대 평등권을 가지게 된 것은, 생각은 아무나 다 가지고 있기 때문이다. 벌레도 초목도 다 생각이 있다.

　불가사의한 신통력이라도 그것이 얼마나 선용을 하느냐 악용을 하느냐에 따라서 천지 차이로 다르다. 어찌됐든 누구나 어느 때나 생각이 없을 때는 없으니 생각의 사도인 거짓 생각에 살지 말고 생각을 부리는 참다운 생각을 파악하게 되어 행불행의 생활을 스스로 주재하게 되어야 한다.

　참 생각은 이 생각의 반면(反面)이니 기거(起居) 중에 언제나 생각의 반면을 반조(返照)하여 발견 사용하여야 한다.

　마음 한 번 움직이는데 행불행이 좌우된다. ✿

회향(廻向)

마음은 모든 법의 근본이 되어
주인으로 모든 일 시킵니다
바람이 연약한 나무를 넘어뜨리나
태산을 움직이지 못하는 것과 같습니다

우리가 일상에서 많이 사용하는 말이라 해도 그 정확한 뜻을 모르고 사용하는 경우가 종종 있다. 회향(廻向)이라는 말도 그 중 하나가 아닐까 싶다. 흔히 기도를 마칠 때 회향한다는 말을 한다. 그러기에 기도를 끝내는 것을 회향이라고 여기는 사람도 있을 것이다. 거의 관용구처럼 되었기에 누구나 그대로 사용하고 있지만 본래 기도를 끝낸다는 뜻은 아니다. 회향(廻向)은 회전취향(廻轉趣向)의 줄인말이다. 회향문(廻向文)은 불사에서 정근을 마친 다음에 외우는 글을 말하며, 곧 그 공덕을 온갖 중생들에게 베푼다는 뜻을 가진 원문(願文)을 가리킨다. 과거와 현재에 자기가 지은 선근(善根) 공덕을 왕생 정토하는 것에 회향하며, 이로써 왕생하기를 원하는 마음은 회향발원심(廻向發願心)이라고 표현한다.

기도를 끝낼 때 회향한다고 하는 것은 기도를 통해 닦은 것을 되돌려 보살행을 닦는 데 사용한다는 뜻이라고 해도 무방할 것이다. 회향의 종류는 다양하다.

우선 중생회향(衆生廻向)이 있으니 이는 자기가 지은 선근 공덕을 다른 중생에게 회향하여 공덕 이익을 주려는 것으로서, 불보살의 회향과 세속에서 영가를 천도하기 위해 독경하는 것 등을 이른다. 구호일체 중생회향이다.

화엄경 십회향품 중에는 불계회향(佛戒廻向)과 동일체제불회향(同一體廻向)이라 하여 복을 짓고 복을 받는 법을 자세히 설해 놓았다.

불계회향이란 십바라밀 가운데 계바라밀을 주체로 삼고 있다. 즉 계를 지키는 것을 말한다. 계를 철저히 지켜야 견고한 마음이 생겨나서 바른 행위가 나오게 된다. 금강 같은 견고함과 부서지지 않음이 곧 불계회향이다.

다시 말해 청정하게 계를 지키는 것이 바로 복을 짓는 일이다. 보시도 일종의 계에 속한다. 대승보살도에서는 계를 지키는 데 있어서 하지 말라는 것을 안 함으로써 지키는 것이 아니라 더 큰 행을 짓는 것을 말하고 있다.

요컨대 살생하지 않는 것보다 많은 생물을 방생하는 것이 더 중요한 회향이다. 훔치지 말라는 것보다 더 중요한 것은 훔치지 않을 뿐만 아니라 가난한 사람을 도와주는 것이다.

진짜 복은 되돌려주는 보살행에 깃든다. 회향이란 자연의 순리 그대로 되돌려주고 그 순리에 순응하며 살겠다는 의지의 결과를 말하는 것이기도 하다. 그러자면 청정해야 한다.

몸이 청정해야 마음이 청정해진다. 청정은 성냄을 참고 항상 자비를 베풀며, 어리석지 않고 지혜롭게 살고자 하는 가운데 깃든다. 일심이 청정하면 자연 일신이 청정하고, 일신이 청정하면 거기에 청정한 정토로의 회향이 함께 한다. 중생으로의 회향을 넘어 부처님에로의 회향이 가능하게 된다.

동일체제불회향은 인욕바라밀을 주체로 삼는다. 보살이 되는 것은 힘들다. 부처님께 드리는 것도 힘겨울 때가 많다. 그러나 부모가 자식에게 사랑을 기울이는 데에는 힘겨움이 없을 것이다. 바로 자식에게 기울이는 것과 같은 마음을 내는 것이 중요하다. 그것이 보살심이다. 보살심은 인욕에서 나온다. 잘 참아야 한다. 지혜롭게 참아야 한다. 그것이 동일체제불회향이다.

진정한 회향은 참된 자기를 발견해야만 가능해진다. 참된 자기란 무엇인가?

나의 주인은 나다. 나를 움직이는 것은 내 마음이다. 즉 내 마음을 바로 알아야 한다. 이것이 불심이다. 불심이 곧 청정법신이다. 이것을 발견해야 진정한 회향이 나온다.

화엄경을 배워 보면 온 우주가 한 덩어리라는 것을 알게 될 것이다. 내 것 네 것이 없고 전체가 하나인데 내가 살기 위해서 잠시 빌려 쓰고 있는 것뿐이다. 그 빌려 썼던 것을 돌려주는 것이 회향이다.

자기가 지은 온갖 선근을 회향하여 보리의 과덕(果德)을 취구하는 것을 보리회향이라고 한다. 보리심을 내어 보살행을 닦는 가운데 회향이 약속된다. 모든 공덕을 다 바칠 수 있는 마음 자세를 가지게 되면 보살십지에 오르게 되고, 보살십지 바로 윗단계가 회향이다. 십지를 알고 있어야 회향도 가능해진다.

첫째, 환희지(歡喜地)는 보살이 되어 이미 아승지겁의 행이 원만하고 처음으로 성성(聖性)을 얻어 견혹(見惑)을 파하며 이공(二空)의 이(理) 중 1분을 증득하여 성인의 지위에 올라 다시는 물러나지 않고, 자리이타(自

利利(他)의 행을 이루어서 마음에 기뻐함이 많은 경지를 말한다.

둘째, 이구지(離垢地)는 계바라밀을 성취하여 수혹(修惑)을 끊고 훼범(毀犯)의 때를 씻어 마음을 청정하게 한 상태를 말한다.

셋째, 발광지(發光地)는 인욕바라밀을 성취하여 지혜가 빛나는 것을 의미한다.

넷째, 염혜지(焰慧地)는 정진바라밀로서 불꽃같은 지혜가 생겨남을 의미한다.

다섯째, 난승지(難勝地)로서 선정바라밀을 통해 진지(眞智)와 속지(俗智)를 능히 조화하는 지위이다.

여섯째, 현전지(現前地)로서 지혜바라밀을 성취하여 최승지(最勝智)를 내어 무위진여(無爲眞如)의 모양을 나타내는 것이다.

일곱째, 원행지(遠行地)로서 방편바라밀을 통해 대비심을 일으켜, 이승의 깨달음을 초월하여 광대무변의 진리 세계로 이르는 경지이다.

여덟째, 부동지(不動地)는 원(願)바라밀을 성취하여 이미 전진여(全眞如)를 얻었으므로 다시 동요되지 않는 상태이다.

아홉째, 선혜지(善慧地)는 중생 교화의 힘을 뜻한다. 역(力)바라밀을 성취하여 부처님의 십력을 얻고, 기류(機類)에 대하여 교화의 가부를 알아 공교하게 설법하는 지위이다. 힘 아닌 것이 없지만 가장 중요한 것이 도이다. 도를 통해 선혜지로서 교화를 해야 할 것이다.

열째, 법운지(法雲地)는 지(智)바라밀을 성취하여 끝없는 공덕을 구비하고 사람에 대하여 이익되는 일을 행해 대자운(大慈雲)의 상태, 즉 깨달은 각자의 경지에 있음을 말한다.

보살행을 닦는 첫 단계가 믿음이다. 믿는 마음이 둘이 아니요, 둘이 아님을 믿는 것이 마음이다. 십지의 마지막 단계인 법운지에 이르러도

의심이 남아 있다고 하니 믿음이란 얼마나 어렵고 먼 길인가? 물러서지 않는 마음으로 부처님의 명호를 열심히 부르며 믿고 나아가는 길이 진정한 회향을 약속하는 방법이 될 것이다.

회향중에 자기가 닦은 선근 공덕으로 무위적정(無爲寂靜)한 열반을 추구하는 것을 실제회향이라고 한다. 곧 죽음을 통한 회향을 말한다. 죽는다는 것은 모든 것이 무위가 된다는 뜻이 아니다. 원래로 돌려놓는 것이기도 하며, 새로운 영적 삶의 세계로 나아가는 것을 의미하기도 한다. 이에는 왕상회향(往相廻向)과 환상회향(還相廻向)이 있다.

왕상회향은 자기가 지은 과거와 금생의 선근 공덕을 중생에게 베풀어서 함께 정토에 왕생하기를 원하는 것을 말하며, 환상회향은 정토에 왕생한 뒤에 다시 대비심을 일으켜 이 세계에 돌아와서 중생을 교화하여 함께 불도에 들도록 하는 것을 뜻한다.

나는 이제 세속의 나이로 팔순이 넘었다. 회향할 때가 되었다는 것을 벌써 수년 전부터 느끼고 있다. 누구나 다 죽을 때 잘 죽고 싶겠지만 나도 회향을 잘하고 싶다는 원을 세웠다.

불문에 귀의하여 염의를 입고 산 지도 수십 년이 지났으니, 불도를 이루어 하화중생의 길을 걷고 더불어 불도에 들도록 하고 싶다는 생각을 하게 된다. 노인이 되고 보니 무엇보다 나처럼 나이가 많은 노인들에 대해서 생각하게 될 때가 많다.

이제 이승에서 마지막으로 성라 노인 마을을 만들고 그곳에서 살다가 그곳에서 회향하겠다는 생각을 굳혔다. 나의 회향이 원만한 가운데 이루어질 수 있도록 불자제현들께서는 채찍질해 주시고, 자비심을 내어 동참해 주실 것을 바랄 따름이다. ❀

마음속의 부처

항상 힘써 방일하지 않되
스스로 억제하고 마음을 잘 다루면
지혜는 반드시 등불이 되어
어두운 바다 속에서 헤매지 않을 것입니다

내가 알고 있는 어떤 노보살이 나이 칠순에 백내장 제거 수술을 받게 되었다. 지금 같으면 의술이 많이 발달했고 의료 기구도 좋아져서 그런 일이 발생하지 않을 텐데, 그 노보살이 수술을 받을 때만 해도 우리나라의 의료 수준은 형편없었다.

그런 대로 유명하다는 소문이 나 있던 종로의 한 안과 전문병원에서 시술을 받았다. 수술은 성공적이었다. 그러나 사고는 안대를 풀던 날 발생했다.

의사는 안대를 풀고 노보살에게 물었다.

"보이십니까?"

노보살은 천천히 사방을 둘러보았다. 수술 전에는 거의 장님이나 마찬가지였는데 안대를 풀고 나자 사방이 또렷하게 보이기 시작했다. 보살은 너무나 기쁜 나머지 소리를 질렀다.

"네, 보여요, 선생님!"

그리고는 파안대소를 했다. 그 순간 완전하게 정상으로 돌아오지 않은 흰자위가 탁 터지면서 동공 전체를 뒤덮는 뜻하지 않은 사고가 생긴 것이다. 노보살은 그렇게 실명을 했다.

의사가 환자에게 충분히 주의를 주지 않은 것이 과실일 것이다. 아니면 처음부터 수술이 잘되지 않았는지도 모른다.

분명한 것은, 노보살은 백내장 수술을 받았지만 잃어 가던 시력을 회복한 것이 아니라 아주 실명을 했다는 사실이었다. 앞을 못 보게 된 노보살은 주위 사람들을 못살게 굴기 시작했다. 답답하고 애통한 마음뿐이니 자연 히스테리를 부리게 되었고, 이는 갈수록 심해져서 식구들을 괴롭히는 지경에까지 이르렀다.

노보살은 원래 마음이 너그럽고 자비심이 많으며 인자한 사람이었다. 갑작스러운 불행이 마음을 변하게 만든 것이었다. 누구라도 실명을 하게 되면 거칠어지고 자신을 저주하며 주위 사람들을 들볶게 될 것이다.

어느 날 노보살의 며느리가 나를 찾아왔다.

"스님, 우리 시어머님 때문에 걱정이에요"

"앞이 안 보이게 되니까 답답해서 그러시는 거야. 젊은 사람들이 참아야지 어떻게 하겠어요?"

"제가 견딜 수 없어서 드리는 말씀이 아니에요 노인을 모시고 사는데 더한 것도 각오를 해야죠 문제는 어머님이 저러시다가 더 큰 병에 걸리시는 것이 아닌가 그게 걱정일 뿐이죠"

아닌게아니라 모든 병의 근원은 마음이라고 했다. 앞을 볼 수 없게 되면 속에서 울화가 치밀어 오를 것이고, 자연 심화를 끓일 수밖에 없을 것이다. 마음이 편해야 무병장수 하는데 이런 식이라면 명을 단축하게 될 것이 정한 이치였다.

나는 우리 절 신도인 이들 고부를 잘 알고 있었다. 노보살은 며느리를 앞세우고 절을 찾아오고는 했던 분이었다. 며느리는 우리 절 신도면 모르는 사람이 없을 만큼 소문난 효부였다.

나는 그 며느리의 말을 들은 다음 병문안을 겸해서 노보살을 찾아갔다.

"안녕하셨어요, 보살님?"

보살은 용케도 내 목소리를 알아들었다.

"성라암 스님 아니세요?"

"네."

보살은 손을 내밀어 내 몸을 더듬었다.

"스님이 이렇게 찾아오셨는데 앞을 못 보니 대접도 못 해 드리고 ……. 내가 전생에 무슨 큰 잘못을 저질렀기에 이런 벌을 받는지 모르겠어요."

나는 목소리를 가다듬었다.

"보살님은 전생이 있었다는 것을 믿기는 믿으시는군요."

"그야……."

"우리 인간에게는 내생도 있어요. 보살님께서는 이렇게 앞을 못 보니어서 죽는 것이 소원이라고 생각하실지 모르지만 내생에 좋은 곳에 태어나실 준비는 해두셨어요?"

"……."

"이대로 돌아가시면 안 돼요. 돌아가시기 전에 내생을 위한 준비를 해야 극락에 가거나 인간으로 다시 태어날 수도 있는 거라고요."

"어떻게 준비를 하면 되는데요, 스님?"

"우선 아무짝에도 쓸모 없는 사람이 살아 있다고 자책하는 마음부터 돌리세요"

"마음을 돌리라고요?"

"네. 쓸모 없는 사람이 살아 있는 것이 아니라 내생을 준비하기 위해서 꼭 필요한 기간을 지금 살고 계신 거예요 시간이 없으니까 오늘부터 당장 마음을 돌리고 내생을 위한 준비를 하셔야겠어요"

"글쎄, 어떻게 준비를 해야 할지……"

"우선 절부터 다시 다니세요"

"가고 싶어도 앞을 못 보니 갈 수가 없잖아요 한두 번도 아니고, 노상 다른 사람 신세를 질 수 없는 노릇이니……"

"그러면 좋은 수가 있어요 꼭 성라암으로 오시라는 게 아니에요 몸은 움직이지 마시고 마음으로 오시라는 거예요"

"마음으로요?"

"네. 지금부터 저하고 마음으로 절을 찾아가 보자구요 절을 가시려면 우선 세수를 하셔야죠?"

"그렇지요"

"그럼 밖에 나가서 세수를 하는 것을 마음속에서 실천에 옮기세요"

"그런 다음에는요?"

"옷을 갈아입고 핸드백을 들고 외출을 하셔야겠지요 버스를 잡아타거나 택시를 불러 타세요 성라암을 어떤 길로 가는지는 생각나시지요? 그 찻길을 잘 떠올려 보세요 그럼 차에서 내릴 장소도 생각나실 거예요"

"주차장으로 들어가서 일주문을 통과하고 돌계단을 올라가면 법당 앞뜰이 나오지요"

"법당으로 들어가시기 전에 샘에 가서 다기물을 뜨세요 그것을 공손히 들고 부처님 앞으로 가서 올리고, 촛불을 켜고 향을 사르고 절을 올리기 시작하는 겁니다."

"절에 직접 찾아가지 않고 마음으로 찾아가도 정말 효험을 볼 수가 있어요?"

"그럼요. 모든 것은 마음에서 비롯되는 거예요. 사람이 죽어도 영혼이 극락에 가거나 지옥에 떨어지는 것이지 육신은 썩어 없어지잖아요? 부처는 법당에만 있는 것이 아니라 삼계에 가득 차 있다고 했어요. 여기에도 부처는 계시는 겁니다."

나는 출가를 한 이래 새벽 3시면 어김없이 일어나 예불을 올리고 정진하는 생활을 해왔다. 그것은 여행중일 때도 마찬가지였다. 비행기를 타고 가다가도 그 시간만 되면 눈을 뜨고 염불을 왼다. 호텔에 묵을 때도 마찬가지였다.

어찌 꼭 법당에 들어서만 기도를 올리겠는가? 거리를 가다가도, 시중에서도 선의 삼매경에 빠질 수가 있다.

나의 계사(戒士) 스님이신 경산 스님께서는 라디오를 틀어 놓고 참선하실 때가 있었다. 고요한 가운데 정진하는 것을 정도로 여기던 내가 물었다.

"스님, 라디오를 들으시면서도 참선이 되세요?"

"암, 참선이란 꼭 방석 깔고 조용히 앉아서만 하는 게 아니오. 길을 가다가도, 시중의 잡배 속에서도 선을 할 수 있어야지요. 조용한 곳에서만 해 버릇하면 번잡한 곳에서 선에 빠지기가 쉽지 않지. 그래서 시끄러운 곳에서도 선을 하는 훈련을 쌓을 필요가 있어요."

"……"

"법성 수좌도 선을 함에 있어 조용한 곳만 찾으려 하지 마시오. 우리는 산중에서만 살수는 없어요. 부처는 산중에만 있는 건 아니오"

나는 내가 아무 곳에서나 기도를 드리고 선을 한다는 것을 들려주며 노보살도 집에서 열심히 기도를 하라고 강조했다. 나는 실명을 한 동시에 아무 일도 할 수 없다는 절망에 빠진 노보살에게 기도를 할 수 있다는 확신을 심어 주었다.

"알겠어요, 스님."

"절을 올리고 난 다음에는 정진을 하셔야 해요. 관세음보살님도 좋고, 아미타불님도 좋으니 지성으로 외우셔요"

"저는 옛날부터 관세음보살님에 의지해 왔어요."

"그럼 관음정근을 하세요. 무턱대고 할 것이 아니라 자기가 얼마나 했나를 알아보기 위해 콩과 독을 준비하고, 백팔염주를 한 바퀴 다 돌리면 콩 하나를 독에 옮겨 담는 식으로 정진하세요. 수십 독을 채워야 할 거예요"

나는 보살의 며느리에게 콩과 독을 준비하도록 시켰다. 그리고 관음정근을 시작하는 노보살을 위해 준비해 갔던 백팔염주를 선물했다.

"극락길을 닦는 거니까 다른 것에 신경을 써서는 안 돼요. 보살님은 시간이 없거든요. 집안 일이나 세속의 잡사에는 신경을 쓸 여가가 없다는 것을 꼭 염두에 두세요"

"알겠습니다, 스님."

노보살은 내 말을 듣고 마음으로 절을 찾아와 부처님께 절을 올린 다음 관음정근을 하기 시작했다. 절에 와서 다기물을 올리고 향을 사르고 절을 하는 데까지는 마음으로 하지만 관음정근부터는 실천에 옮기는 것이었다. 보살은 하루 종일 관세음보살을 소리내어 외었다.

관세음보살, 관세음보살, 관세음보살, 관세음보살……"

그러던 어느 날 며느리가 나를 찾아와서 말했다.

"스님, 시어머님이 전과 달라지셨어요."

"어떻게요?"

"잔소리를 하거나 역정을 내시지도 않고, 일체의 잡념을 버리셨는지 그저 하루 종일 관세음보살만 찾으세요. 밥상을 가지고 들어가도 모르시고, 진지 잡수시고 하라는 말씀을 드리면 고개만 끄덕이세요. 나중에 밥상을 가지러 가보면 식사를 안 하셨을 때도 있어요."

노보살은 침식을 잊을 정도로 관음정근에 몰두했다. 뼈만 앙상하게 남았던 몸에 살이 오르고 얼굴에 화색이 돌기 시작했다. 얼굴색은 티가 하나도 없는 동자처럼 해맑아져 갔다.

절대 언성을 높이지도 않았고, 며느리가 집안 일에 대한 상의를 할라 치면 그런 일은 네가 알아서 하지 시간 없는 사람에게 그런 것은 왜 묻느냐고 나직이 질책하신다는 거였다. 사사건건 간섭을 하려던 것에 비하면 천양지차였다.

노보살은 완전히 변했다. 입가에는 항상 잔잔한 미소가 떠올라 대하는 이로 하여금 훈훈함을 느끼게 해주었다. 마침내 절망을 극복한 것이다.

일흔이 넘은 노인들은 눈이 멀지 않았어도 얼마쯤 절망하고 비관에 잠기기 쉽다. 목숨은 타 들어가는 촛불처럼 사위어 가는데 힘이 없어 무슨 일을 할 수도 없고, 젊은것들이 폐물 취급한다는 생각을 하면 고깝고 노여운 감정에 빠지게 된다. 정도가 지나치면 어서 죽고만 싶을 뿐이다.

살아 있는 보람과 목적을 느끼지 못하는 것이 제일 큰 절망으로 다가온다. 그러나 이러한 것은 모두 인간에게 내세가 있다는 것을 믿지 않기 때문에 생기는 현상이다. 우리에게는 현세의 삶이 끝나면 내세가 기다리고 있다. 내세에 극락왕생을 할 수도 있고 다시 인간으로 환생할지도 모르며 지옥에 떨어지거나 짐승의 몸을 빌려 나오게 될 수도 있다.

그것은 자기가 현생에서 지은 업대로 결정된다. 염라대왕이 특히 누구를 미워하여 그 사람은 지옥으로 보내고 예뻐하는 사람은 천당으로 보내는 것이 아니다. 염라대왕은 누구에게나 공평하다. 자기가 지은 대로 내세의 삶을 결정해 주신다.

공덕을 많이 쌓았으면 복덕대로 극락에 갈 수 있도록 해주시고, 죄를 지었으면 그 죄업대로 벌을 받도록 하신다.

이승에 살아 있을 날이 얼마 남지 않은 사람이 살아 있는 동안에 마음을 돌려 공덕을 짓고 내세를 준비해야 하는 이유가 여기에 있다. 어째서 노인이라고 하여 할 일이 없단 말인가?

평생 재물에 집착하고 자기 자신밖에 모르다가 죽으면 그 죄업을 어찌 다 받으려 하는가?

불평 불만이나 늘어놓고 젊은 사람들과 의견 충돌을 일으키고 쓸데없는 일에 간섭을 하는 것으로 시간을 다 소비하고 마는 어리석은 짓을 언제까지나 계속해야 하는가?

마음을 돌려야 한다.

살아 있는 날에 새롭게 시작해야 한다.

나는 한 달에 한 번씩 노인 잔치를 베풀고 있다. 떡과 과일을 마련하고, 소찬이지만 우리 성라암의 스님들과 보살님들이 장만한 음식을 정성껏 대접한다. 이럴 때 나는 노인들에게 말한다.

"여러분 공덕을 쌓아야 합니다."

그러면 노인들 중에 묻는 사람이 있다.

"공덕도 다 돈이 있어야 쌓는 것 아니에요?"

"모든 것은 마음에 달렸어요 마음으로 하는 거예요 돈으로 하는 것이라는 생각부터 고치셔야겠어요"

"돈이 있어야 불전도 올리고 남을 도와줄 수 있는 게 아닙니까? 나 하나 몸 건사하기도 힘들면 폐끼치지 않고 사는 것도 힘들다고요."

크게 잘못된 생각이다. 공덕은 거창한 것이 아니다. 우선 게으르지 않은 것도 공덕이다. 노인이 되면 할 일이 없으니까 게으름을 피우게 마련이다. 걸레와 빗자루를 손끝에서 놓지 않고 마루를 쓸고 닦아주면 집안이 깨끗해서 좋고, 젊은 사람들 일손을 덜어 주니 이 또한 얼마나 좋은가?

마당의 풀 한 포기를 뽑거나 대문 밖의 쓰레기를 청소하는 것도 다 큰 공덕이다. 보수를 바라지 않고 무상주보시를 하는 일이다. 게으른 사람은 그런 큰 공덕을 짓지 못한다.

길을 가다가 무거운 것을 들고 가는 사람을 만나면 짐을 덜어 함께 들어다 주고, 언덕을 올라가는 리어카를 보면 뒤에서 밀어 주고, 신발이 흩어져 놓여 있는 것을 발견하면 편하게 신을 수 있도록 바로 놓아주는 일, 그게 모두 복 짓는 일이다.

성북동의 우리 절로 오자면 골목을 하나 지나가야 한다. 그 골목에는 누가 버린 쓰레기인지 지저분하게 널려 있기가 일쑤였다. 그런데 언제부터인가 그 골목이 깨끗해졌다. 누가 청소를 하는 듯했다. 낮 동안 유심히 살펴보았지만 그럴 만한 사람이 눈에 띄지 않았다. 그러던 어느 날 새벽에 나는 마침내 청소를 하는 주인공을 만날 수 있었다. 나이 많으신 할아버지 한 분이 비로 골목길을 깨끗이 청소하고 있는 것이었다.

나는 하도 고마워서 그분에게 말했다.

"이거 얼마 되지 않는 돈이지만 용돈에 보태 쓰세요"

내가 만 원짜리 한 장을 내놓았다.

"아니, 스님 왜 이러십니까?"

"거사님께서 이렇게 매일 청소를 해주셔서 절에 찾아오시는 신도님들의 기분을 아주 좋게 만들어 주시고 있어요. 제가 고마워서 드리는 겁니다."

"무엇을 바라고 이런 일을 하면 복 짓는 것이 아니라면서요?"

알고 보니 노인은 우리 절 노인 잔치에 참석하는 분이었다. 내 말을 듣고 골목길 청소를 하게 되었다는 것이다. 그는 환하게 웃었다.

"아침마다 청소를 하니까 밥맛이 좋아졌어요. 당장에 복을 받은 기분입니다."

"아이고 고마우셔라."

얼마나 감사한 일인가?

약수를 뜬다고 힘들여 산에 올라가거나 조깅을 하려고만 할 것이 아니다. 노인들이 자기가 살고 있는 마을을 사랑하여 새벽같이 일어나 청소를 하면 그것이 운동이고 장수 비결이 될 것이며 곧 복 짓는 일이다. 마을마다 노인 없는 곳이 없으니, 노인들이 청소 운동에 동참해 주면 전국이 다 깨끗한 정토가 될 것이 아닌가?

할 일도 많고 식구들 먹여 살리느라 밖에서 힘든 일을 하는 젊은이들, 사회와 국가를 위해 일하고 있는 젊은이들에게 청소까지 하라고 시킬 것이 아니다. 노인들이 앞장을 섰으면 좋겠다. 청소를 하는 일은 우리 국토를 정토로 가꾸는 일이다. 국가 예산을 절약하는 큰 애국이다.

어찌 공덕을 짓는 데 돈이 필요하다고 하는가? 게으름을 버리고 마음을 한 번만 돌려 먹으면 되는 일인데…….

노보살은 그로부터 2년 동안 하루도 빠짐없이 콩을 독으로 옮기는 일을 계속했다. 그러던 어느 날 노보살이 나에게 전화를 걸어 왔다.

"스님, 요즈음에는 기도를 드릴 수가 없어요"

"아니, 왜요?"

"다기물을 뜨면 그릇에서 미꾸라지 한 마리가 튀는 거예요 미꾸라지가 튀는 물을 부처님께 올릴 수는 없잖아요"

나는 전화로 해결될 일이 아니라고 생각되어 보살이 살고 있던 창신동으로 찾아갔다. 그녀는 걱정을 하며 말했다.

"벌써 한 달 전부터 이런 일이 생겼어요 물을 폈는데 왜 그릇에 미꾸라지가 떠지는 거지요?"

노보살은 그때까지도 처음에 내가 시킨 그대로 실천에 옮기고 있었다.

그러나 한 달 전부터 마음으로 성라암에 도착하여 다기물 뜨는 것을 상상할 때 그릇에 미꾸라지 한 마리가 떠 있어 그 물을 부처님께 올릴 수 없기에 기도를 못 하고 있다는 것이다.

"보살님은 다기물을 실제 뜨는 것이 아니라 마음으로 하는 것이잖아요"

"그렇지만 마음으로 하는 것이나 실제로 하는 것이나 똑같다고 생각하고 지금까지 실천해 온걸요"

"그건 알아요 분명한 것은 미꾸라지가 그릇에서 튀는 것도 마음에서 튀는 것이지 실제로 튀는 것은 아니라는 사실이에요 부처님께서 보살님의 마음을 시험하고 계신 것 같아요 다기 속에 미꾸라지는 없어요 없다는 마음을 내셔야 해요"

"그게 쉽지 않으니까 문제죠 다기물만 뜨려고 하면 미꾸라지가 튀니 이 무슨 조화 속이에요?"

"그러면 미꾸라지가 튀거나 말거나 다기를 그대로 부처님께 드리고 기도를 하세요"

"미꾸라지가 있는 물을 어떻게 부처님께 올리겠어요?"

"제가 시키는 대로 하시고 기도가 다 끝난 다음에 다기 안을 들여다 보세요. 거기 미꾸라지가 남아 있는지 없어졌는지를 보세요. 틀림없이 없어졌을 거예요"

노보살은 내가 시키는 대로 했다. 다기물을 뜨는 상상을 하자 여전히 미꾸라지가 보인다는 것이었다. 그것을 무시하고 부처님께 바친 다음 기도를 하라고 했다. 보살은 나의 말에 따랐다. 한 달만에 절을 하고 관음정근을 재개했다. 무아의 지경에 빠지면서 열심히 관세음보살을 외었다.

내가 물었다.

"자, 이게 다기물 그릇을 들여다보세요."

노보살은 내가 시키는 대로 하였다.

"미꾸라지가 보여요?"

만약 보인다고 했으면 난처했을 것이다. 그런데 다행히 고개를 가로 저었다.

"어이구, 신기하네요. 미꾸라지가 없어요"

"처음부터 없었던 것이니까 없을 수 밖에요. 앞으로는 미꾸라지가 나타나거나 말거나 상관하지 말고 오늘 하신 대로 계속하면 되는 거예요"

"알겠습니다, 스님."

노보살은 이렇게 해서 혼침을 극복했다.

선의 삼매경에 들어간 스님네나 기도중인 불자들 중에 가끔 혼침에 빠지는 경우가 있다. 거기에서 헤어나지 못하면 큰 낭패를 본다. 그럴 때는 모든 것이 마음에서 오는 것임을 다시 한 번 상기하고 마음을 가라앉혀 관음정근을 하면 헤어날 수 있을 것이다.

노보살은 딱 한 번 혼침을 보였지만 이를 잘 극복하고 기도를 계속했다. 70에 실명한 보살은 90에 회향했다. 기도로 마음을 수양하지 않았다면 필시 절망에서 벗어나지 못하여 몇 년 더 살지 못하고 세상을 떴을 것이다.

노보살은 비록 앞을 보지 못했지만 얼굴이 아주 투명해져서 동자처럼 청정한 선인이 되었다. 그리고 때가 되었을 때 그 동안 극락길을 잘 닦았다고 생각했기에 두려움 없이 평온한 마음으로 죽음을 받아들였다. 틀림없이 극락왕생했을 것으로 믿고 있다. 그만하면 회향을 잘한 것이라 여겨진다. ✤

떠나는 영혼, 남는 사람

몸이 병들면 곧 시드는 것은
마치 저 꽃이 시들어 떨어지는 것 같고
죽음이 눈앞에 닥치는 것은
폭포물이 빨리 떨어지는 것 같습니다

회향 중에서 자기가 이승에서 닦은 선근 공덕으로 무위적정(無爲
寂靜)한 열반을 추구하는 것을 실제회향이라고 한다. 이는 곧 죽
음을 통한 회향을 말한다.

죽는다는 것은 망자의 영혼이 새로운 영적 삶의 세계로 나아간다는
것을 뜻한다. 그러기에 죽음은 생명의 종말이 아니라 새로운 출발점을
의미하는 것이다.

우리는 두 가지 형태의 회향을 꿈꾼다.

첫째는, 자기가 지은 과거와 금생의 선근 공덕을 되돌려 베풀어서 더
불어 왕생하기를 원하는 것이다.

둘째는, 정토에 왕생한 뒤에 다시 대비심을 일으켜 이 세계에 돌아와
서 중생을 교화하여 함께 불도에 들도록 하려는 것을 말한다.

그러나 이와 같은 경지의 회향은 아무나 쉽게 맞이할 수 있는 것은
아니다. 회향에 대한 생각을 정리해 볼 사이도 없이 이승을 떠나가는 사

람도 부지기수이며, 비명에 가지 않더라도 생전에 죽음을 어떤 형태로 맞이하겠다는 마음 준비를 해두기란 결코 쉬운 일이 아니기 때문이다.

나는 물론 죽음을 통한 회향에 대하여 이미 오래 전부터 생각해 왔고, 때가 되면 언제든 훌훌 털고 육신의 옷을 갈아입을 생각이다. 그리하여 나에게 허락된 새로운 영적 삶을 영위하게 되기를 바라고 있다.

종교적 수행의 깊이가 없으면 죽음 앞에 초연할 수가 없다. 범인들은 큰일을 당하면 허둥대게 마련이다. 회향을 잘해야 끝까지 잘살다가 떠난 것이 되리라. 죽음을 통한 회향을 맞이하게 될 때 가장 중요한 것은 당사자의 마음가짐이다. 그러나 원만한 가운데 회향을 잘 마치기 위해서는 보내는 입장에 놓인 유족들이 꼭 지켜야 할 점도 있다.

영혼을 저쪽 세상으로 떠나 보내는 데에는 그에 따른 마음 자세와 예식 절차가 있다는 말이다. 아무렇게나 망자를 방치하거나 내다 버릴 수는 없는 일이다. 실제 회향에 대한 예식은 망자가 지옥고에 빠지지 않고 서방정토에 날 수 있도록 도와주는 데 가장 큰 목적을 둔다. 사랑하는 이를 앞세우면 너무 슬프고 망극한 나머지 자칫 망령되게 행동할 수 있다. 그러나 그렇게 하면 고인에게 결정적인 해가 될 수 있으니 평소에 죽음을 통한 회향 절차를 정리하여 간직해 두고 있는 것이 좋을 듯하다.

우선, 곧 회향할 사람의 방에는 극락 세계 삼성의 상이나 탱화를 모시는 것이 불가의 예식이다. 동향으로 아미타불을 모시고, 아미타불의 왼쪽에 관세음보살을 모시고, 오른쪽에 대세지 보살을 모신다. 만약 삼성의 형상을 구하기 어려우면 아미타불 형상만 동향으로 모시고, 부처님 형상 앞에 향로와 아미타경 등 왕생에 관계되는 경책 외에는 다른 물건을 많이 놓지 말아야 한다. 형상을 모실 수 없다면 나무아미타불의 여섯 글자나 아미타불의 네 글자를 써서 그것을 모셔도 된다. 그것도 할 수가 없으면 서쪽 방향을 향해 염불을 하기 바란다.

염불이 가장 중요하다는 점을 강조해 둔다. 염불을 통해 소구 소원을 성취하는 것이다. 그것은 회향을 하는 당사자나 뒤에 남는 유족에게나 똑같이 적용된다. 그러므로 운명을 할 사람은 운명하는 그 순간까지, 이제는 두고 가는 세상에 대한 일은 모두 놓아 버리고 새 세계에 대한 이상향만을 생각하면서 오직 극락에 왕생할 것을 발원하고 일심으로 염불해야 한다.

나의 어머니 신도정 스님이 열반적정에 드신 것은 1960년 6월 14일이었다. 나는 어머니 스님의 최후를 30년이 훨씬 지난 지금까지도 선명하게 기억하고 있다. 어머니 스님께서는 회향하시기 전에 자신의 죽음을 예감하신 듯 그 얼마 전부터 당신이 거처하시던 방에 사람의 출입을 삼가하도록 이르셨다. 소지품들을 정리하셨으며, 마지막 순간까지 염불을 하셨다.

어머니 스님은 나무아미타불을 외셨다. 그 소리는 또렷이 들려 오다가 차츰 작아지며 눈을 영원히 감는 그 순간까지 계속되어 마지막에는 타불을 외는 입술만 들먹였다. 입술이 들먹이다가 멈추는 순간이 마지막이 되었다.

이승을 떠나가는 사람은 그 시간만큼은 어떤 일이 있어도 두고 가는 사람이나 세상사를 잊고 자신을 위해 지성으로 염불하기를 바란다. 그렇게 하는 것이 자신이나 뒤에 남는 사람들을 위하는 일이다.

죽은 사람이라고 해도 죽어서 아주 없어지는 것이 아니다. 꿈속에서 죽었다가 꿈이 깨어나면 다시 살아나듯, 죽음도 한번 눈을 감았다고 하여 영원히 그 눈을 뜨지 못하는 것이 아니라 영혼이 새롭게 태어난다는 것이다.

염불하는 사람이 육신을 버리면 염불로써 닦아 놓은 탄탄대로를 통하여 극락 세계에 왕생할 것이요, 목숨이 다하지 않았으면 염불 공덕으로 전세의 업장을 씻어 병이 속히 나을 것이다. 그러므로 진실된 마음으로 염불을 하여야 한다.

딴 생각을 하거나 병이 나을 욕심만 가지고 염불을 하면 극락 세계에 왕생하지 못한다. 진실로 왕생을 구하지 않은 까닭이다. 설사 목숨이 다하지 않았더라도 도리어 업장만 더할 뿐이다.

평소에 염불을 하지 않았거나 진실하게 수행하지 못한 사람이면 바로 가르쳐 주어도 듣지 않으니 할 수 없는 일이지만, 법답게 수행을 계속해 온 사람이면 아래의 세 가지를 지켜야 한다.

첫째, 서쪽을 향하여 온가부좌나 반가부좌를 한 자세에서 합장, 혹은 아미타불의 수인(手印)을 하고 염불을 하면서 운명할 것이다.

둘째, 서쪽을 향하여 오른쪽으로 누워 염불하면서 운명해야 한다. 이 것을 길상유(吉祥遊)라고 한다.

셋째, 서쪽을 향하여 곱게 서서 합장하거나 아미타불의 수인을 하고 운명할 것 등이다.

가족이나 친지들은 운명할 사람에게 말과 행동을 매우 조심하여야 한다. 슬픈 기색을 보이거나 눈물을 흘리지 말 것이며, 애정에 못 이겨 섭섭한 말이나 집안 일이나 세상일을 말하지 말며, 요란하게 떠들지 말아야 한다.

운명하는 사람이 슬픈 마음을 일으키거나 애정에 끌리거나 다른 일에 마음이 산란하게 되면 바른 생각을 잃고 나쁜 갈래에 떨어지기 쉬우며, 갈 길을 가지 못하고 중천에 떠돌게 된다고 하였다.

무당, 판수, 외도들의 행사를 혼용하지 말아야 한다. 그것은 귀신에게 내맡기는 격이니 해는 있어도 이익됨이 없는 경거망동이며, 불법의 바른 길을 훼손시키는 행동이 될 것이다.

운명한 뒤에도 염불을 계속하며 염습하는 시간을 제하고는 49재까지 영단 앞에서 가족들이 염불을 하고 스님이나 법사를 청하여 설법하는 것이 좋다. 망자의 영혼은 염불하는 소리와 설법을 듣고 부처님의 힘을 얻어 정토에 왕생할 수 있다.

망자가 숨이 끊어진 직후에 곧 울거나 옷을 갈아 입히거나 손발을 거두거나 몸을 움직이지 말아야 한다. 신식은 몸에 따스한 기운이 있을 때까지는 남아 있다. 약 8시간이 지나야 신식이 모두 떠나가는 것이니 그 후에 절차를 밟아야 한다.

고인의 몸에 아직 온기가 남아 있으면 신식이 다 떠난 것이 아니기에 입으로 말을 못하고 몸을 움직이지 못하지만 지각은 남아 있다. 우는 소리를 들으면 애정이 생기고 황망중에 불법을 놓치므로 세세생생 해탈할 수 있는 길을 잃게 된다. 몸을 건드려 움직이면 뜻대로 할 수 없는 마음이 고통이 되어 성내는 마음을 불러일으켜 불법을 잃게 되므로 나쁜 갈래에 떨어지기 쉽다. 이 때도 염불을 하는 것이 가장 좋다. 떠드는 소리나 우는 소리는 왕생에 방해가 된다.

어머니 스님이 열반을 하셨을 때 나는 물론 출가를 한 승려였지만 나의 유일한 형제인 언니는 속인이었다. 언니는 어머니가 돌아가시자 통곡을 했다. 내가 황급히 언니를 말렸다.

"언니, 비록 어머님은 눈을 감으셨지만 그 영혼은 아직도 멀리 떠나가시지 않고 지금 우리 곁에 있어요 지나치게 슬퍼하여 영혼을 미혹에 빠지게 하는 일은 자식으로서 할 일이 아닙니다. 회향을 끝까지 잘 마칠 수 있도록 왕생에 방해가 되는 행동은 하지 맙시다."

나는 언니에게 소리내어 울지 못하도록 했다.

우리나라에서는 망인이 운명하자마자 손발을 거둔다고 하여 염할 때까지 손목과 발목을 묶어 두는 풍습이 있다. 이것은 운명 후에 시체를 그대로 두면 골절이 굳어 염하는 데 불편하다고 하여 행하는 일이지만, 신식이 몸에서 떠나기 전에 손발을 거두면 신식이 고통을 느껴 성을 낼 것이니 그대로 두는 것이 좋다.

설사 굳어진다고 해도 반야심경을 독경하면서 망자의 수족을 주물러 펴주거나, 뜨거운 물에 수건을 적셔 굳은 곳에 대어 두면 부드러워지니 염려하지 않아도 될 것이다.

유가(儒家)의 관습인 초혼도 할 필요 없다. 지성으로 염불을 하여 망자의 명복을 빌면 부처님의 원력으로 명부에 가지 않고 극락왕생할 수 있다.

떠나는 영혼을 염불로서 전송하는 것이 가장 좋다. 뒤에 남는 사람에게도 그것이 가장 유익하다. 염불을 많이 하면 고인은 극락왕생하고 뒤에 남는 사람은 복을 받게 된다. 회향의 처음도 염불이요, 마지막도 염불이다.

죽는다는 것은 본래로 돌려놓는다는 것을 의미한다. 죽음을 통한 회향을 면할 수 있는 사람은 아무도 없다. 떠나왔던 곳으로 돌아가야 하는 것이 자연의 법칙이자 만법의 근원이다. 그러므로 불로초를 구하려 했던 진시황은 헛수고를 한 것이다. 그것을 면하려고 발버둥치거나 먼 후일의 이야기라며 미루어 둘 것이 아니라 언제라도 정면으로 받아들여 회향을 잘 마칠 수 있도록 마음의 준비를 해두어야 한다. 🍁

달리는 사람들

어지러움 속에서도 몸을 잘 다루면
잠든 사람 가운데서 깨달은 사람되어
빨리 뛰는 말과 같이 달려서
악을 버리고 큰 지혜 이루게 됩니다

한 교수가 급히 달려오는 학생과 부딪쳤다.
"학생은 무슨 일로 뛰어오다가 나와 부딪쳤는가?"
교수가 물었다.
"강의 시간에 늦을 것 같아서 뛰어가던 중입니다."
학생이 대답했다.
"그렇게 사생결단을 내듯 달려가서 강의는 들어 무엇하려고 그러는가?"
"학점이 잘 나와야 하잖아요?"
"학점은 잘 받아서 무엇하려고?"
"좋은 성적으로 졸업을 해야 좋은 직장을 구할 수 있습니다."
"좋은 직장은 구해서 무엇하게?"
"그래야 멋진 여자를 만나 가정을 이룰 수 있는 것 아닙니까?"
"그 다음은 어떻게 되겠는가?"

"자식을 낳아 기르게 되겠지요"

"그 다음은?"

"나이 들어 늙고 병들면 죽는 거죠, 뭐."

"그럼 지금 학생은 죽기 위해 기를 쓰고 뛰어가던 중이 아닌가?"

어떤 책에서 읽었던 내용이다.

우리는 앞을 향해 혼신의 힘을 다해 달리듯 살아가고 있다. 최선을 다한다. 최선을 다하는 한 순간 순간을 떼어놓으면 그렇게 하는 이유가 각기 다른 것이다. 학생은 공부를 하기 위해 최선을 다하고, 돈이 없는 사람은 돈을 벌기 위해 최선을 다하고, 학자는 연구를 하기 위해 최선을 다한다.

그러나 그 최선을 다했던 순간들을 한꺼번에 놓고 보면 결국 죽음을 향해 달려왔다는 것을 깨닫게 되는 때가 있을 것이다.

사람은 예외 없이 늙는다. 늙은이 중에서 젊은 시절이 없었던 사람은 없다. 그러니까 오늘 젊은 사람이 머지 않은 장래에 늙은이가 되는 것이다. 그런데도 달려가기 바빠서 언젠가는 늙는다는 사실을 모르고 지내는 것 같다.

옛날에는 사람들에게 최선을 다해서 뛰어가기를 강요하지 않았다. 목표를 세워 놓고 앞으로 달려가지 않으면 낙오된다는 것을 가르쳐 주려고 하기보다 인간의 본분을 잊지 않는 게 중요하다고 가르쳤다.

그러나 언제부터인가 본분을 지키는 것 따위는 뒷전으로 미루어 두고 낙오되지 않은 것이 무엇보다 중요하다고 가르치기 시작했다. 어른들이 그렇게 가르치니 아이들은 시험을 잘 보기 위해 최선을 다하고, 좋은 대학에 가기 위해 밤을 새우기 시작했다.

입시를 앞둔 학생은 일년에 한 번뿐인 추석날에도 돌아가신 할아버지의 산소를 찾아뵙지 않는다. 부모가 면제를 시켜 준다. 그런 특혜를 받은 아들은 원하는 대학에는 들어갈 수 있을지 몰라도 효가 무엇인지 모르는 아이가 되고 만다.

대학을 졸업하고 직장을 다니게 되면, 또한 남들보다 앞서기 위해 최선을 다해야 하므로 죽은 조상을 찾아뵙는 것은 고사하고 살아 있는 자기 부모에게조차 소홀하게 되는 것이다.

정치 지도자들은 우리나라를 선진국으로 끌어올리기 위해 최선을 다했다. 그리고 앞으로도 그럴 것이다. 근로자에겐 최선을 다해 열심히 일해 줄 것을 독려하고, 국민에겐 일치 단결하여 매진할 것을 요구한다.

이렇게 앞만 보고 달리는 사회가 되면서 기존의 가치관이 붕괴되었다. 내가 어릴 때는 자식이 부모를 봉양하는 것을 당연한 일로 여기지 않는 사람을 찾아보기 힘들었다. 그러나 요즈음에는 왜 장남이 꼭 부모를 모셔야 하느냐는 주장이 공공연하기에, 큰아들네로, 작은아들네로, 혹은 딸네 집으로 이리저리 축구공처럼 채이며 사는 노인들이 많아졌다.

우리나라는 예로부터 부모에게 효도하고 어른을 잘 공경하는 것을 미덕으로 알았다. 그러나 사회 구조가 급격히 변화하면서 기존의 가치관이 무너졌다는 이야기다.

노인이 소외되어 외로움 속에 살다가 원망하는 마음을 가지고 죽게 되면 극락에 갈 수 없으며 자손도 잘되지 못한다. 이 땅의 하늘에는 죽어서 구천에 들지 못한 원혼들이 많이 떠돌게 되었다.

이 모두가 최선을 다해 앞만 보고 달리라고 강요한 결과이다. 앞만 보고 살아가는 사람들은 모른다. 달려가는 것이 두려워 시간이 정지하기를 바라는 노인들의 심정을.

아침에 일어나서 세수를 하고 밥을 먹기 무섭게 차를 타고 직장으로 가서 주어진 일에 최선을 다하는 젊은이들은, 아침이 되어도 급히 서둘러 일어날 필요가 없고, 갈 곳이 마땅치 않으며, 얘기 나눌 사람도 없는 노인들의 심정을 헤아리기 힘들다.

달리는 사람들이 일터로 간 시간에 주위를 한번 둘러 보라. 아파트의 공터에는 동네 노인들이 모여 앉아 한숨을 쉬고 있으며, 탑골 공원에는 여기저기에서 모여든 하릴없는 노인들이 애꿎은 담배만 피워대고 있는 모습을 쉽게 볼 수 있다.

인생이라는 여행의 종착역에 도착하고 보니 할 일도 없고, 몸은 노쇠하고 갈수록 소외감만 더해 감을 느낄 것이다. 앞만 보고 달려가는 사람들은 그들의 마음을 헤아리지 못한다.

그래서 나는 노인들은 노인들끼리 모여서 살아야 한다는 생각을 하기에 이른 것이다. 바쁘게 살고 있는 사람들과 같이 있다 보면 소외감만 느낄 뿐이다. 이승에서는 종착역에 도착했지만 죽으면 열리게 될 내세가 기다리고 있다. 노인들끼리 모여서 내생을 위한 준비를 해야 한다.

복지 시설을 갖춘 양로 시설이 필요하다. 그러나 젊은이들은 노인들이 원하는 것을 들어주려고 하지 않으며 노인들은 스스로 그런 시설을 갖출 능력이 없다.

온 국민을 부추기며 선진국 대열로 나아가자고 몰아붙였던 지도자들은 그 바람에 한국의 노인들이 어느 나라 노인들보다 심각한 소외감에 빠지게 되었다는 것을 알아야 한다. 이제는 노인들의 복지에 대한 문제를 해결해야 하는 시점에 와 있다.

동방예의지국이라는 말을 듣던 우리나라가 노인 복지의 후진국 수준을 탈피하지 못하고 있다는 것은 잘못되어도 크게 잘못된 것이다.

지상에서 우리나라 노인들이 가장 복되고 보람찬 생활을 영위할 수 있도록 해줄 수는 없을까? 우리 노인들만큼 불행한 젊은 시절을 보낸 사람도 드물 것이다. 일제 시대에는 침략자들에게 시달렸고, 동족간에 총을 맞대고 전쟁을 하는 통에 남과 북, 또는 생과 사로 헤어지는 이별의 아픔을 맛보아야 했다. 초근목피로 보릿고개를 넘기며 기아와 굶주림에 시달렸던 사람이 한둘이 아니다.

이제 좀 살게 되었는가 했더니 죽음이 목전에 와 있는 것이다. 게다가 젊은이들은 예전과는 달리 앞만 보고 달려가느라 뒤에 남아 있는 노인들을 돌아볼 여유가 없는 모양이다.

되돌려 놓아야 한다. 조상을 돌보고 웃어른을 존경하고 부모에게 효도하는 젊은이가 많은 나라로 돌아가야 한다. 효는 시대 역행적인 가치관이 아니라 인간다운 품성을 유지하는 가장 아름다운 덕목이다.

짐승에게는 효심이 없다. 인간에게만 그것이 있다. 그러기에 자기 부모를 모르는 자식을 패륜아라 하고, 낳아서 길러 준 부모를 박대하는 자식을 금수만도 못한 사람이라고 하는 것이다.

효심이 곧 회향심이다. 회향할 줄 모르는 사람은 복을 받지 못한다. 어른에 대한 공경심이 없어서 말끝마다 어른들은 고루하고 편협하다고 매도하는 사람들은 시행착오를 자주 범한다. 어른들로부터 인생을 사는 지혜를 배우지 못한 탓이다. 공덕 중에는 효심회향이 가장 큰 공덕이다. ✿

고려장

굶주리는 지경에 당하여 부모를 위하여
자기의 온 몸뚱이를 저며내어
티끌같이 잘게 갈아서 백천겁이 지나도록 하여도
오히려 부모님의 깊은 은혜는 다 갚을 수 없습니다

전해 오는 이야기로는 우리나라의 상고 시대에 고려장이라는 제도가 있었다고 한다. 그러나 과연 그런 제도가 실제로 존재했던 것일까? 나는 그 점에 대해 의문을 품지 않을 수 없다.

고려장을 행했다는 확실한 기록이 없고, 일제 통치기에 일본인 어용 사가(御用史家)에 의해 고려장이 있었던 것처럼 날조되었다는 주장을 하는 사람도 있기 때문이다.

부모를 산 채로 매장시킨 후손이라면 금수같은 민족이라고 해도 할 말이 없을 것이다. 우리 민족 전체를 비하하기 위한 술책이었을 가능성이 짙다고 하겠다.

민간에 부모를 고려장했던 것과 관련된 이야기들이 심심찮게 전해 내려오고 있는 것은 사실이다. 그러나 그런 류의 이야기는 재담가나, 이야기 꾸미기를 좋아하는 사람이 부모에 대한 효심을 일깨우기 위해 만들어 낸 이야기로 보아야지, 거기에다 사료적(史料的) 가치를 부여할 수는 없을 것이다. 그런 이야기 중 하나를 소개한다.

옛날 어느 마을에 늙고 병든 어머니를 모시고 살던 아들이 있었다. 아들은 어머니를 깊은 산으로 데리고 가서 고려장을 하려 했다.

아들은 어머니를 업고 깊은 산 속으로 갔다. 아들의 등에 업혀 가고 있던 어머니는 아들이 몇 발자국 옮겨 놓을 때마다 나뭇가지를 꺾었다. 처음에는 무심히 넘겼지만 애써 나뭇가지를 꺾고 있는 어머니를 보자 아들은 필시 곡절이 있을 것이라 생각했다.

"어머니, 왜 자꾸 나뭇가지를 꺾습니까?"

"네가 내려갈 때 길을 잃을까 봐 표시를 해두는 것이란다."

어머니는 자식이 자신을 생매장하러 가고 있다는 것을 모를 리 없었을 것이다. 그러나 그 자식을 미워하기는커녕 어머니는 자식이 산중에서 길을 잃을까 봐 걱정하는 것이었다. 이것이 부모의 마음이다. 이에 감동한 아들은 크게 잘못을 뉘우치고 가던 길을 되돌려 집으로 왔다고 한다.

어머니의 사랑은 이렇게 깊다. 자식이 낳아서 길러 준 은공을 저버리고 큰 불효를 저지르더라도 그 불효를 탓하기보다 자식을 걱정할 만큼 어머니는 자식을 사랑한다. 그러기에 부모의 사랑은 바다보다도 깊고 하늘보다도 높은 것이라고 했다. 봉양해도 다 갚지 못할 것이 부모의 은혜이거늘 짐스러운 존재로 취급하고 내치려 한다면 천벌을 받을 것이다.

우리나라는 예로부터 부모에 대한 효도를 특히 강조하여 유난히 효성이 지극한 자손들이 많이 태어난 나라다. 효에 대한 관념이 전세계적으로 아직도 제일 강하다 해도 과언이 아닐 것이다.

그러나 사회 구조가 핵가족 중심으로 바뀌면서 기존의 질서가 흔들리고 잇다. 어느 불효 자식이 늙고 병든 부모에게 효도 관광을 시켜 드린다고 듣기 좋은 말로 꾀어 멀리 데리고 가서 혼자 버려 두고 돌아가는 패륜을 범했다는 뉴스를 들은 일이 있다. 부모를 산 속에 버리려고 한 옛날 이야기의 주인공과 다를 바 없는 불효자이다.

이웃 나라 중국에도 부모를 내다 버리려고 했던 자의 이야기가 전해오고 있다. 효행록에 실려 있는 것이다.

옛날 중국에 원오(元悟)라는 품행이 좋지 않은 사람이 살고 있었다. 그에게는 나이 아흔이 다된 아버지가 있었다. 그는 자기 아버지에게 평생동안 불손하게 대하다가 마침내 아버지가 늙고 병이 들자 들것에 실어 산속에 내다 버리려는 생각을 하게 되었다.

원오에게는 원각(元覺)이라는 아들이 있었다. 소년 원각은 아버지에게 할아버지를 내다 버려서는 안 된다고 간청했으나 원오는 아들의 말을 듣지 않았다. 이에 원각은 꾀를 내었다. 그는 일단 아버지와 함께 할아버지를 들것에 태워 마주잡고 산으로 갔다.

자기 아버지를 버린 원오는 뒤도 돌아보지 않고 산을 내려가기 시작했다. 그러나 원각은 할아버지를 들 것에서 내려놓은 다음 들 것을 잘 챙겼다. 아들이 뒤따라오지 않는 것을 이상히 여긴 원오가 되돌아왔다.

"아니 빨리 내려오지 않고 뭘 꾸물거리고 있느냐?"

"들 것을 챙기고 있었습니다."

"그까짓 것은 버리고 가지 뭐 하러 챙기느냐?"

"아버님, 이것을 가지고 가서 잘 보관해 두어야 나중에 아버님이 나이가 들어내다 버릴 때가 되면 쓸 게 아닙니까?"

아들은 아버지가 나이가 들면 아버지에게서 배운 대로 아버지를 산에다 버리겠다고 위협을 한 것이었다. 이 말에 비로소 뉘우친 원오는 버렸던 아버지를 모셔다가 잘 봉양하였다고 한다.

원오가 제 아버지를 버리려고 한 것은 봉양하기 싫어서였던 것이니, 이야말로 천륜을 잃었던 것이라고 하겠다. 그런 아버지에게, 아버지도 늙으면 갖다 버릴 테니 알아서 하라는 암시를 주어 비로소 아버지의 못된 마음을 고칠 수 있도록 한 원각을 효행록에서는 칭찬하고 있다.

어린 나이에 말 한마디로 아버지의 마음을 돌려 할아버지의 죽음을 모면케 하는 동시에 아버지를 악에서 구하여 천륜을 회복시켰으니 칭찬을 받을 만한다.

불교만큼 효를 중시하고 부모 봉양하기를 권하는 종교도 없을 것이다.

목련경이나 부모은중경을 보더라도 부처님 당시부터 부모의 은공을 갚기를 강조해 오고 있다.

회향은 별것이 아니다. 효도로부터 회향은 시작된다. 그것이 공덕을 짓는 길이며 큰 보살행을 실천하는 일이다. ✿

하늘도 감동한 효성

부모님의 은혜가 강산같이 중하거니
깊고 깊은 그 은덕은 실로 갚기 어렵습니다
자식의 괴로움은 대신 받기 원하시고
자식이 고생하면 부모 마음 편하지 않습니다

어려서 일찍 아버지를 여의고 홀어머니를 정성껏 봉양하며 살던 맹종(孟宗)이라는 효자가 있었다. 늙은 그의 어머니는 오랫동안 병석에 누워 있었다. 병이 위중해진 어머니는 느닷없이 죽순을 먹고 싶다고 했다. 때는 엄동설한이라, 만상이 꽁꽁 얼어붙은 한겨울에 죽순을 구한다는 것은 불가능한 일이었다.

맹종은 들판을 헤집고 다니다가 눈 위에 털썩 주저앉으며 탄식을 했다.

"하느님, 저에게 죽순을 주시어 어머님의 병환이 낫게 해주십시오"

맹종은 눈 위에 앉은 채 얼마 동안 넋을 잃었다. 그런데 이 때 눈앞에서 이상한 일이 벌어졌다. 꽁꽁 언 땅에서 겹겹이 쌓인 눈을 뚫고 파란 죽순이 돋아나고 있었던 것이다.

맹종은 벌떡 일어나 죽순을 꺾어 들고 한달음에 집으로 뛰어와서는 그것으로 어머니께 요리해 드렸더니 오랫동안 앓던 병이 나았다.

정성은 언제나 하늘을 감동시켜 이러한 상서로운 일이 생길 수 있는 것이다. 지성이면 감천이라고 하지 않는가?

팽성(彭城) 사람 유은(劉殷)은 널리 소문난 효자였다.

유은의 어머니가 병석에 눕게 되었다. 몹시 추운 겨울 어느 날 어머니가 말했다.

"얘야, 내가 미나리국을 먹으면 살 것 같구나."

보통 사람도 병든 어머니가 먹고 싶은 것이 있으면 그것을 구해 드리기 위해 노력할 텐데 세상에 널리 소문이 난 효자 유은임에야 그 정성이 오죽했겠는가? 그는 미나리를 구해 보려고 백방으로 노력했다.

그러나 한겨울에 미나리를 구하기란 쉬운 일이 아니었다. 그는 미나리가 많이 자라던 논으로 가보았으나 얼음만 두껍게 얼어 있을 뿐이었다.

그는 비통한 마음이 되어 탄식했다.

"이곳에는 지난 여름까지 미나리가 많았는데 지금은 얼음만 뒤덮여 있으니 어디 가서 미나리를 구해 다 우리 어머니가 잡수실 수 있도록 해드릴까."

그는 하늘을 쳐다보고 울었다. 그렇게 얼마 동안 울고 있는데 미나리를 한아름 안은 천신(天神)이 나타났다.

천신이 그에게 말했다.

"네 효성이 지극하여 미나리를 주는 것이니 이것을 네 어머니에게 드려라."

유은은 감격하여 수없이 고개를 조아리고는 급히 그 미나리를 집으로 가지고 와 요리를 해서 어머니에게 드렸다. 그의 어머니는 미나리를 먹고 병이 나았다.

정성을 다하면 움직이지 않는 것이 없다. 유은이 정성으로 미나리를 구하는 것을 보고 하늘이 도운 것이다.

진나라 사람 왕상(王祥)은 효성이 지극하였다. 그는 불행히도 일찍이 생모를 여의고 계모 밑에서 자랐다. 그의 계모는 몹시 극성맞아, 추운 겨울인데도 잉어가 먹고 싶다고 성화였다.

왕상은 꽁꽁 얼어붙은 강으로 나와 옷을 벗고 얼음 위에 누워서 얼음이 녹기를 기다리고 있었다. 추워서 견딜 수가 없었지만 그는 이를 악물고 참았다. 그러면서 중얼거렸다.

"제발 얼음이 깨져서 잉어를 잡게 해주소서."

그렇게 얼마를 누워 있으려니까 강 한가운데서 얼음이 꺼지며 난데없이 잉어 두 마리가 뛰어올라왔다. 왕상은 한편으론 놀라고 한편으론 기뻐하며 잉어를 가져다가 요리를 해서 어머니에게 드렸다.

왕상의 집 마당에는 벚나무 한 그루가 있었다. 계모는 왕상에게 말했다.

"새가 날아와서 열매를 따먹지 못하도록 지켜라."

그는 종일토록 벚나무를 지켜야 했다. 밤에는 밤대로 쥐가 따먹지 못하게 지켰다. 어느 날 밤, 갑자기 비가 쏟아졌다. 그러나 왕상은 벚나무를 붙들고 비를 맞으며 밤을 새웠다. 이를 본 계모는 비로소 그를 불쌍히 여겨 자기의 잘못을 뉘우쳤다.

병이 난 계모가 이번에는 느닷없이 구운 참새가 먹고 싶다고 말했다. 이때에도 겨울이어서 참새를 구할 수 없었다. 그런데 난데없이 참새 떼가 방으로 날아 들어와 서로 부딪치다가 떨어지니 왕상은 손쉽게 잡아서 계모를 봉양할 수 있었다.

자기를 낳아 준 친어머니에게도 효도를 하기가 쉽지 않은데, 하물며 자신을 항상 미워하고 호되게 들볶는 계모에게 효도하기란 더욱 쉽지 않은 일일 것이다. 그러나 왕상은 조금도 원망하지 않고 정성을 다해 효도하였다. 마침내 그의 효행이 널리 알려지자 나라에서는 그의 효심을 본받게 하기 위해 삼공(三公)의 벼슬을 내렸다고 한다.

한겨울에 죽순을 구한 맹종의 이야기나 미나리를 구한 유은의 고사, 그리고 계모를 위해 잉어를 구한 왕상의 이야기를 대할 때 허무맹랑하다고 여기는 사람이 있을지도 모르겠다. 비논리적이며, 믿기 어려운 이야기임에는 틀림이 없다.

그러나 우주 만물이 하나라는 것을 먼저 염두에 두기 바란다. 간절히 염원하는 것이 있으면 우리는 누구나 부처님과 만날 수 있다. 다른 말로 하면, 만물과 일체를 이루어 동체가 될 수 있다. 만물과의 일체는 간절한 염원을 통해 구현될 수 있는 것이다. 우주 전체의 기운과 하나가 되면 우주의 기운이 자기에게 들어와 우주 만물과 저절로 하나가 되는 경지에 이를 수 있게 된다.

우주 만물을 자유자재로 운유할 수 있는 도의 경지에 오를 수도 있는데, 간절한 염원이 있으면 어찌 그것이 부처님과 통하지 않을 수 있겠는가?

부모를 섬기는 효심이 간절한데 어찌 그 마음이 절대자를 감동시킬 수 없다고 할 수 있겠는가? 위의 세 이야기는 과학으로는 풀 수 없는 문제지만 종교적으로는 얼마든지 이해가 가능한 이야기들이라고 할 수 있다. 🍁

효심이 곧 도이다

부모의 은혜는 어떤 산보다도 높고,
어떤 바다보다도 깊습니다.
그 은혜를 알고 효행하는 것은
무상(無上)의 복전(福田)이 되고 있습니다.

한 나라의 진효부(陳孝婦)에 대한 이야기다.

열여섯 나이에 시집을 왔는데, 얼마 되지도 않아 남편이 군인으로 전쟁에 나가게 되었다. 남편은 아내와 작별을 하면서 간곡히 부탁했다.

"우리 집에는 당신도 알다시피 늙으신 어머님이 계시오 불행하게도 다른 형제가 없는데, 나는 이번 전쟁에 나가면 살아서 돌아올지 죽을지 모르는 입장이오 내가 살아 돌아오지 못하더라도 당신이 한 분밖에 안 계신 어머님을 끝까지 봉양해주시오"

부인은 결연히 대답했다.

"염려 마셔요 어머님은 제가 맹세코 봉양할 것이니, 당신께서는 아무 걱정 마시고 무사히 돌아오세요"

그러나 전쟁에 나갔던 남편은 살아서 다시 집으로 돌아오지 못했다.

진씨는 자기 남편이 집에 있을 때보다도 더욱 정성껏 시어머니를 봉양하였으나, 시어머니는 시어머니대로 어린 며느리를 청상(靑霜)으로 늙게 할 수 없다고 생각하여 개가를 시키려 애썼다.

"네 어찌 젊은 나이에 평생을 혼자 산다고 하느냐. 내 걱정은 말고 좋은 사람을 만나 새로운 가정을 이루도록 하여라."

"당치 않으십니다, 어머님. 어찌 남편이 돌아가셨다고 하여 어머님이 계신데 저 혼자 팔자를 고친다고 하겠어요. 어머님을 모시고 살기가 소원이니 다시는 개가하라는 말씀은 마셔요."

이렇게 진씨는 시어머니의 권유를 한사코 거절했다. 그래도 재차 권하자 목을 매어 자결하려 하였으니 시어머니는 더 이상 권할 수가 없었다.

진씨는 그 후, 시어머니가 세상을 뜰 때까지 28년 동안 정성껏 봉양하다가 시어머니가 돌아가시자 전답을 팔아 성대히 장례를 모셨다. 나라에서 이 소식을 듣고 효부로 표창하였다.

남편과의 약속을 끝까지 지키며 수절을 하고, 시어머니를 봉양한 진씨의 효행은 표창을 내려 귀감으로 삼을 만하다 할 것이다.

오늘날에는 남편이 엄연히 살아 있는데도 남편을 낳아 길러주신 시부모 공양하기를 꺼리는 이가 적잖다. 또한 남편의 유지를 받들기는커녕 남편이 살아 있는데도 외간을 보는 대담한 여자까지 있는 세상이니 더욱 진효부의 의절이 돋보이는지도 모르겠다.

며느리의 입장에서 보면 시부모란 피가 섞이지 않은 남이다. 단지 남편을 낳아 준 부모라는 의(義)로 맺어진 관계일 뿐이다. 남편을 진정 사랑하는 여자는 시부모를 잘 모셔 남편을 불편하게 하지 않으려고 노력하지만, 그렇지 않으면 시부모가 결코 달가운 존재일 리 없다는 것도 인지상정일 것이다.

그러나 갈등은 자기 편한 대로만 살려고 하는 이기심에서 비롯되는 것이다. 자기들끼리만 살면 편한데 군식구인 시부모가 얹혀 있으면 귀찮고 걸리적거린다고 여기게 되는 그 이기심이 문제다.

시부모의 입장에선 죽을 고생을 하여 키운 아들을 며느리에게 빼앗긴 것 같은 섭섭함을 느낄 수밖에 없는데, 여기다가 군식구 취급을 받게 되면 순순히 참을 리가 없다. 서로 감싸며 자애롭게 대하지 못하고 자꾸 들쑤셔 놓으면 피차에 견원지간(犬猿之間)이 되고 만다.

한 예를 더 들겠다.

어떤 여자가 결혼을 했는데 신혼의 단꿈이 채 깨지기도 전에 남편이 급병에 걸려 세상을 떠나고 말았다. 청천의 날벼락이 아닐 수 없었다. 그 여자는 절망했다. 깊은 실의에 빠져 남편을 따라 죽고 싶을 뿐이었다. 험한 세상을 남편 없이 혼자 살아갈 자신도 없었고, 살아 보았자 무슨 낙이 있을까 보냐는 회의에 빠진 것이다.

여자의 병을 고쳐 준 사람은 어떤 스님이었다.

"보살님, 인생은 스스로 자진하지 않는다고 해도 찰나에 불과합니다. 세상은 아주 잠시 잠깐이라니까요. 일순간 머물다가 가는 세상인데도 인간의 몸을 받은 죄로 할 일은 태산같이 많습니다."

"······."

"우선 비명에 가신 분을 그냥 두면 안 됩니다. 천도를 해드려야 업장이 소멸되어 극락에 들 수 있어요. 뒤에 남은 사람으로 마땅히 49재는 올려 드려야 하지 않겠습니까? 시어머니가 계시는 줄 아는데 봉양해 드릴 의무도 있어요. 나 몰라라 하고 혼자 훌쩍 남편의 뒤를 따라가면 그것도 업이 되는 것입니다."

그렇다. 그녀에게는 홀시어머니가 있었다. 시어머니를 모른척한다면 지하의 남편도 섭섭해할 것 같았다. 그 여자는 우선 남편의 상을 벗을 때까지 살았고, 그 후부터는 시어머니를 의지하여 살기로 작정했다.

그러나 시어머니의 생각은 달랐다. 며느리가 잘못 들어와서 아들이 죽었다고 생각했다. 속된 말로 남편 잡아먹은 여자 취급을 했다. 시어머니는 며느리에게 꼴도 보기 싫다는 듯이 말했다.

"남편 없고 자식도 없는데 평생 과부로 늙을 수는 없는 일이다. 친정으로 돌아갔다가 좋은 사람 만나 팔자 고쳐라."

"어머님, 한번 이 가문으로 시집을 온 이상 저는 이 집 사람이니 팔자고칠 생각 없어요 그리고 그이도 안 계신데 제가 없으면 어머님은 누가모시겠어요?"

시어머니는 며느리를 증오하여 꼴도 보기 싫어하면서도 사실 며느리가 없다면 살아갈 일이 아득하기 때문에 모질게 내치지는 못했다. 그러나 시간이 흐를수록 며느리에 대한 미움은 더해 갔다. 공연히 트집을 잡고 들볶았다. 그렇지만 며느리는 항상 유순하고 고분고분하게 시어머니를 공경했다.

두 사람이 의지하고 살갑게 지내면 좋으련만 시어머니는 늘 퉁명스러웠다. 여름이 되자 며느리가 말했다.

"올해는 유난히 덥지요, 어머님?"

그러자 시어머니가 이렇게 받았다.

"자고로 여름이란 더운 것이야."

밤에 잠자리를 펴주며 말한다.

"안녕히 주무세요, 어머님."

"너는 아직 젊으니까 일찍 자고 싶지만 늙은이는 일찍 잘 수가 없다. 근심이 많아 안녕할 수가 없어."

아침에 문안 인사를 하면 외면하면서 말한다.

"내가 자고 있어야 네가 늦잠을 잘 텐데 늙은이가 아침잠이 없어서 안됐구나."

이런 식이었다.

사사건건 일거수일투족에 시비를 걸고 뒤틀어지게 말한다. 며느리는 남몰래 눈물을 흘릴 때도 많았지만 그럴 때마다 자신을 달래고는 했다.

"이것이 모두 전생의 업을 닦는 것일 거야."

며느리는 업을 닦는다는 생각으로 모든 것을 참고 부처님께 의지하여 살아 나갔다.

며느리는 심성이 착한 여자였다. 이에 비해 시어머니는 마귀 할멈 같았다. 이것을 동네 꼬마들도 알았다. 하루는 시어머니가 외출을 하려는데 아이들이 따라오며 놀렸다.

"마귀 할멈, 마귀 할멈!"

시어머니는 안색이 변해 발길을 돌려 집으로 돌아와서는 며느리에게 벌컥 화를 냈다.

"네가 내 앞에서는 잘하는 척하지만 내가 안 보는 데에서는 나를 마귀 할멈 같다고 했겠다. 더 이상 네 꼴 보고 싶지 않으니 당장 이 집에서 나가!"

노발대발 길길이 뛰었다. 어이없는 청천벽력이었지만 며느리는 평소처럼 방바닥에 엎드려 시어머니에게 무조건 빌었다.

그러자 시어머니는 엉뚱한 제안을 했다. 종이에다가 다음과 같은 글을 썼다.

「세상 사람들은 마귀 할멈이라고 비웃지만」

그런 다음 말했다.

"이 뒤를 이어 써보아라. 못 쓰면 당장 이 집에서 나가야 한다."

즉 대구(對句)가 마음에 들면 용서를 할 것이요, 그렇지 않으면 내쫓겠다는 좀 재미있는 제안이었다. 며느리는 눈을 감고 생각에 잠겼다. 이윽고 붓을 든 며느리는 다음과 같이 이어 썼다.

「훌륭한 불심(佛心)은 아무도 모르네.」

그 구절을 읽은 시어머니에게 변화가 일어났다.

"애야, 내가 잘못했다. 이렇게 훌륭한 마음씨를 가지고 있는데 내가 너를 미워만 했구나."

말을 마친 시어머니는 눈물을 흘렸다. 불심 한 구절이 시어머니의 마음을 돌린 것이었다. 며느리도 같이 눈물을 흘렸다.

"어머님, 저도 잘못했어요 때때로 어머님을 많이 원망했답니다."

이렇게 되어 고부간의 갈등이 저절로 해소되었다. 그 다음부터는 서로 화목하게 되었다고 한다.

불심이 없었다면 어찌 남편과 사별하고 자식도 달리지 않았는데 수절과부로 늙으면서 시어머니 봉양을 자처할 수 있었겠는가? 이렇게 불심은 인간이 가장 인간다운 품성을 유지할 수 있는 덕목인 효심을 갖도록 만든다.

비록 남편이 없는 시어머니지만 내치지 않고 훌륭히 모신 여기에 진실한 회향의 의미가 있고, 보살심이 있으며, 도가 있다. 효도는 업을 녹이는 길이며 공덕을 쌓는 길이다. 불자들은 이 점을 깊이 명심했으면 한다. ❀

마치면서

육신은 물질이라 오래지 않아
모두 흙으로 돌아가리니
몸이 허물어지고 정신이 한번 떠나면
해골만이 땅 위에 뒹굴 것입니다

불보살(佛菩薩)을 우러러 찬탄하고 부처님 법을 등불로 삼아온 지도 누(累) 천년이 흘렀습니다. 시방(十方)을 두루하여 영원 무궁한 지혜의 광명이 온 누리에 충만하여야 할 것임에도 우매한 중생들은 미로에 방황하며 무시겁내로 쌓인 업에 따라 생로병사·우비고뇌의 윤회 속에서 헤어날 줄을 모르고 있습니다.

그러나 무명(無名)을 밝히고 번뇌의 구름을 헤쳐 주시는 부처님이 계시기에 위대한 자비광명의 가피로써 평화와 행복이 성취될 것이라 믿고 있습니다.

소승은 무법력(無法力)함을 무릅쓰고 부처님의 뜻을 받들어 진력하는 가운데 불법만이 이 세상을 구할 수 있다는 확신을 갖게 되었습니다. 오늘날 인류가 안고 있는 크고 작은 모든 문제의 해결점은 부처님을 의지하는 데에서 찾아야 하는 줄로 알고 있습니다.

지구 환경 파괴나 오염 문제를 비롯하여, 인명 경시 풍조로 인해 발생하는 각종 사회악도 생명을 존중하라는 부처님의 가르침을 따르면 자연히 해결되는 문제라고 여겨집니다. 불법은 인류를 구원하는 유일무이한 법입니다.

그러기에 시간이 흐를수록 더 많은 이웃에게 부처님의 가르침을 전해야겠다는 벅찬 사명과 의무를 느끼게 됩니다. 소승은 여생이 얼마 남지 않은 노인들을 위한 노인 천국만은 어떻게 하든 이룩해 놓고 가겠다는 서원을 세운 바 있습니다. 노인 천국은 양로원과 노인 대학과 노인 선원과 병원이 한군데 자리잡고 있는 노인 종합 복지 센터를 말하는 것입니다.

이와 같은 노인 복지 시설의 필요성에 대해서는 많은 사람들이 공감하고 있으리라 여기고 있습니다. 그러나 모든 일이 다 그렇듯 재력이 따르는 사업이기에 선뜻 실천에 옮길 수 없었던 것이겠지요. 소승이 서원을 세웠지만 여든의 나이를 넘어서고 보니 할 일은 많은데 시간은 없고 너무도 무력하다는 것을 느낄 때가 한두 번이 아닙니다.

이승에 머물러 있을 날이 많지 않은 노인들에게 환희심을 갖고 살아갈 수 있는 터전을 마련해 주는 일은 어떤 일보다 중요한 사업이라 할 수 있습니다.

늙음을 비관하고 젊어서 지은 업을 닦지 못한 상태로 육신의 옷을 갈아입으면 죽어 극락에 들 수가 없습니다. 노인들이 내생을 준비할 수 있도록 도와주는 복은 그러기에 어떠한 공덕보다도 큰 것입니다.

영원한 전법도량 성라 노인 천국을 만들어 지혜의 광명을 전하는 데 동참하여 선근종자(善根種子)를 심고 선심공덕(善心功德)을 쌓는 분들에게 금생에서 수명장수하고 복덕구족, 자손창성, 소원성취할 수 있도록, 그리고 내생에 극락왕생할 수 있도록 부처님께 발원하고 있습니다.

일푼 동참도 가히 성불(成佛)이라 했습니다. 다소를 가리지 마시고 함께 이승에다 노인 천국을 건설할 수 있도록 뜻을 모아 주시기를 간절히 염원합니다.

불자제현님들.

세세생생 인연공덕을 쌓아 무량대복 받으시기를 부탁드립니다.

나무아미타불.🌸

근래에 우리 가정은 위기에 처해 있습니다. 가정은 근본 윤리와 도덕이 무너지고 있습니다. 천륜(天倫)이라던 부모와 자식간의 관계도 남과 같이 멀어지고 있으며, 일심동체(一心同體)라는 부부지간도 이제는 옛말처럼 들리고 자기 몫을 챙기기에 바쁘며, 피를 나눈 형제지간의 정도 골육상쟁(骨肉相爭)이라는 말이 실감나는 세상이 되었습니다.

그 원인을 규명하면 여러 가지 이유가 있겠지만 근본 요인은 가정의 근원적인 도덕인 <효>가 사라지고 있기 때문입니다. 효는 인간의 기본 윤리입니다. 효가 사라지면 가정이 무너지고 결국은 가족 전체가 불행해집니다.

불자여, 그대 위없는 보리도(菩提道)를 구하고자 하는가.
부모를 공경하고, 이웃을 사랑하고, 중생을 위하여 기도하라.
효심이 불심이요, 자비가 곧 여래(如來)니라.